高建群全集

相忘于江湖

高建群 著

陕西师范大学出版总社

图书代号：WX22N1919

图书在版编目(CIP)数据

相忘于江湖 / 高建群著. —西安：陕西师范大学出版总社有限公司, 2023.1
（高建群全集）
ISBN 978-7-5695-3387-3

Ⅰ.①相… Ⅱ.①高… Ⅲ.①散文集—中国—当代 Ⅳ.①I267

中国版本图书馆CIP数据核字（2022）第240462号

相 忘 于 江 湖
XIANGWANG YU JIANGHU

高建群　著

出 版 人	刘东风
总 策 划	孙留伟
责任编辑	庄婧卿
责任校对	张旭升
出版发行	陕西师范大学出版总社
	（西安市长安南路199号　邮编 710062）
网　　址	http://www.snupg.com
印　　刷	北京天宇万达印刷有限公司
开　　本	880 mm×1230 mm　1/32
印　　张	8.75
插　　页	2
字　　数	210千
版　　次	2023年1月第1版
印　　次	2023年1月第1次印刷
书　　号	ISBN 978-7-5695-3387-3
定　　价	66.00元

读者购书、书店添货或发现印刷装订问题，请与本公司营销部联系、调换。
电话：(029) 85307864　85303629　传真：(029) 85303879

总　　序

　　文稿一旦变成铅字，一旦成为一本装帧得或粗糙或精美的书本，那它就是一个独立的存在了。它将离你而去。它将行走于世间。它将开始它自己的宿命。它或被读者供之于殿堂，视为经典，视为对这个时代的一份备忘录；或被读者弃之于茅厕；或被垃圾处理厂重新化为纸浆，以期待新的人在上面书写新的东西。凡此种种，那就看这本书它自己的命运了。

　　这时，于作者本人来说，倒是没有太大的干系了。于是他成了一个旁观者。他和这本书唯一的联系是，那书本的额头上，还顶着他卑微的名字。知道《一千零一夜》中的《渔夫和魔鬼的故事》吗？渔夫打开铅封的所罗门王的瓶子，于是一缕青烟腾起，魔鬼从瓶子里走出来，开始在世界上游荡，开始在暗夜里敲打你的门扉。渔夫这时候唯一能做的事情，是一手拿着空瓶子，一手捏着瓶子盖儿，傻乎乎地看着他放出的魔鬼，横行于世界。

　　此一刻，在这二十五卷本的"高建群全集"即将付梓出版之际，我感到我的已日渐衰老的身躯，便宛如那个已经被掏空的——或者换言之——魔鬼已经离你而去的空瓶子一样。此一刻，我是多么虚弱而疲惫呀。

人生一场大梦，世事几度秋凉。一想到这个名叫高建群的写作者，在有限的人生岁月中，竟然写出这么多的文字，我就有些惊讶。一切都宛如一场梦魇！这是一笔一画写出来的呀！如果我不援笔写出，它们将胎死腹中。但是很好，我把它们写出来了，把它们落实到了纸上。

那每一本书的写作过程，都是作者的一部精神受难史。

建于西安航空学院的高建群文学艺术馆，要我给一进馆的墙壁上写一段话，于是我思忖了一个星期，最后选定帕乌斯托夫斯基《金蔷薇》中的一段话，写在那上面。那么请允许我，也将这一段话写在这里：

> 是什么东西迫使一个作家，从事这种庄严的但却又是异常艰辛的劳动呢？首先是心灵的震撼，是良心的声音。不允许一个写作者在这块土地上，像谎花一样虚度一生，而不把洋溢在他心中的，那种庞杂的感情，慷慨地献给人类。

谎花是一种虽然开放得十分艳丽，但是花落之后底部不会坐上果实的花。植物学上叫它"雄花"，民间则叫它"谎花"。

我们光荣的乡贤，以大半辈子的人生履历，驰骋于京华批评界，晚年则琴书卒岁，归老北方的阎纲老先生说：

> 相形于当代其他作家，高建群是一个马拉松式的长跑者，他以六十年为一个单元，在自己的斗室里，像小孩子玩积木一样，一砖一石地建筑着自己的艺术帝国。他有耐性，有定力。喧嚣的世界在他面前，徒唤奈何。

当我听到阎老的这段话时,我在那一刻真的很感动。感动的原因是世界上还有人在关注着这个不善经营不懂交际的我。诗人殷夫说:"我在无数人的心灵中摸索,摸索到的是一颗颗冷酷的心!"现在我知道了,长者们一直作为艺术良心站在那里,为当代中国文学保留着它最后的尊严。

"有些故事还没讲完那就算了吧!"这是一首流行歌曲里的话,如果这个名叫"总序"的文字,需要拿出来单独发表的话,建议用这句话作为标题。

我们这一代人行将老去,这场宴席将接待下一批饕餮客!人在吃完宴席后,要懂得把碗放下,是不是这样?!

2020年10月11日早晨6点
写于西安

自　　序

这江叫汉江，蓝汪汪的一股大水，如脂如膏，似梦似幻，仪态万方地东南走向而流。这江水的一部分，将会流到北京、天津、石家庄的寻常人家的锅里，供他们烧灶做饭。我乘着船，顺江而下，这时节正是清明刚过，"临洮易马，汉中换茶"的时节，两面的山上布满了一层层的茶园。我们要去的那地方叫后柳古镇。

这湖叫"两忘湖"，或者叫"物我两忘湖"。是的，此一刻，宛如人们常说的活埋疗法一样，世界将我遗忘了，我也把世界遗忘了，就是这个意思。这湖是一座人工湖，是我为它取的名字。

汉江行到此处，接纳了一条从秦岭深处流来的河，叫中坝河。河与江的交汇处，便形成了这个小镇——后柳古镇。一位朋友，要将这后柳古镇打造成一个特色小镇，在中坝河流经处，造了七十二家民间作坊，将这汉江流域地面的各种古老民间传统生活方式，搬进来组成一个街道。假如一个现代人不慎走进去，那就仿佛误入时空隧道，一脚踏入从前。

朋友在这中坝河的上游，后柳小镇的不远处，选一面山坡，为我盖了五间民房，挂个牌子，叫"高看一眼石泉工作室"。这五间房在一座郁郁葱葱的大山山根下，有几棵大的冷杉树，将民房半遮半掩,下面靠近平地,有个过去年代的小庙,小庙下面就是那座正在挖掘的人工湖,我的"两忘湖"了。

那座几平方米大小的小庙,过去大约是财神庙,或者土地庙、山神庙。我说,竖一个鬼谷子老先生的牌位在这里吧,将它改建成鬼谷子庙。而东边那座莽莽苍苍,半入江风半入云的突兀山头,我们将它叫成"东成山",西边那座被群山簇拥,同样高可摩天的突兀山头,我们叫它"西就山"。

哈,早晨睡到自然醒,起身披一件大衫子来到五间房前,伸一伸懒腰,向东搭一眼望东成山,向西搭一眼望西就山,就是再平庸的人,再卑微的人,刹那间也会有一种成就感的,觉得自己真成了个人物了。

这有成就感的人叫鬼谷子。鬼谷子是个闪现于中国历史碑载文化中的神神秘秘、奇奇异异的糟老头子,春秋人物,九流十派之一纵横说的创建者。石泉人说,他当年的隐居之处,就是这汉水之滨,秦巴山深处的鬼谷岭,而他本人,亦极可能就是这石泉地方的人。鬼谷子隐居在这儿,自己深藏不露,只做一件事情,那就是像一个现代版的高级操盘手一样,不时地打发他的学生,走下山去,将世界搅得地覆天翻,而且他那儿都是成双成对地派出,看他们斗法,以世界为棋盘,而自己呢,袖着双手,作壁上观,做出一副无辜的、事不关己的样子。

鬼谷子的学生苏秦、张仪,两人怀揣先生的纵横捭阖之术,一个去秦国,凭三寸不烂之舌,说得秦王连横,一个又去游说六国,说动六国国君合纵,从而将那个时期的赤县神州,搅动得地覆天翻。鬼谷子更遣学生孙膑、庞涓,手执六韬三略兵家之术,一个助齐国,一个助魏国,演绎了一场令后世津津乐道的孙庞斗智历史大剧。

我的这次江湖行程中，恰逢石泉县鬼谷子研究会，正举办纪念鬼谷子先生诞辰两千四百零六年典礼，一群当地的文化人，还有来自北京、台北的鬼谷子研究者们，聚集一堂，纪念这位闪烁在中华文明板块深处的圣人、贤人、奇人。我向着鬼谷子的牌位三鞠躬后说：立一块牌位在这里吧，让他佑护这一方山水，佑护这一方百姓，佑护中华民族种族不灭香火永续。

会议期间，有研究者的学术报告中说到，鬼谷岭的鬼谷子的庙宇遗址上，搜出石碑石柱上的八个残缺大字。那八个大字是"星宿罗胸，山河寓目"，天上满天星宿，罗于我的胸间，眼前无限山河，愉悦我的眼目，如此吞天吐地般的胸怀气魄，叫人咋舌。那八个字，是当年鬼谷子先生的自况呢，还是后世人们在这里设庙祭祀，为彰显鬼谷子所撰题呢？不得而知。

我想吧，等我的五间房下面的那个"两忘湖"掘成，灌满水，搭个小桥之后，就将那八个大字，刻在桥头这个鬼谷子祠的门框上吧！

《相忘于江湖》书名来自庄子。这个庄子，大约是鬼谷子同时代的人。什么叫"江"，什么叫"湖"呢？我相信由于上面拉拉杂杂的那许多话，读者已经大致了解我说的江、我说的湖的意思了。是的，就叙述者而言，那一江大水的汉江，那物我两忘的小湖，那高不可攀、深不可测的迷茫远处，正是作者心之向之、神之往之的江湖啊！

"江湖"这个字眼，在中华文明板块中，几千年来，一直闪闪烁烁，它出现在史籍和人们的日常语汇中。它到底是什么，实际上很难说清，因了这些年武侠小说对这个词汇的诸多诗意渲染，它更是被蒙上了一层漂渺的、云里雾里的感觉，"路逢侠客须呈剑，不是诗人莫献诗"的感觉。

也许与"江湖"相对应的词汇叫作"庙堂"。北宋的范仲淹说"居庙堂之高则忧其民,处江湖之远则忧其君"。这句话大约是说,一个文化人,当他身居朝中,侍奉人主左右的时候,他为天下黎民百姓的生计而忧虑,而当命运将他打发到天边,远离中心的时候,他仍为朝廷分忧解愁,不敢令自己懈怠片刻。

范仲淹对江湖的说法算一种,不过,它似乎还应当更朦胧一些,更深厚一些,更独立化一些。其实,中国古代的文化人,几千年来,一直就在庙堂与江湖两个极点上来回跳跃,充满纠结,而这种跳跃和纠结的根源,是两千五百年前的孔老夫子为文化人带来的。

"学好文武艺,货与帝王家",这是孔老夫子对他之后的文化人的一种指向和企盼。每一个文化人,从他进入私塾开蒙的第一天起,就抱有这样的志向,文化人将笔头子练好,武人将武习好,然后像一件商品一样等待帝王家来召唤、挑选。如果有幸登入室,那么他应当一直走下去,封王封侯,鞠躬尽瘁。如果帝王家不赏识他,或者中途抛弃了他,那么好了,他终于解脱了,那么就将自己一个金贵的身子,遁迹于江湖,忘情于山水,大隐大藏起来吧。这是东方文化几千年来的一个士大夫传统。西方文化中没有这个概念。西方古典哲学从孔老夫子死去十年后出生的苏格拉底开始,他们是一种独立文化人传统,苏格拉底是殉道者第一人,在他之后长达两千四百年的时间里,有一个长长的殉道者名单。

所以中华文化传统与欧美文化传统,是两种截然不同的传统。所以在中国人的文化叙述中,从未有独立文化人这个概念,而那些孑然一身,以物我两忘为标榜的大藏大隐者,其内心深处,一直等待着终南捷径上的信使抵达。

一位年轻的编辑,自北京而来,提出要为我出一本书,市场化运作。这样，我请他坐到我的电脑前，将我这几年来的涂鸦文字一一搜出。这些文章大部分是六十岁以后写的。人到了这个年龄段，自感来日不多了，所以当说则说，当骂则骂，少了许多的顾忌，往日一些犀利的思想，此刻也不再掩饰，而是口无遮拦、一吐为快。

书名最初想的就是《相忘于江湖》，这是庄子的话。庄子前面还有那么几句："泉涸，鱼相与处于陆，相响以湿，相濡以沫，不如相忘于江湖。"庄子真是一个一生都有故事的人，我特别喜欢他。有个《庄周梦蝶》的故事，是说庄生午睡中，梦见自己变成了一只蝴蝶，醒来后，人还没离床榻，却发现头顶上有一只蝴蝶在翩翩起飞。庄子自言自语道，那只飞翔的蝴蝶是庄子变的呢，还是躺在床笫之间的庄子是蝴蝶变的？笔者总觉得，以庄子后来的那些荒诞的行径、怪异的思想来看，真的庄子早已变成了蝴蝶，飞得不见踪影了，而混迹于尘世间的那个庄子，其实是那只蝴蝶呀！

后来我还想将这书名叫成《左脚在庙堂，右脚在江湖》，之所以选这个书名，是觉得其实笔者自己，一生中也一直在这两端左右盘桓不定。或者用现代人的话说吧，一只脚在体制里，一只脚在体制外。后来编者讨论了以后，怕这个书名有歧义，所以放弃了。

编者还曾经想过一个书名，叫作《每一条道路都引领流浪者回家》。这个书名也好极，它是说老高在垂暮之年到来之前，以文学的形式，为自己寻找一条通往故乡的道路，通往老家的那一片紫色苜蓿花盛开的乡村公墓的道路。

书名只能有一个，因此这个好书名也只好放弃，最好的书名是什么样的呢？当人们问美国小说家《玫瑰之名》的作者，为什么给他的书取这么个名字呢？他说，不要给书名以太多的负荷，书名的全部的唯一的目的，其实只为一件事，那就是为了引起读者阅读这本书的兴趣。

记得十九年前,第八届全国书市在西安举办,一群书商来寒舍。说起书名,一位书商对我说,将二百本书平摊在书摊上,那第一个跳出来的书名,就是最好的书名。

以上是我为《相忘于江湖》做的序言。拉拉杂杂地说了许多。戏迷们爱说一句话,叫作"(开场)锣鼓长了没好戏",那么我就歇口吧。

末了我想说的是,我感恩于文学。文学令我放大。文学令这个卑微的人,无足轻重的人,总是远离尘嚣、害羞地躲在一个角落里的人,在他生活的年代里,向世界发出聒噪之声,并且在他死后,这聒噪之声大约还会在空中回旋上好一阵子吧!

2017年5月1日于西安

目录
CONTENTS

辑一　我把整个自己慷慨地献给了文学

白房子，一个冬天的童话 / 003

老兵没有死亡，只有凋零 / 011

对马背民族的一种遥祭 / 025

矗立高原文化的纪念碑 / 032

事情但凡做到八分，就叫圆满 / 036

一个童养媳将我生在土炕上 / 040

父亲的故事 / 045

老高的三个故事 / 050

我在二百眼泉子里汲水 / 053

每一条道路都引领流浪者回家

　　——《大平原》台湾版前言 / 061

化大千世界为掌中玩物 / 068

听我新翻杨柳枝 / 071

辑二 相忘于江湖

大年夜梦见石鲁 / 077

一个人孤零零地在地球上行走

　　——说不尽的路遥，谜一样的路遥 / 080

大漠落日自辉煌

　　——悼念张贤亮 / 089

悼念陈忠实 / 095

哭李若冰老 / 103

世界上最凄凉的坟墓

　　——祭祀吴宓先生 / 107

大山之子蔡嘉励 / 110

大河的流水一点不喧哗

　　——画家王有政先生印象记 / 115

郭大校的"生命之门"和"天地之根" / 122

西北边陲的一座奇异山峰 / 127

五月的鲜花开遍了原野

　　——我的杨家岭采访本 / 139

辑三 铁马冰河入梦来

老兵孟群立 / 161

我杀死了三头野猪 / 167

兵团十三连 / 172

阿尔泰山的成吉思汗之鹰 / 174

李向红的可可西里拥抱 / 176

荒原童话 / 183

锡伯渡 / 186

辑四 大漠孤烟落日圆

向辽阔的草原致敬 / 195

西域文明与中国文化
——凤凰卫视《世纪大讲堂》讲稿 / 200

多瑙河畔的最后一个匈奴 / 213

《六道轮回图》与成吉思汗秘葬之地 / 217

辑五 我的文字有我的血在流淌

我很中国,我很陕西 / 233

感谢生活,它慷慨地给予了我这么多 / 236

一个艺术家要有担当 / 239

余生只做三件事 / 241

我的六百二十三颗结石 / 243

卖驴人和草标 / 244

罗布泊法则 / 245

空果壳 / 247

夜总会和台球 / 248

帽子,帽子 / 249

一个人一生需要多少钱 / 250

高建群小传 / 252

高建群履历 / 253

高建群创作年表 / 254

社会评价 / 260

辑一　我把整个自己慷慨地献给了文学

白房子，一个冬天的童话

1975年的冬天，是一个多雪的冬天。从十月份开始，阿勒泰草原就一个礼拜吼一场大雪。雪将戈壁滩严严实实地封住了，位于中苏边界，我在的额尔齐斯河北湾边防站，成了一个与世隔绝的孤岛。

一个放晴的中午，前面有兵团的斯大林一百号推土机开道，边防站来了一辆吉普。车上走下来一位老军人。老军人个头不高，大约有一米六二，但是很雄壮，或者用陕西话说，很"魁"。他两只手总是插在上衣口袋里，走起路来迈着标准的军人的方步。胸膛前挺，一步迈出七十五公分。他和我见过的别的老军人不同的地方是，上衣口袋里别着两支笔，一支钢笔，一支圆珠笔。

这位老军人叫那狄，时任新疆军区北疆军区政治部副主任。他是老延安，大约是1946年到延安的，满族，东北人。这次，他是到边防一线来搞调研的。

那主任在边防站住下以后，原来的日程，是两三天后就走，想不到，这时天空又飘起了鹅毛大雪，因此那主任一行只好住下来，一住就是十五天。

我的从事文学，或者说，我将自己的一生，与这件被称为"文学"的可诅咒的莫名其妙的事情捆绑在一起，就完全因为那主任的这一次行程，或者说，是因为导致那主任滞留白房子的这一场大雪。

我是1972年12月14日在家乡临潼县何寨公社东高村穿上军装的。16号到西安火车站集中，然后，一群大约三百多名关中平原上的农家子弟，被装在一列刚刚拉过马匹的铁闷子火车上，冒着珍宝岛和铁列克提的硝烟，开往中苏、中蒙边界。

这批陕西兵在乌鲁木齐改乘汽车时，被分为两拨，一拨前往中蒙边界，一拨前往中苏边界。

我去的是中苏边界。那路途上所受的折磨，现在想起来还叫人害怕。我感冒了，使劲地呕吐，肠肠肚肚好像都要吐出来了。一排三十六个人，坐在一辆大卡车上，坐成四排，屁股底下坐的是背包。人们面对面坐着，穿着臃肿的皮大衣，脚下的毡筒以及膝盖与膝盖，严严实实地交错在一起。这时我要吐了，眼看我就要喷到对面人的脸上去了。这时我急中生智，从手上脱了皮手套下来，将它吐在手套里。秽物吐到手套里以后，很快地结成了一个冰疙瘩。一天坐车下来，到了兵站，我做的第一件事情是将手套放到火墙上，去消。冰疙瘩消了，将秽物倒出来，这手套明天还要继续往里吐。记得在奎屯，在乌尔禾，在克拉玛依，在布尔津，住宿过的每一个兵站里，我都做过这样的事情。

这样我们来到了中苏边界，在一个漆黑的大雪飘飘的夜晚，顶着界河对面的照明弹、曳光弹、穿甲弹、信号弹的光亮，来到白房子。

要知道我们那里的大致位置，有个喀纳斯湖，大家都知道。那里是我们的一连，叫白哈巴边防站，沿着边防线，下来是二连，扎木拉斯边防站，下来就是三连，我的边防站，下来是四连，克孜乌雍克边防站，下来是五连，阿黑吐拜克边防站。

那主任来到边防站时，我已经在这个充满凶险、与世隔绝的边防要塞，当兵快三年了。三年来，我写了不少的诗，在纸片上写，在本子上写。大约，一种罗曼蒂克的情绪突然钻入了我的脑子里，促使我写下这些东西。"额尔齐斯河滚滚流向北冰洋，岸边有一座中国边防军的营房"，就是我给边防站办的国庆节墙报上写的诗。

那时全国有两家公开刊物，一家是上海的《朝霞》，一家是北京的《解放军文艺》。连队订有《解放军文艺》，只要能找到，我就去看。在这几年中，我只看过一本小说，是苏联的，叫《多雪的冬天》，是我从开巡逻车的司机的驾驶室里找到的。

说到那位主任发现我在写作的故事，那情形好像就是一个冬天里的童话。

天很冷，阿勒泰是中国最冷的地方。那天夜里，我上的是第一班哨。第一班哨是从十一点到十二点半。我那时已经是班长了。班长背的是冲锋枪。下完哨，回到房间，我先将已经冻得僵硬的枪，靠在火墙上去暖。这样，枪的铁质部分，会慢慢变暖，不时有水珠子渗出。等水珠儿渗完了，才能用干布子去擦，最后再用擦枪布去擦。这事必须得做，否则，枪会生锈的，锈迹斑斑，子弹就打不出去了。

将枪靠在火墙上以后，我拧亮煤油灯，开始填瞭望登记簿，那上面往往会有"三号口有苏军潜伏哨两名"，"苏松土带一侧有装甲车驶过"字样。这些填完，再填上"哨兵高建群"。

填完瞭望登记簿，那枪还在火墙上消着。等到消透，还得一段时间，于是我就着那盏小油灯，开始在一个小本子上写诗。

记得我那天晚上写了一首小诗。诗名叫《给妈妈》。

巡逻队夜驻小小的山岗，
晚霞给他们披上一身橘黄。
远方的妈妈，如果你想念儿子，
请踮起脚尖向这里眺望——
那一朵最美最亮的云霞，
是巡逻兵刚刚燃起的火光！

巡逻队行进在黎明的草原，
草原像一只偌大的花篮。
远方的妈妈，如果你想念儿子，
请……

很明显，这个面色黝黑，愁容满面，因为骑马巡逻而磕掉一颗大门牙的士兵，是在想家了。想渭河畔那个小小的村子，想他的母亲，想他年迈的婆和爷。本该，他大约是想用这一段时间，来写一封家信报平安的，结果写成了一首诗。

正当我在那个巴掌大的小本子上，埋头写诗时，门开了，走进来两个军人。一个我们知道，是那主任，另一个则是那主任带来的干事，陕西人，叫侯堪虎，我们叫他"侯干事"。

干部查哨、查铺，这是一项传统，是最正常不过的事情。大约那主任他们也没有睡觉，这时候是凌晨一点，查完铺后才去睡觉。

那主任问我在那个小本子上写什么。我说胡乱写，枪还是在火墙上靠着，等着消冰，这段时间，没有事，就在小本子上胡乱画。

那主任说他要看看这个小本，看我在上面写什么。

我拼命地用一只手捂着这个本子，把这小本死死按在桌子上，不让他看。我有些害羞，那些最初的写作者，当他们将自己的作品拿出来示人时,大约就像我现在这满脸窘态。

那主任已经伸出手来了,抓到了笔记本的边沿,但是我把本子压得更紧了。我坚持不让他看。我说,这本写得太潦草了,等我明天将它誊写清楚了,再给那主任看。谁知他说,他是政工干部出身,越潦草的字,他就越能认得。而侯干事这时候赶过来帮忙,去刁我手中的那个本子。

原来,那主任是起了疑心,不知道我在那个本子上写的是什么。

那主任这一行来,是来边境一线了解战士的思想状况的。之所以有此行程,是有个原因。我们左边毗邻的那个边防站,叫吉木乃边防检查站,那地方1973、1974、1975连续三年,有三个战士越界,投敌叛国,跑到界河对面去了。

尤其是1975年跑过去的那个,是阿勒泰军分区司令员的警卫员。这是个河南兵,叫尤胜金,好像是1971年的兵。他跑过去后,先被双眼蒙住,押到斋桑泊,再被押到阿拉木图,最后被押到莫斯科,在莫斯科郊外一个克格勃训练营训练成特务。后来的两伊战争,有个乔装成阿拉伯人的著名国际特工,名叫"沙漠之狐",那就是他。1991年,他在偷越我国国境,刺探经济情报时,被我方在边境线上击毙。——但是据最新的说法,他并没有死。前几年新疆开乌洽会,他还来过,身份是俄国商人。这是当年边防站的指导员告诉我的。他说有关方面请他去辨认,他隔着玻璃窗,一眼就认出了他。

话说,在白房子暴风雪呼啸的夜晚,三班的营房里,就着这如豆的灯光,双方为那个写诗的小本争执了好一阵子。争执的结果大家可想而知。这个懦弱的面色黝黑的小兵,乖乖地将那个手掌大的笔记本交了出来。

那主任接过了笔记本,他戴上老花镜,就着灯光,开始看起来,越看面色越严峻凝重,呼吸越急促。

他大约想不到会是这么一个结局。大约想不到在这样荒凉的、险恶的中苏边界的一个小小的边防站里,在这古尔班通古特大沙漠的北部边沿,竟然有一簇文学冲动,竟然有一个不起眼的小兵,在从事写作,或者用大家都在说的话说,在"搞文学"。

那主任看完了小本。他把本子握在手中,过来拥抱了我。他的眼睛有些潮湿。

他随手将小本交给同行的侯干事,让侯干事用正规的稿纸将这些诗作誊清,然后寄往解放军文艺社。

他对我说:《解放军文艺》所有的人我都认识,我原先是他们的领导。诗歌散文组组长叫李瑛,编辑有韩瑞亭、纪鹏、雷抒雁等等。我要专门写一封推荐信给他们,告诉他们今天晚上发生的事情,告诉他们我此刻的感受。

这就是那个冬天发生的故事。已经快四十年了,却栩栩如同昨日。

那主任拿着我的那个小本子走了。我开始擦枪,擦完枪以后,上到铺上去睡觉。班长睡头铺。班上别的人都在呼呼大睡。我睡在床上,用两只手抱着两个冰凉的膝盖,一会就睡着了。

几天以后雪停了,那主任他们一行离开,仍然是兵团的斯大林一百号开道,把雪压实,吉普车跟在后面。

第二年,也就是1976年8月号的《解放军文艺》上,刊登了我那小本上的三首诗,总标题叫《组诗:边防线上》,署名是"战士高建群"。里面有《给妈妈》那首,另两首是《装蹄员的心》和《边境线上的小河》。

而我接到杂志,已经是十月初的事情了。

那年的9月9号，发生了一件大事，这就是毛泽东的去世。那天我带领我们班种菜。一个合阳兵，是个马倌，骑着马跑来报告说，赶快回边防站，钻地道，准备打仗，毛主席"老"了。

这样，我们全站人员剃成光头，穿着皮大衣，钻进边防站原先挖好的水泥工事里。几件换洗的衣服，一点零用钱，包成一个包裹，放进营房的储藏室里。包裹上写了家乡的地址和自己的姓名。一旦你阵亡了，这包裹将由别人代你寄走。

记得追悼会的那一天，下着大雨。全边防站的人，一个挨一个，顺着地道站了有一里多长。一个小发电机在发电，隔一段有一个小电灯泡。收音机里播放着哀乐。这时炊事员进来送饭，穿着往下滴水的雨衣，说外面正在下雨。

我接到杂志大约是在十月初。那时我们还在地道里。炊事员进来说，兵团的邮递员骑着马，站在围墙外面喊我的名字。

我走出地道，翻过沙包子，接过邮递员从绿色邮包里拿出的这两捆杂志。除了杂志，里面还装了几沓稿纸和一个解放军文艺社的采访本。

那两捆杂志不知道经过多少人的手，终于寄到这遥远的边防站，原先的包装已经全磨光了，路途中又包装过，又用绳子捆过。

这就是我的作品第一次变成铅字的经过。人们说这叫"处女作"。这个发表鼓励了我，或者说蛊惑了我。自那以后，我就一直傻乎乎地热爱文学，从事写作，直到现在。

那主任回去后，还给我寄来了一些书。这些书是别人送给他、他又寄给我的，因为上面有作者的题签。这些书有李瑛的《红花满山》，纪鹏的《荔枝园里》，兵团李幼蓉、杨牧、章德益等合出的《军垦战歌》，还有一位维吾尔作家写的长篇《克孜勒山下》。

再后来我回到地方以后，还将我新发表的作品寄给那主任汇报,并且接到过他的回信。

据说,那主任后来担任北疆军区政治部主任,接着担任新疆军区政治部副主任、主任,被授予中将军衔。现在,他大约已经过世,我是听一位从新疆回来的战友说的。

而侯堪虎干事,据说后来转业回到了西安。按年龄推算,他大约应该健在。说不定,他会因为这篇文章,而和我联系上的。

我是1977年的4月10日,离开边防站,坐着大卡车,从额尔齐斯河的冰层上回到哈巴河县城,然后返回家乡。

1987年,我写出那部著名的小说《遥远的白房子》,作为我对那段军旅生活的纪念,作为我对领我走上文学道路的尊敬的那狄主任的一份回报。

那个边防站全称叫额尔齐斯河北湾边防站。但是当地的牧民叫它"白房子边防站",这是清代以及民国时期的叫法。边防站辖区内有一块55.5平方公里的争议地区。由于一直由我方控制,所以,在不久前的中俄、中哈重新勘界、栽桩中,它划归我方,成为不再有争议的中国领土。

那条叫作额尔齐斯河的、注入北冰洋的河流,那座横亘在中亚细亚地面的阿尔泰山,那块干草原,那座白房子。它是如此深地楔入我的生命之中,每次想起它都会给我带来一种病态的、深深的忧郁。白房子是我的梦魇之乡,我的永远的噩梦,我的十字架。许多年来,我像蜗牛一样背负着我的十字架,走着我蹒跚的人生。因为它,我才成为现在的我、独特的我。

2012年7月28日 于西安

老兵没有死亡，只有凋零

中国电视剧制作中心真值得叫人尊重。五年前，他们把我的长篇小说《最后一个匈奴》改编成三十集电视连续剧《盘龙卧虎高山顶》，一番热播以后，取得了不错的收视业绩。尔后，他们又将我一部早年写的中篇小说《遥远的白房子》，组织了一个写作班子，改编成三十集电视连续剧剧本。

剧本已经出来。春节前，编剧老韩送来剧本，说在拍摄之前，让我给改一改，圆满圆满，再就是给一个授权。

说到改本子，我满口应承，我说这是原作者的本分。如果他肚子里还有一些货，他一定要掏净，免得等拍出来以后，看着遗憾。我还说，这是对观众负责，也是对我自己负责。

于是我从甲午年春节，也就是大年初一那天开始，每天坐到电脑前拿个手写板，边看边改，每天三集，直到正月初十晚上完成。我当然没有大动，只是将那些对话，那些场景，那些我还一直念念不忘的生活积累，无私地奉献出来，献给这部即将开拍的电视剧。

剧本总的来说还是不错的。增添了许多人物，铺陈了广阔背景，故事继续沿着我小说的那个主干线行走，但是旁枝横生，热热闹闹，人物粉墨登场，个性张扬，充满了中国电视剧以前所没有的许多元素。记得整整二十六年前，央视就有将《遥远的白房子》改成电视剧的想法。我到央视去，当时的台长杨伟光先生，在央视旁边的财政部招待所里约见我，谈过这事。想不到他们还一直念念不忘，时间过去这么久了，还记得这事。这真叫人感动。

这是第一件事，即改剧本和认可剧本的事。第二件是签授权书，这才是编剧老韩找我的主要目的。老韩坐在我的工作室里，端着茶杯，谈到这授权书，很紧张，明显地能看出他压力很大，我明白，他一是怕我不签字，二是怕我漫天要价。

老韩说，为了拿出这个剧本，他们花了有十多年的时间了，五十多万字的工作量，数不清的场景描写，翻来覆去几十次地改本子，他们硬是出于对这部名作的热爱，咬着牙把它完成。

他还说，央视送审已经通过，委托张纪中导演和他的团队拍摄。开拍前，为稳妥起见，又将剧本送呈新疆维吾尔自治区宣传部审查。审查意见已经回来，意见主要有两条：一是注意民族问题，二是注意与上合成员国组织的关系问题。现在，他们的团队，就这两个问题正在修改或削弱某些部分。老韩还说，导演有信心，将它拍成一部类似电影《冰山上的来客》那样的西部经典。

我说，别的不说了，交给你们了，你们愿意怎么折腾就怎么折腾吧，作品一经出版，变成铅字，它就成为一个独立体，有了它自己的命运。相信能拍好。至于转让费嘛，我停顿了一下，笑盈盈地伸出一个指头。

"一个指头是多少？"老韩很紧张。

我说："不是六位数，也不是七位数，更不是八位数，而是——个位数！"

"一块钱！"

"是的，一块钱！希望你们拍好。"

老韩长出了一口气,我也长出了一口气。然后,我走过去点燃了一炷香。

就这样,我签了个一元钱转让费的合同。然后,我们喝酒。最后分手时,我让老韩将我最好的酒带两瓶去,送给导演,为他的拍摄以壮行色。

"守土有责,北方安宁"是我给这部电视剧定的主题词。当年,它也是我写这部小说时的主题词。

我希望他们拍好。我感谢他们,能将我的作品借助影视"放大",得到更多的受众,这叫我高兴。这些年来,我对中国的批评界已经深深地失望,明白他们有限的视力很难关注到我的创作。我也对所谓的文学评奖之类早已心灰意冷,他们把中国文学引导得格局越来越小越弱。这就是为什么我重视影视剧改编的原因,我更看重后者,我把读者对我作品的认可当作最高褒奖。

1972年12月14日上午,在渭河畔那个小小的村庄,我的家乡,我穿上军装,16日到县上集中,从西安坐上铁闷子车,于是,这三百多个关中子弟兵在那个多雪的冬天,踏上去新疆的路途。四天五夜之后,到达乌市。在乌市一个大剧场的戏台上和过道里,合装歇息一夜后,分别被装进一长溜大卡车里,向北向北,五天以后,这三百多人中,一半的人到了中苏边界,一半的人到了中蒙边界。从军的年代就这样开始了。

这三百多人或当兵三年,或四年,或五年,然后复员,从哪里来到哪里去,重新回到家乡,回到他们的小村子去。我是1977年的4月10日离开边防站的。从进站到离开,是四年半的时间。过去说是五年,那是大致的说法,严格地讲来是"五个年头"。

我计算了一下,从进站到离开,这五个年头,我一共得到的供养费不到一千元。第一年,津贴费每月十一块,第二年每月是十二块，第三年每月是十三块，第四年是十五块，第五年是二十块。然后复员时，复员费是六十块。再就是医疗补助是八十块。这就是五年中这个士兵得到的全部供养。

医疗费的得到这事很有趣。营部派了个兽医，到各边防站巡回，给每个退伍兵检查身体。医疗补助费最高是一百块，最低是四十块。兽医姓许，大家都叫他许医生，而不叫他许兽医。因为他谈了几个对象，领到部队后，大家叫一声许兽医，对象一听，就不高兴了，抬脚走人了，所以他忌讳人家叫他"兽医"。他是天津人。

我敲了敲边防站医务室的门，喊了声"报告"，推门进去，并且很响亮地叫了声"许医生"。许医生问我有什么病，叫我一一道来。我说我的大门牙掉了，在一次摔马中磕掉的。许医生真诚地说，这个医疗补助只能是四十块，你再说说看。于是我说我有关节炎，不但关节疼，而且凉气窜到腰眼上，腰都直不起来了。

许医生听到这话，就高兴了。他说这是慢性病，可以拿到八十元医疗补助费，于是他就在表上填写了。临出门时，他对我说，关节炎到了内地，不用治疗，就会好的。正应了许医生的话，关节炎到了内地之后，果然不治自愈了，但是，当晚境渐来以后，它突然重新发作，回到了我的身上，而且变得异常的严重。湿邪之气从膝盖窜到腰间，腰疼得直不起来，蹲在坐便器上起不来，弯腰穿袜子也做不到，晚上睡觉时，腰蜷得像一个弓一样。接下来，腰轻了，湿邪之气又蹿上了肩周，胳膊抬不起来了，肩胛那地方，渗凉渗凉，僵硬僵硬。

我相信那三百多名退伍士兵，我的乡党，他们的身体状况大约和我都差不多。有些甚至还不如我，因为他们大都生活在农村，那里条件更差一些。当年我怀着一种很重要的崇高感，一种界桩的后面就是祖国的信念,在那块孤寂的要塞上,守了五年,当你回到内地后,你发现你其实什么都不是,你的崇高很可笑,很滑稽,没有人买你的账,也没有人关心你。每当看到美国大片《第一滴血》时,我就不由得有无限悲凉之感,我能体会到那主人公为什么那样行事。

现在流行着一首朴树的歌,歌词中说:"……我的那些花儿……她们都老了吧?她们在哪里呀?"这曲调,这歌词,叫我听了每每流泪不已。

是的,他们都老了,都在生活的某一个角落待着。他们不说他们是谁,你永远不会知道。当年我们心中那位至高无上的政委,后来转业渭北地面一家煤矿,担任个什么职务,后来这煤矿被股份制改造,由别人承包,他沦为下岗者,每月领取一千三百元的工资。前几年,他来报喜说,国家把他收回来了,进入劳保系统,现在每月可以拿到三千多块钱了。营长好像转业到渭南的市属自来水公司,也已经退休多年了,战友们聚会,看见垂垂老矣的他,唯一叫人能记起当年的他的,是他一笑时,嘴里露出的那颗铁质的假牙。

他们大部分是农村兵,重新回到他们生活的那个小圈子里去了。他们都已经沧桑得不成样子了,有一小部分人已经死去,如蝼蚁、如草芥般死去。几乎每过一段时间,就会传出他们中某一个人死去的消息。

通常为我带来消息的是战友老段。老段比我们大一两岁,入伍前是民办教师,后来回去后,转成了正式工,然后在西安一家纺织厂做个小领导。当年我在西安钟楼签售《最后一个匈奴》时,他闻讯赶来,这样我通过他,和战友们有了一些联系。

他当兵的那地方不在北湾,而在界河的源头,那个名叫阿黑吐拜克的边防站。他在站上当文书。站的对面,界河对岸,有个现在属于乌兹别克斯坦的小城，叫阿连谢夫卡。我的白房子小说中，那个有着无头烈士墓的墓碑，就竖在那座城里的广场上。

我在2012年秋天重返白房子时，曾经去过阿黑吐拜克，登上瞭望台看那座小城。望远镜中，小城较之当年苏联时期，已经萧条了许多。当年阿连谢夫卡城车水马龙、人来人往，这一次，我搜索了半天，只看见一个穿着裙子，臀部肥大的妇女，走进一座建筑物中去。

阿黑吐拜克是"白色的沙山"的意思。这个边防站距北湾卡伦是50公里，我在给编剧韩老师的短讯中，详尽地描绘了那块地方的地理位置。

我说，阿黑吐拜克向西走30公里，是克孜乌雍克（红柳）边防站，再往前走20公里，是位于额尔齐斯河北岸的北湾（白房子）边防站，过了额尔齐斯河，再往前走80公里，是吉木乃边防站。依次再往前走，沿边境一线，就是博尔塔拉、塔城、伊犁的诸多边防站了。而由阿黑吐拜克向东南，即进入阿尔泰山，它们依次是扎木拉斯边防站，白哈巴边防站。白哈巴就是喀纳斯湖那地方，而翻过阿尔泰山第一峰奎屯山，再往前走，就是中蒙边界的红山嘴边防站了。

上面我谈到战友老段。因为老段，才引出上面这些话题。不过还是回到老段吧，此一刻，我觉得，战友才是最重要的。我们城里几个，经常聚会的地方是老侯的烤肉摊。记得，那一年，当听到经中俄、中哈的重新勘界、划界、定桩，55.5平方公里的白房子争议地区，将永久划归中方，成为不再有争议的永久中国领土时，我们几个，在老侯的烤肉摊前嚼着烤肉，喝着烧酒庆祝。这时老段说了一句话，说得我们热泪盈眶。

老段说："当年，如果那场中苏战争爆发，此刻，我们都躺在一个烈士陵园里。我提议,为我们都还活着,为我们有儿有女,为我们还能在这里嚼着烤肉,喝着烧酒干杯!"

这句话,让我们这些满脸沧桑的老兵,双目潮湿,热泪涟涟。

老侯在白房子时期是炊事员。他们家是"文革"中从西安回到原籍合阳县落户,所以从合阳当兵后,又回到了西安,然后在一个工厂当工人。后来工厂破产,老侯下岗,于是在工厂门口摆了个烤肉摊。我给他写了个牌子"新疆退伍老兵侯老大烤肉",挂在摊前的一棵道旁树上。

"侯老大烤肉"在那条街很有名。侯老大本人也好像是个名人,整条街都知道他。每天晚上,五点钟以后,烤肉摊支起,烟熏火燎中,老侯坐在那里,两手摊开,翻动着铁签子。他蓬松的头发,黑白相间,脏兮兮地遮住了半个脸。胡子刮得精光,露出黑胡茬子和尖尖的下巴,眼睛眯着,被烟熏得红勾勾的。鼻孔里,鼻涕不时流出来,然后腾出翻动签子的手,用手背一抹,一吸溜。老侯的生意很好。我曾经说过,我好多次回新疆,每次一路吃过去,最后还是回来吃老侯的烤肉,觉得他烤得好。

老侯的肉烤得好,害得街边别的烤肉摊没了生意,于是,他们就经常来寻衅滋事。后来双方闹到派出所里。派出所说,你个侯老大,一点眼色也没有,别人没法活,肯定要来闹你!老侯听了,明白了这道理,第二天起,每晚只烤到十一点就收摊,他一收摊,别处的生意也就起来了。

草根百姓,弱势群体,难免经常要受到市容检查的"骚扰"。有一次我在现场,眼睁睁地看着一辆工具车,开着高音喇叭,从街口一路走来,小商小贩们吓得四处逃窜。我看老侯怎么办。老侯不逃,说实话,他也没办法逃,人行道上,摆着个烤肉摊,还有一堆高高低低的桌凳。只见老侯,两手抱在胸前,面无表情地蹲在马旁边的台阶上。眼睁睁地看着他的烤肉摊，他的高高低低的桌子凳子被抬上工具车。

我站在老侯旁边，冲城管们喊道："这个人你不敢惹，他当过兵，是个二尿！在部队上，连营长的碗都敢甩！"城管白了我一眼，冲老侯说："侯老大，明天你到所里来，领回你的炉子，接受罚款！"

老侯听了这话，像放闷气一样"哼"了一声，然后冲我苦笑了一下。

通常我们在老侯烤肉摊前聚会的，还有一个战友，他是老樊，当年是白房子边防站的卫生员。老樊是西安人，当年插队，来到我老家的公社，后来接兵的来了，就糊里糊涂地跟着我们一起当了兵。因为在部队上是卫生员，所以回来就安排在了医院里当了医生。他是个老实本分人，平日话不多。我的母亲有心脏病，他就把医院里的氧气瓶，搬来放在我家里，给我母亲用。他也已经退休了，被医院返聘回去。

正是在这个烤肉摊前，在战友的聚会中，我零零碎碎地听到那些农村战友们的消息。而最近几年，我听到的最多的消息是，战友们正在发起签名、请愿活动，要求民政部门给这些当年参加过中苏边界武装冲突的退伍老兵生活补助。而最近的一次，也是在这烤肉摊前，老段报告说，经过老兵们几年来的跑动、争取、发声，终于现在得到了一个结果：从现在开始，民政部门将登记人数，给每个尚健在的农民户籍的白房子老兵，每个月补助一百块钱！

"是一百块钱吗？"

"是一百块，钱虽然不多，但是大家都会满意。觉得这起码是对老兵的一种尊重！多一个总比少一个好。人家要不给你，你白看人家两眼。"

就在老段说这些话的时候，旁边一位小年轻的手机铃声，正在唱着朴树的《那些花儿》。因此这支歌就深刻地印到我脑子里了。

是的，那三百多个白房子老兵就这样在城里或乡里的某一个角落，慢慢老去，如草芥、如蝼蚁，无声无息、无香无臭。

其实，公允地讲来，他们和周围的普罗大众比起来，不见得差，当然也不见得好，庸常的生活，平凡的人生，如此而已。只是，当我从灰色大众芸芸众生中将他们提取出来，将他们就近描写时，才突然有了一种苍凉的感觉，一种隐隐的痛楚。

阅历会留下烙印。他们大约都会和我一样，关节炎发作时，会彻夜地失眠、呻吟。大约在箱子的最底层，会压上一件旧军装，或旧军帽。会有一把蝇刷子，那棕毛是自己骑的那匹马的马尾上剪下来的，而把儿，是用戈壁滩上一棵野苹果树的树身做成的。他们通常在看到一匹旅游点上正在使役的马匹以后，眼前会突然一亮。他们的嘴边，会偶然蹦出几句草原谚语来，比如"不要和骑走马的打交道"，比如"马背上摔下来的是胆小的"，比如"骑兵的小命系在马肚带上"，等等。

我们曾经常常相约，要重返白房子，但是说归说，他们都没有回去过，倒是我，常常回去。这原因是我有个会，接个什么电话，屁股一抬，飞机票一买，就走了。用他们的话说，就是我的腿长。而作为他们来说，好像把这重返的事看得很庄严，很沉重，不停地约，还要成立一个团，拖家带口，由这个的老婆担任团长，那个的老婆担任秘书长，集资、买票、联系住宿等等，这样说了一年又一年，直到现在还没有成行。我对他们说，这是个最简单不过的事情，机票一买，直飞乌市，不用出机场，联运票直接到阿勒泰，四团的车来一接，直接到哈巴河县城，然后各个边防站再来接你们。电视剧开拍时，我将请战友一起去参加开拍仪式。

我们还有一个战友，现在在哈巴河县城，这大约是我们这一拨兵中，留在那个地方的最后一个人了。他叫陈新才，原先在部队里放电影，后来提干，曾经在县武装部做过政委，后来转业到当地，做县上的政协主席。现在已经退休。我2012年回去的时候，就是他陪我到各边防站去的。

我最近一次回边防站，是2012年的八九月间。

我是1972年冬天奔赴白房子的，到了2012年，恰好是四十周年，当我在一个场合说出，一个白房子老兵想在四十周年之际，重返白房子时，我得到了几位西安朋友的响应，几位作家、出版家表示要和我一块去，这样，我们联络了自治区宣传部接待，然后飞往乌鲁木齐，再飞往阿勒泰。

当一步一步走近白房子的时候，我的情绪变得暴躁、易怒，难以控制。对同行的人来说，这只是一次旅行，普通而又普通，但是对于一位老兵来说，这是又一次地走进青春，走进岁月，走进那沉重恐怖得令人窒息的年代。在走进白房子的前一天，我们在哈巴河县城小憩，然后中午时分，在哈巴河古河道那片十几公里宽的白桦林中，一座蒙古包里用餐。

中亚细亚的阳光，明亮、透彻，阳光透过白桦林洒在地面上，洒在人身上，给人一种异样的、梦幻般的感觉。饭还没有熟，所有的人都被白桦林美景吸引，顺着条条林间小道走向密林远处，蒙古包里只有我一个人，疲惫、苍老，心事重重。蒙古包里有一个卡拉OK机，正在不停地播送着一支歌。

这支歌就是朴树的《白桦林》。

以前我听过这首歌。那歌里有一种异样的东西，宿命的东西，每每听得我为之心疼。以前我不知道这是为什么，现在，在这片白桦林里，在这离白房子90公里远近的地方，尤其是在第二天就要重回白房子之时，我突然明白了这歌那魔咒般的音乐语言，是在说什么。

这是一个阵亡了、埋在白桦林里的二战士兵，夜半三更之际，从坟墓里冉冉走出，用他褪色的嘴唇，为他的爱人歌唱。

他说，你答应过的，你会来找我的！那么爱人呀，我在等你，在坟墓的这边等你，在雾气升腾的白桦林里等你！在世界的另一端等你！归来吧，我的永远的爱人！

听着这歌，我双泪迸流，打湿了前襟。我在这一刻想起战友老段在侯老大烤肉摊前说过的话：

"当年，如果那场中苏战争爆发，此刻我们都躺在一个烈士陵园里！"

老段说的当年那场有可能爆发的中苏战争，是指1973年3月14日苏联武装直升机越界事件。当时双方剑拔弩张，已经到了临界点上。苏方照会说，由此不可避免地引起的一切严重后果，由中方负责。只是后来由于两个国家的克制，交还飞机，战争才没有爆发。

我说，幸亏那场战争没有爆发，要不，中国文坛也许会少了一个不算太蹩脚的小说家的。蒙古包里，四处观光的人陆续回来了，他们看到泪流满面的我，心情也都开始变得沉重。

第二天我们启程，这样我又重回了一次白房子。

那块惹是生非的争议地区，现在已经永远归中国所有。这由于我们的坚守：由于自白房子第一位站长马镰刀开始的历任站长、历茬士兵的坚守，它成为不再受争议的中国领土。

在1997年中俄中哈重新勘界、划界，栽桩中，它秉承的原则是"谁现在实际占有，原则上归谁"的精神，所以说，马镰刀和他的士兵们，老高和我的战友们，我们的坚守是值得的。这个最终结局是我们坚守的结果。

那是喀拉苏干沟，那是阿克别克河，那是额尔齐斯河，它们都在静静地流淌着，一如往昔，只是这个老兵，已经满脸沧桑了。漠风起了，打湿了我的眼睛。在白房子，我们并没有做过多逗留。这里于我来说，已经是很陌生了。铁打的营盘流水的兵，我十年前重返白房子时见过的人，现在一个都没有了，连当时谁是连长谁是指导员，现在的他们都说不清楚了，更何况我是一个四十年前的人。四十年前，他们还都没有出生。

下午，我们离开白房子，亲爱的战友，步履已经有些蹒跚的陈新才一直陪着我，送到哈巴河县城，再送到布尔津。在布尔津歇息一夜后，第二天，我们和他告别，前往克拉玛依、奎屯、伊犁、库尔勒、乌鲁木齐，十天以后返回。

此行中，在阿勒泰，在乌鲁木齐，我见到了几位当代最好的哈萨克族作家，他们希望我为哈萨克民族写一部史诗，就像我写过的《最后一个匈奴》一样。"哈萨克"是迁徙者、避难者的意思，这个伟大的游牧民族历史上经历过许多的迁徙，许多的磨难，他们还是第一个"胡汉和亲"的民族，好像是细腰公主或者解忧公主嫁给了乌孙王。他们在两千年前的欧亚古族大飘移时代，民族的名字叫作"乌孙"。

我对这些朋友说，你们自己写吧。你们更接近脚下的大地，我已经有些老了，写不动了！我还真诚地说，一个民族，要让它的心灵变得更加强大，需要有经典作品来支撑，需要有二百个自己的思想家、哲学家、文学家来支撑，这样心灵会变得更加广阔而强大，更能经得起风风雨雨。

我还想将两首歌献给亲爱的读者，这是我为编剧家老韩提供的，要他用到电视剧《白房子》中去。一首歌是一支游牧民族的古

歌。俄罗斯作家普希金在他的小说《上尉的女儿》中曾经引用过这首歌。歌词如下:

> 我的地方,
> 小小的地方!
> 并不是我自己要来,
> 也不是马儿载了我来,
> 是那,
> 可诅咒的命运,
> 它把我带来的。

另一首歌,是一首著名的哈萨克族民歌,名叫《燕子歌》。这首歌,是在乌市时,尊敬的哈萨克族女作家、自治区文联副主席伊尔克西为我们即席唱出的。她唱得真好,深情、动人,且有一丝淡淡的哀伤。她本人也给人一种高贵的感觉。歌词如下:

> 燕子啊,
> 听我唱个我心爱的燕子歌,
> 亲爱的听我对你说——说燕子啊!
> 燕子啊,
> 你的性情愉快亲切又活泼,
> 你的微笑好像星星在闪烁。
> 啊——
> 眉毛弯弯眼睛亮,
> 脖子匀匀头发长,
> 是我的姑娘啊。

燕子啊，

不要忘了你的诺言变了心，

我是你的你是我的燕子啊。

燕子啊，

听我唱个我心爱的燕子歌，

亲爱的听我对你说——说燕子呀。

燕子啊，

你的性情亲切愉快又活泼，

你的微笑好像星星在闪烁。

啊——

眉毛弯弯眼睛亮，

脖子匀匀头发长，

是我的姑娘啊。

燕子啊，

不要忘了你的诺言变了心，

我是你的你是我的燕子啊！

  除了歌曲以外，我还请导演在三十集电视连续剧《白房子》结尾时这样处理。我说这是巴尔扎克式的叙事方法，即把前面所有铺张开来的线头，到结束时挽个疙瘩，将所有的艺术打击力量，放在最后，"啪"的一声结束。结尾时是二十个战死在白房子的士兵的墓碑，一身素白的女主人公从戈壁采来火红的红柳花穗，黑梭梭花穗放在方尖碑前。劫后的北湾卡伦废墟上，士兵们在打土块，一座白房子悲壮地又站立起来了。残阳如血，古尔班通古特大沙漠一片死寂。

对马背民族的一种遥祭

"你知不知道有一种感觉叫荒凉?"这是一首流行歌曲里的话。是的,我当时就这种感觉。"荒凉"不仅仅是因为身处一块荒凉地域的原因,而且是由于在我的一瞥中,我看到了人类的心路历程。我因此而战栗以至近乎痉挛。那已经是整整二十年前的一幕了。当我得知我逡巡北方的那一块地域,正是匈奴部落迁徙所经的地方。他们于公元二世纪启程,自陕北高原与鄂尔多斯高原的接壤地带,途经中亚细亚、黑海、里海,于五世纪时,匈奴的一支,成为欧罗巴大陆上一个叫"匈牙利"的国家。我曾经与一位叫穆罕默德·阿里·冯福宽的诗人探讨过这种迁徙心理,因为他本身就是一个流浪民族的后裔。他说,他们普遍有一种深刻的孤独感,他们担心一觉醒来,自己突然像沙漠里的潜流河一样消失。

我的尊敬的朋友、散文家刘成章,这个无可奈何地承认自己身上有匈奴血统的人,在罗马尼亚访问时,曾经接受过罗马尼亚作协主席夫人深情的一吻。夫人是匈牙利人,她紧紧地拥抱着这位越过两千年的时间和欧亚大陆这样的空间,来到她身边的兄弟。她希望刘成章先生还她一个吻。你能够抵挡一个女人的请求吗?你能够按捺住这两千年积淀的感情在此一刻的喷发吗?刘成章照我们所认为应当那样做的做了。这一刻，也许这个小小寰球上发生过许多更为重要的事情，例如"爱国者号"拦截"飞毛腿号"，例如经过三年禁赛的马拉多纳重披战袍，例如西方七巨头在法兰克福秘密会谈，但是，这一吻远比那些烂事儿更加美丽和深刻。

在我当年骑马逡巡北方的地方，一条干涸了的河流的旁边，有一片公墓。庞大原木堆成的木塔，一座挨一座，占了半个戈壁。木头已经发黑、发干，只是在炎阳的炙烤下，它们还十分坚硬。我请教过不止一个的哈萨克学者，问这片坟墓是谁的。他们说，这不是哈萨克的，它显然属于在他们之前来过这里的，一个匆匆而过的民族。那么，今天我想，它会不会是匈奴民族的呢？以上所谈的，完全是和《最后一个匈奴》无关的话题。我无意于追究那已经走失了的历史，也没有闲情逸致去凭吊岁月。我是在解释我的长篇小说由来。因为它的世纪史，是在两个大背景下展开的，一个是革命的背景，一个是陕北大文化的背景。陕北的地域文化中，隐藏着许多大奥秘。毕加索式的剪纸和民间画；令美国研究者赞叹的、绝不同于温良、敦厚、歌乐升平、媚俗的中国民间舞蹈的那个安塞腰鼓；以赤裸裸的语言和热烈的口唇唱出来的陕北民歌，响遏行云的唢呐；四百五十万堂吉诃德式、斯巴达克式的男人和女人。二十世纪三十年代中国境内的所有红色根据地都损失殆尽，而陕北依然立于天地间。毛泽东一行在这块黄金高原使事业达到大盛，如此等等，不一而足。解开这些大奥秘的钥匙叫"圣人布道此处偏遗漏"。这是清廷光绪特使、翰林院大学士（大约还是梁启超的岳丈）王培棻视察陕西省，在陕北视察后奏折上的一句话。遗漏的原因是，在两千年的封建岁月中，这块地域长期处在民族间的拉锯战之中。退而言之，儒家文化并没有给这块高原以最重要的影响，它的基本文化心理的构成，是游牧文化与农耕文化的结合。而作为人种学来说，延安以北的黄土丘陵沟壑区和长城沿线风沙区，大约很难再有纯正的某一个民族的人种（尽管大家履历表上都一律填写着汉族），他们是民族交融的产物。——民族交融有时候是历史进步的一种动力，这话似乎是马克思说的。评论家肖云儒先生又将他这一阅读心得转告于我。

陕北高原最大的一次民族交融，也就是说构成陕北地域文化最重要的一次事件，是在汉朝，即公元二世纪前后。南、北匈奴分裂（也许昭君出塞是导致这次分裂的原因），北匈奴开始了我们前面谈到的那一次长途迁徙，南匈奴则永远地滞留在高原上了。刘成章先生如果有意做一次回溯的话，他也许会发现他正是滞留在高原上的后裔之一。史载，汉武帝勒兵十八万，至北方大漠，恫喝三声，天下无人敢应，刘彻遂感到没有对手的悲哀，勒兵乃还。我想那时，南匈奴已经臣服，北匈奴也已经迁徙到了我逡巡北方的那个地方了。我的长篇中那个农耕文化和游牧文化交会所生的第一个儿子，他的第一声啼哭便带着"高原的粗犷和草原的辽阔"。这种交会构成了有别于中国其他地域的一种人类类型心理。如果我是一个严肃的学者和小说家，我只能做出这种解释，我也只能以此作为出发点，来破译这块玄机四布的土地上的各种大文化之谜。

我的世纪史正是在这样的文化背景下展开的，人物和二十世纪陕北高原上的几乎所有重大历史事件，正是在这样的文化背景下表现的。如果没有这个背景，所谓的史诗只是徒具形式而已。另一个背景是革命。这里，仍然可以使我们延续"你知不知道有一种感觉叫荒凉"这个话题。革命是促使历史进程前行的一种方法。当进程已经不满足于温良恭俭让式的改良的时候，它求助于历史的手术刀。于是，风暴开始了，时代激情呼唤和驱使一部分人去义无反顾地献身、英勇卓绝地斗争，去为自己的利益和隶属于自己的阶级的利益而战。"革命是历史的火车头",列宁的这句话放在这里是合适的。发生在中国二十世纪的产业工人、农民以及同盟者所进行的革命,习惯上称之为无产阶级革命或共产主义运动。它正属于上面所说的。这是人类的、优秀的思想家们和行动家们,为了寻找合理的生存秩序和完善的社会制度,一次勇敢意义的尝试和实践。这种实践过程目前仍在继续。

值得骄傲的是,陕北这块地方,曾经有十三年的时间,成为这个历史大动作的中心舞台。因此,我的世纪史必须将这场辉煌放在它的大背景下,或者更准确地说,如果以革命历史题材来框这件作品的话,它乃是以诚实的笔触,表现了革命在这块土地上发生和发展的过程。责任编辑朱珩青女士认为:作者给予了革命一个全新的审美视角,他告诉人们,革命不是外来的,是从土地本身自然而然地产生的,民国十八年的那场大旱较之造成李自成揭竿而起的那场崇祯年间大旱,严重许多倍,因此一定会有革命产生的,不同的是,二十世纪的这场革命,由于有了共产主义因素的介入,使它有了行动纲领和终极目标。

在北京座谈会上,中国权威的长篇小说研究专家蔡葵先生说,他认为作者试图寻找历史的"框位"这个问题,种种的因素"框"定了,历史只能这样走而不能那样走,这一方人类族群只能这样走而不能那样走,每一个单个的人亦只能这样走而不能那样走。蔡葵先生所说的"框位",大约就是我在"后记"中所谈的"历史的行动轨迹"。我感谢蔡葵先生的深刻,我在题赠给他的书中,称他为"大师"。

暮鼓晨钟,岁月轮回,人类已经走了它的文明史的相当一段时间了。二十世纪所进行的革命,我的小说所表现的这一幕大剧,是人类进程中的一截链条中的一环。人类还得继续前行,对真理探索是没有穷尽的，但是，这个探索是以目前的一切为基础的。为什么当年我骑着黑走马站在欧罗巴与亚细亚之交，注视满目荒凉的那一刻，永恒的愁苦表情，便像命定的印记一样，凝固在我的前额。为什么呢？因为我看见了人类生存的不易，看到了人类处境的艰难，看到了人类的心路历程，充满了荒凉的感觉。不同肤色，不同信仰的人类族群，都如是。那种强烈的孤独感和痛苦感，并不仅仅存在于迁徙的民族中，它同样存在于定居的民族中，它是人类共有的一种无法排遣的情绪。

《最后一个匈奴》中那些斯巴达克式、堂吉诃德式的当代英雄们，他们所忘我献身的事业，或垂之以久远，或风行于片刻，那都不是最重要的。最重要的，是人们曾经理想过、追求过，并且在这宗教般的献身中因为自我价值的实现而得到了最大的人生满足。

长篇小说《最后一个匈奴》面世前后，有许多的事情发生。这也许是命运使然，是小说本身的命运，亦是小说作者本身的命运。哎，小说面世已经二十多年了吧！二十多年是个不算太短的时间概念。它的启动是在1979年4月19日。当时，陕西作协恢复名称恢复活动后开的第一次创作会叫"新作者会"。会上，我和一位叫臧若华的北京女知青商量，要合作写一本关于陕北高原的长篇史诗。大约是那年年底，若华女士去了香港定居，这部书就只好由我独立完成了。她留给我的所有资料，是那个剪纸小女孩的口头传说和变成文字的包裹在小说中的那三千多字的短篇《最后一支歌》。我开始了自己梦魇般的写作历程，像一个陀螺一样自转。十多年之后，到了1991年，小说已经完成一大半了。但是小说稿突然丢失了。

这事现在叫我想起来还觉得诧异。1991年7月，中国作协通知我到西安领取庄重文文学奖。那时我在延安报社工作，临行前，一位青年评论家朋友来我家，提出要把稿子带走去看。待我回来，他说稿子丢了，被小偷偷了。我在那一刻五雷轰顶，有一种世界末日的感觉。我主动找了许久，跑遍了这座城市每一个公用厕所，并且和能联系到的小偷，包括小偷组织的头儿商谈，还是没有找到，小说手稿从人间蒸发了。我站在阳台上热泪盈眶，那时的我多么虚弱呀！我明白这是命运，我不应该被打倒，我要从头再来！这样我只好从头写起。

　　行文到这里，我突然厌倦了自己这种伤感的情绪。本来我还想谈谈该小说后来吃官司、再后来某文学奖评选落选的事。两件事前后有关系。但是我决定不说了，这里只说高兴的事。我感激尊敬的编辑家朱珩青女士。她说，能写出《遥远的白房子》的作者，肯定能写出惊人的长篇的。这样我和作家出版社签约。该书写作途中，她又专程来催稿。她先是到四川寻找周克芹的遗稿，接着又从西安来到延安催稿。她对我说，世界上的事情件件都很重要，但是对你来说，重要的事情只有一件，那就是把《最后一个匈奴》这项"工程"完成。1993年5月19日，北京《最后一个匈奴》座谈会上，她穿着一套西装裙，站在会场的门口迎接来宾，年过半百的她像小女孩一样，梦幻般地微笑着。这一幕，也许我会记到死亡的那一刻。

　　北京座谈会上，国内的评论界大腕几乎悉数到场，他们给予《最后一个匈奴》高度评价，给予这位涉世不深的写作者以真诚的鼓励，那年我整三十九岁。因为来的人太多了，我这里不一一写出来了，我怕记不全，丢掉了谁。不过有两个人我要特别说一下。一个是作家出版社常务副主编秦文玉。他已经于十多年前走了，在福州出的车祸。那是一个多么真诚多么敬业的编辑家呀！他主持会时，那嘶哑的声音长久地回荡在我耳边。另一个是光明日报社高级记者、散文家韩小惠，除报道《最后一个匈奴》在北京出版以外，还报道了陕西后来相继出版的几本书的消息。《最后一个匈奴》

以及由它引发的文学界"陕军东征",代表了长篇小说创作的一个高度。那是种种因素共同缔造的结果,有必然也有偶然的。1990年中国作家年会在延安召开,马烽在会上评价陕西文学底蕴深厚,必将有所作为,为当时的文学创造了较为宽松的创作环境。1985年,陕西作协召开了由路遥主持的长篇小说促进会,号召大家写长篇小说,口号是"文学的最后较量是长篇小说的较量",鼓励大家像巴尔扎克、托尔斯泰学习,以柳青、杜鹏程这样的陕西文学优良传统承担者、创造者为榜样。随后,路遥写出《平凡的世界》,接着《最后一个匈奴》《白鹿原》《废都》先后问世。在媒体会后,《光明日报》上发表文学"陕军东征"的报道,由此掀起"陕军东征"的大浪潮。这也是纸质文学的最后一次辉煌,后来就开始悲催地被边缘化了。

记得有一次,在北京见到柳萌老师,他问我怎么看当前的长篇小说创作。我说"陕军东征"时期曾经达到过一个高度,后来又从这个高度滑落了。该书给出版社带来了可观的收入。记得作家出版社常务副主编王文平对我说,那一年该社的工资、奖金、年终奖,主要靠的这本书。关于《最后一个匈奴》小说的话题,说到这里为止。

矗立高原文化的纪念碑

丰富的生活阅历,苦难的童年经历,对我来说是人生最重要的第一堂课,或者说是第一本教科书。苦难,是你能够接触到的人类生存的本质。当人们问高尔基,一个作家最好的早期训练是什么时,高尔基长叹一声说:不幸的童年!

在二十世纪六十年代初自然灾害时期,原本富庶美丽的关中平原乡下也遭遇大饥馑。我祖辈世代居住在靠渭河边的小村子。我出生在那里,也目睹和亲身经历了关中平原那段悲惨的苦难。没有经历过长夜的人不足以语人生。我经历过许多事,可以说苦难伴随着我的一生。我曾经说过,一个人一旦不幸被文学所绑架,被艺术所绑架,他就注定了一生都是悲剧性的命运。我的大半生,其实一直是在两个文化背景下行走,一个是农耕文明,一个是游牧文明。当年在中苏边境,一个荒凉的边防站服役时,当敌人的坦克呈扇形向边境线包抄过来的时候,我是火箭筒射手。按照教科书上的说法,当一个射手发射到第十八颗火箭弹的时候,他的心脏就会因为这十八次剧烈震动而破裂。但是,我还是在碉堡里为自己准备了十八颗。那是一种崇高的感觉,希腊悲剧式的感觉,你只有经历了,你才能知道。我在一篇文章中说,所幸的是由于双方的克制,那一场边境冲突没有继续,所以我现在还活着。要不,中国文坛或许会少了一位不算太蹩脚的小说家的。

我在陕北生活了三十年,陕北黄土高原、渭河平原和遥远辽阔的新疆大地,是我的精神家园和永远的故乡。《遥远的白房子》《最后一个匈奴》《大平原》等书,是我献给新疆、陕北、渭河平原的礼物,以表感恩之情。我在一篇文章中写道:"在渭河边,我度过了卑微和苦难的少年时代。苍凉青春年华则献给了额尔齐斯河边的马背和岗哨,站在亚细亚大陆与欧罗巴大陆之交,倚着界桩,注视着阿提拉大帝和成吉思汗远去的背影。我又曾在延河流淌过的那个城市生活工作过近三十年,走遍了高原尝遍了草。正是这三条河流构成了我文学作品的主要源泉和基本面貌。"正是这些特殊的历练,使得我作品里一直充盈着庄严而恢宏的英雄主义,我不否认在躯体里流淌着红色血液和来自大地、来自民间的智慧气息。我是这块土地上自然而然地生长出的一棵树。

在当年我和著名作家毕淑敏、周涛先生,三人随央视拍摄《中国大西北》系列专题片时,我从1997年到2007年,十年间,足迹踏遍了陕甘宁青新西北五省区,深入厂矿企业、田间地头。在那些年间,我出版了《我在北方收割思想》《西地平线》《胡马北风大漠传》《罗布泊大涅槃》《阿拉干的胡杨》等五部作品。《西地平线》《阿拉干的胡杨》被选入高中、大学课本,我被《中国作家》杂志推出为当代最具影响的十二位中国作家之一。

我不知道我为什么痴迷于这一类题材和这一种思考。我常常觉得自己像一个女巫一样,从远处的旷野上捡来许多历史残片,然后在斗室里像拼魔方一样将它们拼出许多式样。我每有心得就大声疾呼,激动不已。那一刻我感到历史在深处笑我。这是我在《胡马北风大漠传》题记里的一段话。我把这种痴迷的原因归结为使命和自己是一个世界主义者。

有很多读者问我为什么钟爱匈奴这个题材,我觉得和我在新疆当兵的经历有关。作为北方人,骨子里多少流淌着游牧民族的血液。喜欢写游牧民族的故事,不仅因为我从小在陕北长大,更和在新疆五年骑兵的经历有关(我是中国最后一代骑兵,骑兵这个兵种就是在我们手里消失的)。我真正对游牧民族的了解,还是在新疆,作为中国最后的骑兵曾经在草原上、古墓旁穿梭,和游牧民族打了五年的交道,在后来写长篇小说《统万城》时,我把自己很多生活经历都融入其中。《统万城》是匈奴民族留在大地上的最后一声白天鹅的绝唱,而匈奴民族在亚欧大草原上的几百年飘荡,也许是世界史上最悲壮的史诗。

二十年多前出版的《最后一个匈奴》小说,是我在黄陵县委挂职期间创作的,二十世纪九十年代,《最后一个匈奴》在中国文坛引起不小轰动,被称为"陕军东征"的"三驾马车"之一。当年的"陕军东征"至今依然被认为是新时期当代文学最重要的事件。1977年我从骑兵部队退役,写出了《白房子》等小说。之所以创作《最后一个匈奴》,也是对古匈奴民族精神的一种敬仰,是对马背民族的一种遥祭,也可以说是对骑兵生涯的另一种缅怀。我说过:"当一个高贵的马上民族有一天脱离了马背,而必须在大地上匍匐行走时,高傲的性格和卑微的境地所形成的反差,会日夜撕裂着他的胸膛。"

《最后一个匈奴》是我为陕北高原建造的一座纪念碑,呈现了在陕北这块特殊地域里匈奴曾留下的深深足迹,是一部带有希腊式悲剧色彩和崇高感的高原悲壮史诗。我当年在写这部作品时,就深刻感觉到游牧文化对中华文明的影响,尤其是陕北地区。我认为陕北是游牧文化和农耕文化的交汇点,抑或是一个拉锯之带。在中国历史上两千年封建社会中,有一半的时间是被游牧文化经营,另外一半时间则是由农耕文化经营。如果说,《最后一个匈奴》是写农耕文明替代了游牧文明,那么《大平原》则是讲工业文明替代了农耕文明。

事情但凡做到八分，就叫圆满

在三十集电视连续剧《盘龙卧虎高山顶》的开机仪式上，央视制片人李功达先生说，如果不把高老师的《最后一个匈奴》这部中国文学的红色经典，变成一部电视连续剧，那是中国电视人的羞愧，是我们中央电视台的失职。杨作新的扮演者潘粤明、黑白氏的扮演者刘涛，在开机仪式上发言说，央视有信心把它打造成中国电视剧创作的一部代表作，他们则有决心把它打造成自己个人的一部代表作。

他们做到了，完完全全地做到了。我在看了样片以后，给李功达先生打电话说，我看了前五集，流了四次泪，我经常说长篇小说要"宏大叙事"，什么叫宏大叙事，这就叫宏大叙事。我还向演员们致敬！我看到一群表演天才在演绎人物，这些人物比我小说中的人物更鲜明、更具有戏剧张力，他们将小说中的戏剧因素挖掘出来，像吹气球一样无限放大。记得拍摄期间，我曾经三次前往陕北去"探班"，地冻天寒，山沟里钻着一群傻乎乎的人，面色呆滞，目光狼狈，像回到过去年代。我记得，只有当年（1979年冬天或1980年春天）拍《黄土地》时，我才有过这种感觉。根据小说改编的三十集电视连续剧《盘龙卧虎高山顶》，先在央视八套黄金剧场首播，连播三次，接着在黑龙江卫视地方台首播，继而在各地方台播出。

我对陕西省的广电局局长说，文学必须向影视"就范"，向网络"就范"。我说，我的母亲不识字，我都写了三十本书了，母亲一个字也没有看过，但是当小说变成电视剧以后，她每天晚上都看，脸上洋溢着幸福，上卫生间也是一路小跑。八十岁的她，每年开春，每年入冬，都要住两次院，可是2011年的春天，因为忙着看电视剧，连生病都忘了。不过电视剧有一个遗憾，就是名字不如叫《最后一个匈奴》那么响亮。世界上的事情，总不能尽善尽美，能够播出，能够产生影响，这就算不错了。世界上的事情，但凡能做到八分，就叫圆满了。

随后，我的另一部重要著作《大平原》，也被改编成四十集电视剧。运作者基本上还是那个团队，即央视电视剧制作中心的李功达先生出任制片人，不过，投资方变了。《盘龙卧虎高山顶》一剧给投资方带来了丰厚的回报，正如以前小说给出版社带来丰厚的回报一样。但愿《大平原》的拍摄也能做到如此。因为我的劳动而给别人带来收获，给社会创造财富，这总是一件叫人高兴，叫人体面的事。一部小说，一旦变成铅字，便有了它自己的命运。作为原作者，他唯一适合做的事情就是三缄其口，作壁上观。让它去经历吧。包括小说的经历，也包括这部电视剧的经历。在这里，我就是以一个局外人、一个旁观者的角色向剧组献上敬意。这个敬意还献给当代最好的小说家之一、本剧编剧葛水平女士，还献给尊敬的导演延艺先生、梁彤女士。

2011年，我还完成了一件重要的事情，即给匈奴民族的唯一都城、匈奴民族在行将灭亡前发出最后一声绝唱的地方，陕北高原的统万城，写了一个电影文学剧本。历史上的匈奴民族，有着太多的故事可以提起。南匈奴的赫连勃勃建立了统万城，而与他同时代的北匈奴人阿提拉大帝差点攻陷罗马城，改写西方文明历史。当英雄美人走过，这是多么的辉煌，在电影剧本中，透过女萨满的眼睛将南北匈奴的故事连接，穿越时空写了赫连勃勃，也写了伟大的阿提拉大帝。然而就是这样一个在历史上声名赫赫的民族，却随着赫连勃勃和阿提拉大帝的离世，淡出了历史的舞台。我们应该以宽容之心，来看待所有民族为自己的生存而进行的斗争，来定语笔下的匈奴民族。

我原来想把这电影叫《统万城》，导演则将它定名叫《最后的匈奴王》。这部电影是大制作，类似于《约瑟王》《木马屠城（特洛伊）》那样的大片。电影将来拟请联合国秘书长题写片名，通过联合国教科文组织向全世界发行。电影的拍摄，除了艺术的目的之外，它还有一个功利的目的，即能对统万城申请世界非物质文化遗产一事，有所帮助。也许，那也是我的文学生涯的又一件重要作品，一件东方与西方沟通和对话的作品。

我说过，"匈奴"这个话题，是全人类的一根大筋，一抽动它，东方的和西方的每个人，都会痉挛起来。匈奴民族因为消失而存在，那血脉在如今不同国家、不同肤色、不同种族的人们的血管里，继续澎湃着。我决定将长篇小说的名字叫成《统万城》。我要调动我的所有积累、所有激情、所有艺术才能写好它。我那年五十八岁，写完这本书当年还是以为，也许我向长篇小说这种艺术形式做最后一次致敬！在生日那天，我把自己关在工作室里，画了一天画。一边绘画一边思考，我给自己定了个"步入晚年三原则"。这三原则是：第一，到退休年龄就退休，绝不拖泥带水；第二，绝不欺行霸市，永远低调做人；第三，抓住剩余的人生，再写点好小说再画点好画。

在写完《大平原》之后,就一直有不少媒体说将是我的封笔之作。好在几年后,我又写完并出版了长篇小说《统万城》,那本被著名评论家李星先生谬赞为堪称史诗之作的小说,我个人也突破了以前的封笔说法。我在北京时,亚马逊网采访,问过以前的封笔问题,我回答说:演员在谢幕之后,如果观众的掌声热烈,会把他重新召唤回舞台。

而我在去年又拿起笔来,再写一本重要的书,写世界各文明板块的发生和发展以及流变,写世界三大宗教的发生和发展以及流变,写儒释道三教合流的中华文明的准宗教的发生和发展以及流变。要用小说的形式来写。小说的名字我第一次在这里披露吧,叫作《我的菩提树》——汉传佛教落地生根,菩提树下众生欢宴。

一个童养媳将我生在土炕上

在我生日的这一天，我每年都要送给母亲一个红包，感谢她生了我，感谢她为我的来到人世上，疼过一回。现在生孩子条件好多了，往医院里一住，有专业的人员帮助。六十多年前的农村，生孩子是一件难事，所以老百姓有"人生人，怕死人"的说法。生孩子又好像很随意，大部分是生在土炕上的，还有的生在砬道窑里，正磨粮食推着个磨棍，突然肚子疼往下一蹲，解开裤带，孩子就生下来了。有的是生在田地里的，农妇正劳动着，就地就生了。有些女人拉撒，甚至把孩子生在茅坑里。我是生在自家土炕上的。就是那种用土坯砌的，冬天可以烧热的土炕。记得，奶奶常说个谜语叫我猜：一头老牛没脖颈，有多没少都驮上，说的就是这种土炕。

我生在黄昏，用母亲的话说，就是天麻糊黑，人喝汤的时候。用一把做衣服的剪刀，在青油灯的火苗上烤一烤，算是消毒，然后用这剪刀剪掉脐带，只听"哇"的一声哭声，这孩子就算出生了。人们说，母亲生我时，面无血色，脸色黄得像黄表纸，听到哭声，她欣慰地笑了，说：你把为娘可害苦了！唉，我又一个讨债鬼来了！在去年的春天，我的孙女出生了。她生在羊年，是一个羊宝宝。说到这里，总让人有一种奇异的感觉，韭菜割过一茬又长一茬的感觉!羊年是好年,中国的老百姓有"羊马年广收田"的说法。那年我接到通知说,我的长篇小说《统万城》获得了中华图书奖,我对该书的责任编辑韩霁虹女士说:我不该获这个奖,因为最近为写一本书的缘故,我又系统地阅读了我们的老古董,从而对文学又有了些新的认识,它们才是高山,《统万城》只是小丘,它们才是大厦,《统万城》只是包厢,应该把最高的褒奖给它们。

我去年写作的这本《我的菩提树》,共写一百零八章,取佛祖脖子上挂的一百零八颗念珠之意。那时已经写到五十五章了,并打算在羊年底完成了它。另外根据我的早年一个中篇小说改编的三十集电视连续剧,央视八频道正在拍摄,佑护我吧!希望能够拍好,拍成一个类似《冰山上的来客》那样的西部经典。大半生以来我正直地活着,崇高地活着,淡泊地活着,卑微地活着,守着一个文化人的底线和本分。如果让我重新出生一次,我仍然愿意出生在关中农村的那个土炕上,由一位做过童养媳的卑微的农妇带我出世,如果要让我重新选择一次职业,我仍然会选择一个写作者,活着的时候向这个世界发出响亮的声音,死后这声音仍会在空中回旋一阵子!

我一直把写"大部头",当作自己的主要任务。也在写作长篇之余,写一写散文作品,大家还都说不错。有一些约稿,例如有一篇写成吉思汗游牧文化的,是我在凤凰世纪大讲堂演讲的手稿。又有一篇是为《北京文学》写的,好像叫《走失在历史迷宫中的背影》,还获得过"老舍文学奖"。还有一篇《拥抱可可西里》是一家有名的杂志,叫《读者》,它约我写的。我把这些东西凑到一起,就变成了一本书。我写了十本散文集,2014年出版的《你我皆有来历》,那是第九本。《你我皆有来历》这本书的文章,是湖南文艺出版社的龚湘海先生带人从我家的电脑里抠出来的,他们自己拿回去编辑。他们还要把我的七八部长篇,二十几部中篇,九部散文集出一套叫作"高建群作品"的丛书。

说到书画，确实是书画同源，我的书法，我的绘画，用《文心雕龙》里的话说，诗不能尽，溢而为书，书不能达，变而为画。诗歌已经不能让你尽兴了，激情奔涌，我写书法吧，书法还不能够尽兴地表达，那我画画吧，用更具象的形式表达吧。《你我皆有来历》中没有一幅插图，甚至连前言结语都没有，是因为编辑和我两地遥远，沟通不多，后来我写了一个序，叫作《六十初度，马齿徒长》。如果要再版，我还是想要有个序，画几幅画在上面。

我理解的文学艺术，一个真正意义上的创作者，他的作品是蘸着他的血写的。陕北高原年节的时候，要抬着猪羊，扭着秧歌去拜祭山神庙、土地庙，这叫"献牲"。一个作家的从事艺术实际上就是把自己当祭品，为缪斯献上。我在当年写《最后一个匈奴》的时候，感到自己像一架濒临失控的航天器一样，最后差一点回不到地面了。我在写作《大平原》结束后，中风住了二十一天的医院，也许只有这样的创作，才有可能写出来一点真正意义上的艺术作品。相形之下，那种散文结集的书，像《你我皆有来历》《生我之门》，就轻松很多。长篇写作是生一场大病，散文写作只是一场感冒而已。

因为习惯，我一直坚持手写，不用"键盘写作"，但不完全拒绝新潮时尚的新技术。我写小说时候，还用手写，而且是用蘸水笔蘸着墨水写，我总感到键盘上的字不是我的，是公共情人，她一站到街上谁招手就和谁走。我一直学不会电脑，但是现在来说，我还是羡慕那些会打字的人，我的儿子给我装了个手写板，《你我皆有来历》里面的许多文章都是用手写板写的，尽管用了高科技，但还算是用手写的。我还学会了手写发短信和微博。一个朋友给我建立了一个高看一眼工作室，有两百多个群友，每天我都在上面胡说八道。朋友说："年过六十，当骂且骂！"我说："善。"我还说，我们的老古董，《三言两拍》里说，天下最厉害的是三张口：一是乞丐的口，吃遍四方；一是媒婆的口，传遍四方；一是文人的口，骂遍四方。《你我皆有来历》开篇，就是"成吉思汗的上帝之鞭"。读者看过我作品，都觉得我似乎独独钟情于游牧精神。那篇文章，在2007年被评为全国散文十佳，名列第七，我和一位教授在《南方周末》报刊，就该文还发生一场舌辩，有些是他对的，有些是我对的。游牧文明是一个很大的话题，如果有时间，我还会在以后慢慢讲的。

我曾称自己被文学"绑架"了四十年，现在花甲之后的生活，平时除了写作，我基本上没有什么爱好，长年累月的写作，已经把我变成了一个废人。现在的工作基本上是对半对半，写小说占一半时间，写字画画占一半时间，有时候钻到画画里出不来，眼前都是具象，高僧大德接踵而来，有时候又不会画画了，又进入一种小说的叙事情景中。我记得路遥当年也是这样，如果一离开长篇小说的叙事情景，他说"句号是在引号的外面还是里面，我都弄不清了"。别的就是看看电视，有时候遇到一本好书读一读，不过失望的时间多一点，现在的书虽然多，好书并不多，包括那些所谓的获奖作品。现在的很多年轻作家有才华、有激情，未来是他们的，许多年前，我曾经对写《上海宝贝》作者卫慧和写《糖》作者棉棉说，每一朵鲜花都有开放的权利，至于这花开得大与小，艳与素，那是另外的问题，她很感激我的包容。现在我有些老意了，我对媒体不止一次地说过，我们这一代人行将老去，这场宴席将接待下一批饕餮者。这是我对年轻一代的希望。不过年轻的一代要有一个强大的胃，像个接收器一样，一路走来接受一些新鲜的东西。

我们的语文课本里尽是些弱不禁风的东西，鲁迅先生还有点刚烈，上海人见了心里不舒服，要把鲁迅从教科书里赶走。我们的高考作文尽是些胡扯淡的题目,要我说吧,我们把前人的文化里面最优秀的东西好好继承,即使你不懂,当口歌念也好,慢慢地大了就懂了。去年我为了写这本书,又把《诗经》三百首,把司马迁的《史记》,把基督教的《圣经》浏览了一遍,感觉到了一种崇高,这些伟大作品产生出来的气场令人变得崇高和纯粹。让我们的孩子们学些经典的东西吧!还有各民族的民间传说,包括那些远古传说,那是我们的根。

父亲的故事

关于母亲，我写过许多的文章。这些文章有一篇还被选入新版的高中语文课本。而关于父亲，我几乎还没有写过一个字。这里面的原因是多方面的。而最重要的一个原因是，我对父亲始终怀着一种深深的畏惧感，这种畏惧感妨碍了我每一次走近他。

选入高中课本的那篇文章叫《每一条道路都引领流浪者回家》，是写母亲和她的家族的故事的。我的母系家族在河南扶沟。黄河花园口决口时，一户顾姓人家随逃难大军来到陕西，落脚在黄龙山。后来，顾姓一家死于一种叫克山病的地方病，只留下一个六岁的女儿，这样，黄龙山托孤，这女孩给一位高姓的邻家做了童养媳。

这童养媳就是后来的我的母亲；高家的第二个孩子后来则成为我的父亲。

父亲后来在山上放羊的时候，川道里过队伍。父亲于是放下鞭，跑下山参加了革命。那时父亲已经和母亲完婚。当父亲向山下奔去的时候，母亲正在崖畔上挖苦菜，她拦了两拦，没有拦住。

新中国成立的那一年，父亲是一个县的团县委书记。在后来反对封建包办买卖婚姻的宣传中，他给家里寄来了一纸休书，要休我的母亲。

许多年以后在父亲的葬礼上,我见到一位着一身黑色丧衣的气质非凡的老年妇女。这位阿姨当年正是那个县的妇联主任。因此我当时毫不费力地推测出,父亲当年的休书与这位妇联主任阿姨有关。

父亲的这桩现代陈世美的故事差点演成。母亲后来确实曾离开高家,离开陕西,回到河南扶沟老家。但是在河南待了半年以后,她又回来,因为在河南她同样也是举目无亲。

母亲回河南时,是抱着我去的。那时我已经出生。母亲常常对人说,我去河南时还不会走路,回来时已经能扶着炕边乱走了。

乡学究的爷爷这时候忍无可忍,出面干涉。他领了母亲、姐姐和我,赶到城里。父亲这时候已经从县城调到一座中等城市里,先是在报社做记者,后来在机关做部长和局长。

爷爷罚父亲在地上跪了一夜。而后把我们娘儿仨交给父亲,自己动身回了乡间。

这场故事便这样以喜剧形式结束。

后来我们又曾三次回到乡间,又二次回到城里。一次是1958年大炼钢铁时,一次是1962年困难时期,一次是1968年"我们也有两只手,不在城里吃闲饭"。

母亲的卑微也注定了我们儿女们卑微的地位。我们的童年中既没有农村孩子那种田园之乐,也没有城里孩子那种公子哥儿气。我们视父亲为暴君。

无须讳言,父亲经常打我。他最严重的一次打我,是将绳子拧成麻花打我。而对我心灵最大的一次伤害,是在街上公开打我。

那时候打火机刚刚流行。我在家里的炕上无意中拣到一只打火机。我不知道这是什么玩意儿,只觉得很稀奇,于是就装在了书包里。放学归来的路上，我们三个男同学走在一起，我一边打打火机，一边炫耀。这时候，父亲下班过来了。"我说怎么找不见了，原来是被你偷去了！"说完，他顺手打了我一个耳光，然后夺走了打火机。

自此以后直到今天，我的手一接触到所有的机械东西就打颤。小时候，我从来不去上闹钟的发条，现在流行电脑，可是我永远学不会它，我的手指一接触到键盘，就心惊肉跳。

这就是父亲的浓重阴影下，我的童年和少年时代。如今，我之所以成为一个坚强的人，一个敢于藐视一切权威的人，与早年的家庭环境不无关系。

但是你如果认为，这就是我父亲的全部，或者说，是我眼中的、我的父亲的全部，那你就大错而特错了。那对他将是不公正的。

事实上，他的身上有许多闪光点，有许多高贵和高尚的东西。

许多年来，我所以不愿意在文章中提及他，也是出于这样一种顾虑。在这个充满矛盾的人物身上，我怕我只突出了这一面，而忽视了其他的方面，从而不能准确和完整地表现他。那对他是不公平的。而作为人子来说，我将内心不安。

他是一个工作狂。

他把自己的一生，都全部献给了工作。他后来成为一个市的副市长，主持常务。记得，那一年我刚从部队上回来，坐在他办公室等他。他到农村去了三天，风尘仆仆地刚进门，和我还没有说话，这时候电话来了，说是某地发生了森林火灾，于是他坐上吉普车，又走了。

他嫉恶如仇。

他从来没有为自己谋一点私利。他死的时候家中没有留一下点钱。

他的后半生是在坎坷和被迫害中度过的。

正是在这种坎坷和被迫害中，我逐渐走近了自己的父亲。

1982年，当时市政府办公室主任将自己的外甥调来当秘书。所有的关节都打通了，只等父亲签字。父亲是个犟板筋，认准谁是个好人，便怎么都行，认准谁是个坏人，便怎么都不行。他硬说这办公室主任人品不好，外甥也肯定好不到哪里去，因此，拒绝签字。

这办公室主任后来屡屡捎话威胁，说他手里握着足以置父亲于死地的把柄。可是，父亲是个吃软不吃硬的人，还是没有理睬。事情就在这时候发生了。

原来这主任"文革"时是五七干校的校长。他的箱子底下压着解放父亲时父亲写的自我检查。这东西本该随五七干校撤销时就地销毁，但这位前校长并没有将它销毁，而是拿回家压到自己箱子底去了。

就凭这牛棚中的材料，清查中将父亲免职，认为是漏网的三种人。

事隔半年后，发现这是一桩错案。于是纪检部门重新发了一个文，宣布收回原来那个处分决定，恢复原职。

从纪检部门到父亲后来栖身的这个单位，只有不到一公里的距离，然而，这道公文走了整整八年的时间。父亲离休的那一天，纠正冤假错案的文件和离休通知同时到达。

这是多么残酷的人生一幕呀！一道公文走了八年。八年的折磨呀！

两年后父亲去世！死时六十三岁。

父亲是1992年去世的。他在去世的那一刻，十分怀念他的遥远的乡间。这样，我们儿女们偷偷地将他装棺材，拉回乡间，埋进村子的公墓里。

如今,那墓头上已经长出了萋萋荒草。

在父亲去世的这些年头中,我时时想起他,并试图走近他。我试图写一部家族的传奇,父亲的一生是这个传奇的重要组成部分。我越来越清楚地认识到,父亲的形象可以扩而大之,成为那一代人的一个典型形象。

这篇短文就是我试图走近父亲的一次尝试。

老高的三个故事

一

一窝小鸡鸽开蛋壳，它们出生了。

有一只小鸡很特别，它的羽毛是纯白色的，而不是杂色的。它的脚趾上有一层软皮缦着，而不像别的小鸡脚趾分明。它走起来也是步履蹒跚，一个屁股拖在后面。别的小鸡则是高视阔步的，有时顺便还会金鸡独立一下。尤其是它的叫声难听极了，"咕咕咕咕"地，而别的小鸡的叫声则是"咯咯咯咯"的。

所有的小鸡都嘲笑它，视它为另类。这位小鸡自己也很苦恼。它为自己跟别人不一样而害羞。于是它努力地向大家学习。学习走路，学习啼叫。学到最后，甚至连自己原来如何走路，如何啼叫都忘了。然而即便如此，它仍然没有得到鸡群的认同，它仍然被大家视为异类。

直到有一天，一群白天鹅从天空列队而过。看到它们，这只小鸡热泪盈眶，它现在终于明白了，那才是它的同类，大约是一只天鹅蛋不慎被放在鸡窝里，于是它成为它们的一群。这只小鸡热泪盈眶，它向它曾经的群体告别，然后扑棱两下翅膀，飞上高空，加入它的本该的行列中去了。

试设想，假如从来没有一群白天鹅从空中飞过（这样的概率更大一些），那么，这只可怜的小鸡大约至死都不知道自己是只白天鹅，它的一生都在因为不合群而郁郁寡欢，它一直到死的那一天都以为自己是一只鸡。它将在大地上匍匐一生，直到终老。

二

鼎鼎大名的达尔文，是进化论学说的创立者。他的儿子大学毕业以后，在一家公司上班。上班不久，他想跳槽。儿子觉得公司的上上下下都在挤对他，他在这里过得太不开心了。达尔文说，孩子，你有什么心事，你给我说吧！我帮你解决问题。

儿子说，你是一位自然科学家，人类世界的事，你也懂吗？达尔文说，你说吧，试一试吧！于是，儿子说出了他的苦恼，说出了他想要跳槽的念头。

达尔文告诉说，在一座森林里，生活着三百种动物。亲爱的孩子，当你是一只蚂蚁的时候，你的天敌是三百个，也就是说，每一种动物都会来踩你。而当你是一只兔子的时候，你的天敌是二百个，当你是一只狼的时候，你的天敌就只剩下一百个了，甚至没有一百个了。而最后，当你成为老虎，狮子，大象的时候，你就没有天敌了，你本人就是森林之王。那时候，你再听到的都是奉承，谄媚的话，你一声咳嗽让所有的动物都会避之三舍。那时候，你一句怨言没有了，你会觉得，这是一个多么好的单位呀！这就叫自然界弱肉强食的丛林法则。所以，亲爱的孩子，你现在不是跳槽的问题，而是适应环境的问题，是悄悄地壮大自己的问题，是从一只蚂蚁，成为一只兔子，再成为一只狼，最后成为老虎这样的森林之王的问题。

达尔文最后对儿子说，不要跳槽了，不是逃避，而是面对，因为每一个单位都是一片丛林。世界很悲惨的，不是吗？

达尔文的儿子后来跳槽了没有，我们不知道。不过他的丛林原则学说却不胫而走，一直传到你我的耳中。

三

一位又高又瘦，面颊苍白的青年，敲开俄国大文豪列夫·托尔斯泰的房门。

青年穿着一件皱巴巴的风衣，里边穿一件水手海魂衫。而他的身上也强烈地散发着一种海洋的气味。他的毛皮鞋，那叫鞋吗？鞋子已经破烂不堪了，用草绳勉强地捆在脚上。

他叫阿列克谢，一位文艺青年，他想尝试着写一些东西，这样他走了很多的路，终于走到托尔斯泰的膝前。当托尔斯泰听完这位青年讲述了他的苦难的流浪汉经历之后，老人老泪纵横，他不停地用手在胸前划着十字，嘴里则喃喃地说："圣母啊，你是一只无底的杯子，承受着世人辛酸的眼泪！"

当这位名叫阿列克谢的文艺青年告别时，托尔斯泰说："孩子，在拥有这些苦难人生之后，你完全有理由变成一个坏人！"

我们知道，这位文学青年后来没有变成坏人，而是成为一个大作家。他将给托尔斯泰讲述过的故事，写成了三本书，一本书叫《童年》，一本书叫《在人间》，一本书叫《我的大学》。而在出版这些书的时候，他用了《苦难》这个笔名。中国人在翻译的时候，取"苦难"一词的音译，把这位大作家的笔名叫成"高尔基"。

据说那天，当这位唐突的访问者离开后，人们问托尔斯泰，一位作家最好的早期训练是什么？托尔斯泰长叹一声说：不幸的童年！

我在二百眼泉子里汲水

我的小孙女出生了,她是多么弱小呀。世界是一片丛林,她将要从丛林中穿行,开始自己漫长而又漫长的一生。她将要经历许多事,有些事会是难事,有些事甚至会是些难以跨越的塄坎。我是老江湖了,我经历过许多事,我遍体鳞伤,我老而不死是为贼。在我活着的时候,我会佑护她,但是,我不能陪她到老呀!

这样我决定写一本书,一本类似遗嘱那样的书,当孩子在丛林中形单影只,茫然四顾时,当孩子生平中遇到难事,遇到翻不过去的塄坎时,她打开这本书,在里面寻找智慧,寻找自保和自救。这本书会是一项工程,它大而无当,它试图告诉孩子说,在她出生之前,这个世界都发生过哪些重要的事情,出现过哪些值得记忆值得尊重值得香火奉之的人物,世界文明尤其是中华文明都产生过哪些古老智慧,等等。

这本遗嘱小而言之,自然是为孩子写的,是为一个有着古老姓氏的家族的子嗣们写的,然而大而言之,是不是可以这样说,它同时是为这个东方民族写的,是为这个正在行进中的国家写的。我们希望她好,因为这里是我们的家园,因为这里是我们的祖邦,地底下埋葬着我们的祖先,乡间道路上行走着我们的后人。

以上是开场白,所谓乡间社戏里所说的那种开场锣鼓。下面进入这个前言的正文,而正文从世界的远处说起,从一个叫霍金的人说起。

英国天文物理学家霍金大约是这个世界上,活着的人中,最有智慧的人了。他坐在轮椅上,佝偻着身子,两手扶着轮椅,一颗外星人一样的头颅倾斜着,两眼空洞无物,茫然地望着天空,好像那目光要洞穿什么,又仿佛什么都没有看见。"可是在人生的路途上,又有多少机缘,向星空了望!"这好像是中国诗人郭小川的诗句,这诗句好像是为了现在还没有故去,还在仰望星空的那位霍金写的一样。

霍金前一阵子,说了一句惊人语。这话叫"哲学已死"。这话在坊间引起一阵大热闹。霍金这话,是在什么情景下说的,说给谁的,我不甚了了。不过他的这个句号结构,斩钉截铁的语气,和百多年前的那个狂人,写过《查拉图斯特拉如是说》一书的尼采很相似。

尼采在一百多年前说,上帝死了,你知道吗?说这话的口吻,仿佛他是一个先知。

"好作大言"一句,是人们说给中国的古代圣贤庄子的,不过用这话来说尼采,说给霍金,同样合适。

其实这个句式结构,两千五百多年前的一个中国人也说过,这就是老子李耳。老子说:"周礼已死,丘先生难道不知道吗?五百年前的那些立言者,尸骸早已腐朽,他们那一堆老骨头,埋在了哪里,现在都无从寻找了。假如周公旦能活到今天,面对这个和五百年前完全不同的时代,相信他也一定会有一些新的思考的。"

这段话就是那个儒家代表人物与道家代表人物伟大相遇时,老子与孔子对话的开头部分。我们知道,这次对话所产生的最重要的成果是，孔子根据老子的建议，将东周王朝藏书楼的那些典藏（老子时任皇家藏书馆馆长），搬上他的牛车，拉回曲阜老家，而在晚年，则用这些典藏，编出《书经》《易经》《诗经》《礼经》《乐经》等六经，从而为我们的上古初民时代，保存了一部分弥足珍贵的民族记忆、古老智慧。简言之，是对上一个两千五百年的一个总结，亦是对下一个两千五百年的一个开启。

这话这里不说。现在，再回到这本书的这个"前言"上来。

这里仍然用尼采的一段话来说事。好作大言的尼采，说过一句令人神往的话，他说，我要用十句话说出，别人用一本书所表达出的内容，和一本书所没有表达出的内容。

在我写作《我的菩提树》一书的长达两年的时间中，面对长达五千年的世界各文明板块的发生史和流变史，面对长达五千年的中华文明板块的发生史和流变史，我把它们强按在我的案头，规则地、和谐地装入一本书中时，我的脑子里时时回旋着的，正是尼采这一段话。它给我以激励，勉励我用尽自己的全身力气，完成一件显然不能够胜任的工作。

我要规则，我要简约，我的笔触要犀利如投枪，从历史的关节紧要处、起承转换处穿肠而过。我绝不允许拖沓、疲软，在某一个迷人的港湾逗留太久。一切都以点到为止为宜。因为我要用十句话来说出一本书的内容，用一本书说出我案头现在放置着的、用作参考书的二百本书的内容。

记得大约在近二十年前，金庸先生来西安，先是华山论剑，再是碑林谈艺。在西安碑林博物馆，座谈中，面对碑刻四布的这个庙堂，他对我说，他有一个大想法，或者叫大野心，即把中国的二十四史，用小说这种艺术形式，重写一遍，那将是一项浩大工程。

记得我当时有些诧异。我说,二十四史,能用小说这种虚构的艺术形式来重写一遍吗?怎么写呢?他说,能写的。选一些历史上的重要事件——影响历史进程的事件,然后,选一个人物,用这个人物的叙事视角,从这件事的中间穿肠而过,这样,事件就写出来了,而人物性格,也因为行动而饱满起来。这样人物也就出来了。

记得,席间,我写了一幅字赠金庸先生,叫作"袖中一卷英雄传,万里怀书西入秦"。后来,电视台导演小郭送金庸先生去机场时,金庸先生对郭导说,他这次西安之行,最大的收获是见到高先生,与他讨论了匈奴民族这个话题——匈奴民族这个动摇了东方农耕文明和西方基督教文明的根基,深深影响世界文明进程的伟大游牧民族,怎么说一声消失,就从历史进程中消失了,而且消失得无影无踪,这件事真叫人费解。后来,《文学报》则以"万里怀书西入秦"一句,做了金庸此行报道的通栏标题。

这本书的这样写作,大约还受到张贤亮先生的重要影响。张先生已经作古,愿他安息。

大约1991年,中国作协的一个文学奖在西安颁发,获奖者除我以外,陕西还有贾平凹先生、杨争光先生。张先生则是评委。记得,那天晚上,我陪张先生去西安街头吃夜市。东新街两侧都是红灯笼,我陪着他,一家一家地去吃。

张先生刚从贵州讲学回来,谈到文学的史诗创作,他说,他对贵州作家们说,要写断代史,把一个民族的断代写出来了,把这个民族的历史也就写出来了,云贵川渝十万大山中,生活着十万有苗部落。这里生活着的各少数民族,家里穷得一贫如洗,连买盐巴的钱都没有,巴掌大的一块平地上,种几棵老玉米,就靠这个为生计。然而,这些民族的女人们,头上却顶着十几斤重的银首饰,昂贵,华美。这说明了什么呢?说明历史上一定发生过一场大的变故，从而令他们远遁到山里，沦落到今天这个境遇。将那场大变故写出来了，也就是说，将那个断代写出来了，这个民族的史诗也就写出来了。

是的，张贤亮先生已经作古，愿他安息。他在去世前，曾给我写过一个条幅，叫做"大漠落日自辉煌"。你见过落日在沉入西地平线那一刻的悲怆情景？血红血红的落日，像一个勒勒车的大车轮子一样，停驻在苍茫的西地平线上，将它最后的一丝光芒，奋力地投放到曾经经历过的地方去。此一刻大地一片死寂。此后，落日跃三跃，倏然消失。消失得好像从未出现过一样。

云贵川渝地面，流行一种古老的傩堂戏，那演出傩堂戏的古戏台两侧，往往有一副对联，上联叫"于斯一席之地可家可国可天下"，下联叫"虽然寻常人物能文能武能鬼神"。这副对联，也许是解开大西南地面傩文化的一把钥匙。

关于这本书的写作，著名的编辑家，我的《大平原》一书的责任编辑韩敬群先生，也给过一条重要的提示。他说，巴尔扎克说过：历史是一颗钉子，在上面挂我的小说。巴尔扎克这话说得好极了，对极了，确实是写过无数好小说的人的过来者之言。一定要有钉子，这钉子要准确得丝毫不差，清晰得历历可见，尔后，所有的小说想象，所有的虚构飞翔，它的出发点、发力点、落脚点都在这颗钉子上。

现今的那些耗费巨资拍摄的电影，为什么让人觉得苍白无力，虚张声势，就是因为它们没有找准钉子，或者说找到了，但没有在钉子上敲上出应有的重量，没有对这历史的钉子予以应有的尊重。

虽然我努力地这样写，但是我明白《我的菩提树》不是一部小说，或者说不是一部教科书上所定义的那种小说。它是三种文体的一个混合物。在这两年的写作过程中，每当向前推进而无法把握时，我就请教案头上的三本书，看它们如何叙事，如何"化大千世界为掌中之物"。

这三本书一本是《史记》，一本是《圣经》，一本是今人阿诺德·汤因比的《人类与地球母亲——一部叙事体世界历史》。

可以说，《我的菩提树》是这三种文体的一个混合物。在这里，作者觉得形式已经退居其次了，让位于内容了。怎么能淋漓尽致地表达，怎么能我手写我心，就怎么来——作者想把他对世界的认识和思考，如实地表达出来。如此而已。

作者将《我的菩提树》又看作"一部叙事体的东方文明发生史和流变史"，即是出于以上的考虑。

这本书分为三部，第一部叫"苏格拉底如是说"。西方古典哲学的伟大奠基者之一苏格拉底，他说了什么呢？他说：哪一条路更好，唯有神知道。是的，在那遥远的信息不通，人类的脚力又无法即达的洪荒年代，世界各文明板块，基本上都是在各自的蛋壳里孕育和发展起来的文明，它们在各自的道路上前行着，至于哪一条道路更好呢，谁也不知道。

第二部则叫"鸠摩罗什如是说"。汉传佛教的伟大奠基者之一高僧鸠摩罗什，他说了什么呢？他在圆寂时说：可以毫不夸口地说，天下的经书，三中有二是我鸠摩罗什翻译的。如果我的译经符合原经旨意的话，火化时舌头不焦。非但不焦，且有莲花从口中喷出。

第三部叫"玄奘如是说"。汉传佛教的伟大奠基者之一，高僧玄奘，也就是民间所说的唐僧，他在圆寂时都说了什么呢？他说，我早就厌恶我这个有毒的身子了，我在这个世界上该做的事情都已经做完了。该是告别的时刻了。既然这个世界不能久驻，那么就让我匆匆归去吧！

这就是这本书的内容。

它用相当的篇幅，对世界各文明板块的发生及流变，遥致敬意。继而，写了世界三大宗教基督教、佛教、伊斯兰教的发生，这其中，以着重的篇幅描绘了佛教的发生过程。

继而，写了儒释道三教合流，在中华文明板块的伟大相遇。而其中，又以浓墨重彩，描绘了三位佛门高僧，西行求法，广游五印第一人法显法师的故事和传略。西域第一高僧鸠摩罗什东行长安城草堂寺译经和弘法，他的故事和传略。话本小说《西游记》中的唐僧，即高僧玄奘，他的西行求法经历，他的故事与传略。

作者在这里直追道家的源头，直追儒家的源头，直追佛家的源头，描写了它们的发生及流变。而在这块三教合流的土地上，作者眼到手到笔到，对这个东方文明板块饱含敬意，做了一番庄严巡礼，甚至于直达三皇五帝，直达中华文学的伟大源头——《击壤歌》。

时间在走着，历史的大车轮子在轧轧地滚动。一切都是瞬间，你我皆是过客。（一切有为法，如梦幻泡影，如梦亦如电，应作如是观。）

过客的我们所能做到的事情，就是把我们这一个时间段过好，过得有点意义。把我们所能悟到的霍金式的智慧，用诉诸笔墨的方式告诉后人。这应当有点身后遗嘱的感觉吧！原谅我们，我们的智慧有限，思维只到这里！

我们这一代人行将老去，这场宴席将接待下一批饕餮者。

马上，就是五四新文化运动一百周年了。它应当进入它的成熟期了，它应当有它成熟期的标志性作品出现了。《我的菩提树》也许就是这样的一本书。

另则，好像是希拉里·克林顿说过这话吧！她说，你们永远不要担心中国,它现在是世界第二大经济体,即便有一天,它成为世界第一大经济体了,它也不会成为世界领导者。因为它是一个跛足的巨人,它缺少文化,缺少文化输出和价值观输出。它没有一本书出现在欧美普通家庭的书架上。

这些话叫我们羞愧,叫我们警策,叫我们这些被叫作文化人的人无地自容。哦,但愿这本书,这本名曰《我的菩提树》的书,在变成诸种外文,尤其是英文之后,能叫那些欧美普通家庭的书架,为它腾一个小小的角落吧!

这个东方文明板块,正在走着它的命定的行程。让我们为它祝福,为它祈祷。《我的菩提树》这本书,就是一次对它的庄严巡礼,一次虔诚致敬。前不久,我去一个地方,参加西王母诞辰的祭祀仪式,那西王母大殿的两侧,有一副对联,上联叫"中天高挂半钩月",下联叫"曾照洪荒第一年"。

我在这副对联前唏嘘良久,双目潮湿。

2015年10月13日于西安

每一条道路都引领流浪者回家
——《大平原》台湾版前言

在北京研讨会上,一位著名批评家说,《大平原》是老高行将步入晚年的时候,用文学的形式,为自己寻找一条归乡之路。

我同意李建军先生的这句话。

《大平原》是我的重要作品之一。

家族中的许多传奇性的人物,他们活着的时候,都曾经将他们的故事讲给我听。如今他们已经纷纷谢世了,在三尺地表之下永缄其口。每年清明节我为他们上坟的时候,都觉得因为没有能将故事写出来,而难以面对。

我的伯父,小说中的那个著名的关中刀客形象,在行将就木之时,对我说,你难道也会像我们一样,将那些家族秘密,重新带入坟墓吗?

这就是我写《大平原》的原因。

我这大半生,有三个精神的栖息地,一个是我从军的阿勒泰草原,一个是我成长的陕北高原,一个是我的出生地、我的桑梓之地渭河平原。

我为阿勒泰草原写出了震动中国文坛的中篇小说《遥远的白房子》,该作现在还被公认为新时期文学以来最好的中篇小说。我为陕北高原写出了高原史诗《最后一个匈奴》。如今,很好,我兑现承诺了,我完成了《大平原》。

我有一个罗曼蒂克的想法,在一篇《请将我一分为三》的文章中,我说,如果我死后,请将我的骨灰一分为三,一份撒入渭河,一份撒入延河,一份撒入额尔齐斯河。

我的妻子在看了这篇文章后,不同意我的话,她说那时候我这样做了,她怎么办?她魂归何处?

好在,我距离大行还有一段时日,那么,到时候再说吧!

《大平原》在2011年的茅盾文学奖评选中,止步于第五轮,即在一百七十多部作品中名列第二十三名。几乎所有的评委,都认为《大平原》是参选作品中最好的小说,我本人也是这样认为。但是,最好的并不一定就是获奖者,而我本人,也平心静气地接受了这一事实。

在第二年,也就是2012年的全国"五个一工程奖"评奖中,《大平原》加冕,荣获长篇小说第一名。"五个一工程奖"应当是最高的政府奖。小说的深厚的历史感和现代感,它的宏大叙事风格,受到了评委们的认可。

普希金说,现在这个世界上,已经没有什么事情,能震荡我的心灵了。于我老高来说,亦是如此。

我写过一篇文章,叫作《我把读者的认可当作对我的最高褒奖》。此一刻,我将这话再说一遍。

《大平原》这部小说,小而言之,它是一部渭河平原的百年沧桑史,中国式的《百年孤独》。它通过一个家族三代人的不平常的际遇,反映了一个时代的变迁史,刻画了一群栩栩如生的人物。

而大而言之,《大平原》则是唱给中华农耕文明的一支赞歌和挽歌。

夕阳凄凉地照耀着这块冲积平原，照耀着这块后稷当年掘第一锨土的地方。村口那棵百年老槐，被人们在树身上扎了些液体的针头，然后用起重机吊起来，放在平板车上。平板车缓缓地驶出人们的视野，消失在平原的尽头。

在世界工业化、都市化的进程中，村庄将不可避免地被夷平，成为城市的一部分。而那棵曾经被国民党用来吊着打过我的大妈、被共产党用来在树荫下烧过大锅饭的老槐树，它将被连根拔起，移栽到城里的街心花园，成为一棵风景树。

在《大平原》中，我以宗教般的虔诚，为你介绍了我的家族人物，我的爷爷奶奶，我的大伯，我的父亲，我的母亲顾兰子。

在写作的途中，我的案头上始终燃着香，然后在香烟缠绕中，他们冉冉走出。

我的祖母是一位乡间美人。当她躺进棺木里的时候，在最后一眼的告别中，儿孙们才发现了这一点。他们遗憾自己太粗心了，在她生前，竟然没有能认真地看一眼她，并将自己的所看告诉她。

我的祖父是一位乡间哲学家，当他躺进棺木里的时候，突然又睁开眼，对这个世界说，我的名字为什么叫"高发生"，我现在是明白了——世界上所有的事情都没有道理，它的发生就是它的道理。说完，他重新闭上眼，抬手示意将棺木盖儿为他盖上，送他走。

贯穿整部小说的一个人物，是我的母亲顾兰子。记得在北京研讨会上，小说研究者们说，她虽然出场晚了点，但是是小说中的一号人物。

花园口决口，豫东大地成为一片泽国，六岁的小女孩顾兰子，被担在担子里，开始她的逃难生涯。蝗虫一般的逃难队伍，在那年冬天，黄河结冰以后，从黄河风陵渡地面，逃到陕西，然后逃到国民党行政院为他们设置的逃难目的地——黄龙山设治局。然后有一半人死于霍乱,另一半人侥幸逃离黄龙山。

国民党干过许多没名堂的事情,炸开花园口,让豫东几十个县成为泽国,让豫东数十万百姓沦为鱼鳖,就是其中之一。

《大平原》一书出版以后,黄龙县政府请我到那里去,他们要将高家当年逃荒居住的那三孔窑洞,为我建一个文学纪念馆。

这个名曰"白土窑"的村子,已经在新农村改造中,整体搬迁,搬到大的一个村子里去了。被遗弃的这个村子,将要被夷为平地,重新成为农耕地。而顾兰子居住的那个"安家塔",已经变成玉米田了。

我对镇长说,给我建文学馆,这事就算了吧,只将那三孔窑洞留下,门口竖一个简单介绍的牌子就行了。有一个窗口,放我的电影、电视剧,向游客赠送《大平原》这本书。

我还说,希望能将"白土窑"这个村子保留下来,变成一个"黄河花园口决口河南省扶沟县难民逃荒纪念馆",然后,在公路旁竖一个雕塑群,再现当年挑担子、推小车的河南花园口难民,来到这里的情景。

那三孔窑洞,在硷畔底下。硷畔的二道塄上,有三棵老梨树。据说这三棵树,就是爷爷当年栽的。我专门从那树上,摘了些梨,拿回西安给我的母亲,年已八十的顾兰子吃。这梨难吃极了,当地人说,这叫"牛腿梨",现在品种改良,它早就已经被淘汰了。

硷畔上还有一个碾盘。硷畔顶上不远处,涝池旁,还有一棵高大的柳树。顾兰子说,这碾盘她记得,那大柳树她也记得,她生下的儿子,也就是我,为什么这么聪明,就是因为她怀我时,到这棵神树下讨神水喝的缘故。

黄龙人说,我是在黄龙出生的,这里是我的家乡。我说,我好像是在关中平原、在高村出生的,生在天傍黑,人们喝汤的时候。回到西安后,我问母亲。顾兰子说,两种说法都对。怀你,是在黄龙山,怀孕三月头上,回到高村。

我一直有一个想法,想陪母亲回黄龙山一趟。可是三次都要出发了,顾兰子却突然心脏病发作,住进医院。后来她说,你们就饶了我吧,对于你们来说,那些仅仅只是故事,只是传说,可是对于我来说,那里是我的伤心之地。我都这一把年纪了,求求你们,就不要勾起我的伤心事了。

我听了,只好作罢。

亲爱的台湾的读者们,这本名曰《大平原》的书,要在台湾出版了,我有一种神圣的感觉。在陈晓琳先生的主持下,风云时代已先期出版了我的《最后一个匈奴》《统万城》,现在,不胜荣幸之至,他们又要出版我的《大平原》了,作为一个作者,这是他最重要的一件事情啊!

前面那两本书,都出得棒极了。捧着沉甸甸的书,我流下了眼泪。我在那一刻感受到了文学殿堂的辉煌和庄严。到了我这个年龄,世界上已经没有能叫我激动的事情了。但是捧着他们印刷的这散着墨香、饱含着编辑家心血的书,我仍然激动不已,难以自持。

哎,文学,一个叫我们敬畏、叫我们恐惧、叫我们迷惑不解的东西。西班牙小说家乌纳穆诺说,圣殿之所以辉煌庄严,因为那里是人类共同哭泣的地方。捧着这台湾寄来的书,我就是这种感觉。

我还将有一些书要在台湾出版。我真幸运,遇到了这么好的编辑家,遇到了这么好的读者。

前年,也就是2010年的中秋期间,作为大陆的一个社会名流访问团,我曾来过台湾。

我的感觉是,台湾所有的人、所有的建筑、所有的气氛环境,都让我觉得亲切极了,稔熟极了。在南投县的那个陕西村,乌面将军庙前,那一群张大嘴巴看戏的妇女,她们褐色的圆脸庞,大屁股,碌碡腰,多像我家乡高村的村姑。

而那些男人们,更像我的隔山兄弟。隔山兄弟是一种民间的叫法,意思是指同父异母或同母异父的兄弟。我看着这些台湾的男人们,那种从骨子里生出的亲切感,与那种礼仪上的陌生感,都让我突然想起"隔山兄弟"这句话。

话到这里,附带说一句,老死于台湾的于右任老先生,是我的亲戚。我内人的三姑,嫁给了于右任的侄儿。1964年社教期间,于右任曾给家乡陕西三原县写信,说他一生走了许多路,脚下最爱穿的是家乡的布鞋。这样,于家的媳妇儿,我的三姑便做了两双布鞋,寄往台湾。布鞋是圆口的,黑织贡呢鞋面,千回百纳的鞋底(农家把那叫"倒钩针")。

吟唱着"葬我于高山之上兮,望我故乡,故乡不得见兮,永志难忘"的客死异乡的于右任先生,这大约是他在过世前,与家乡的最后一次联系了。

我希望两岸永远不要有战争。战争绝对不是一个好东西,不论伤到谁,都叫我心疼。那是中华民族整体利益的损失。我相信人类越来越智慧了。

教堂里的钟声响了。不要问丧钟为谁而鸣。丧钟在为亡者而鸣的同时,也就是在为你、为我而鸣。我们中的每一个人死了,这是人类总体利益的损失。

作为一个文化人,我希望两岸的政治家们都要有这个思维,这个高度,这种大悲悯情怀。

这篇《大平原》台湾版序言,写得有些长了,那么就此搁笔吧。后天,我将为长篇小说《统万城》的事,启程去北京。

三件事,一是一月九日,去搜狐网做客;一是一月十日,参加《统万城》一书的首发仪式新闻发布会;一是一月十一日,举行签名售书活动。

那么就此搁笔吧。

谢谢生活!谢谢生活慷慨地给予了我这么多!

2013年1月16日于西安

化大千世界为掌中玩物

我的母亲不识字。我写了二十本书,母亲却一个字也没有看过。于是有一天我说,让我画画给你看吧!母亲属鸡,今年是鸡年。所以今年新年伊始的时候,我画了一只大红公鸡贴在母亲床头。那大红公鸡迎着太阳,高视阔步,引吭高歌。画的两边还拟了一副联。上联曰:玉猴一步三叩首祈福祈禄祈寿。下联曰:金鸡一日三啼鸣早安午安晚安。横批再加上"甲申乙酉"字样。母亲看着这画,喜不够,爱不够,早上睁开眼看,晚上睡觉前看。

我的绘画,是将自己胸中的那些具象,借助水墨,向外喷溅。古人说"块垒在胸,不吐不快",我的绘画正应了这话。我这大半生到过许多地方,看见过许多"雄伟的风景"(东山魁夷语),我还写过大量的小说,脑子里塞满了诸多大俊大美、惊世骇俗的文学形象。它们呼喊着要从我的胸膛里夺路而出,我只是顺应它们的愿望,援笔引出而已。

比如说吧,我画过《阿尔泰山的成吉思汗之鹰》。那山,那草原,那西伯利亚冷杉,那我的小说《遥远的白房子》中出现过的鹰,当它们与西征欧亚大平原的成吉思汗的名字联系在一起时,便有了一种神奇感和崇高感。如果,你给这画上再题一句:"这样的山岗正是为这样的雄鹰准备着的,而这样的雄鹰正适宜在这样的山岗栖息。"然后将它送给远行的朋友,于是便成为一件最好的礼品。

又比如,你给一张不大的画面上,画上三幅人身蛇尾图案。第一幅图下说,这是二十年前著名陕北民间剪纸艺术家白凤兰老大娘为我画的,白凤兰已经作古,她的墓头已长出萋萋荒草。第二幅图下说,这是十年前我在新疆高昌古城一座汉将军墓中见到的,专家说这叫《伏羲女娲交媾图》,乃中华民族最早的生殖崇拜图腾。第三幅图下说,这是两年前中日美英法德六国科学家破译出的人类基因密码图,即著名的蝌蚪图。这些话说完了,最后再聒噪一句:三幅图案何其相似乃尔,呜呼,中华古文明中有多少大神秘,我们真不知道!

再比如,我到香积寺去拜佛。茶间,我请本昌高僧为我解惑。本昌师伸出十个指头,说出"佛观一钵水,八万四千虫"十字真言。于是我据此,画出一个一手高托着钵,一手拎着打狗棍的托钵僧形象。旁边再加上一行脚注,说这图画的来龙去脉,并试图解释这"佛观一钵水,八万四千虫"的意思。

还比如,"花开见佛"这四个字,我常写,但是不知道出处。今年五月我去安康,才知道这是一个安康籍的和尚叫怀让说的。九华山祖师问众弟子,何时可见我佛。众弟子皆不能答。唯独安康籍弟子怀让答曰:花开时可见我佛!祖师遂传衣钵给怀让。怀让后来修成正果,创净土宗,世称七祖怀让。"花开见佛"亦成为佛家一句偈语。于是我先画一个仰头望天的青年和尚,再画满天飘飘落下的红花,再画一束徐悲鸿式的、王子武式的柳条。那柳条在和尚的一侧,自上贯下。当然,也没忘了写上一段话。

以上是五例。类似这样的题材构思,这两年堆积起来,在我已经有三百多个了。它们都已经变成了画,现在就在我的房间里堆着。夜来翻开它们,我常常觉得很奇异,很奇妙,有"化大千世界为掌中玩物"的感觉。

中国画讲究用墨。墨分六色。一个丹青高手玩到最后,其实就是在用水、用墨上去分高下了。开始时的我,只注意到自己的倾诉,注意画面的大和谐,而不去计较笔墨。后来在画《托钵僧》,画《花开见佛》时,我表达思想之外,更注意到水墨的干湿浓淡。这一着意而为之,果然大见效果。而我从丰子恺的追随者则变成了林风眠的追随者。

我从骨子里讲还是一个小说家。画画在我只是余事而已。诗不能尽,溢而为书——书不能达,变而为画。这段话前一句是《文心雕龙》中的,后一句是书法家茹桂先生的,它们或许能说明我染指画坛的缘故吧!至于我自己,我懵懂不知,我只能听命于愿望的指引,听命于手中的一支秃笔,而已而已!

2005年11月21日于西安

听我新翻杨柳枝

我给人写字,不喜欢趟熟路子,往往,笔墨备齐后,我拍拍自己的大肚皮。肚子里冒出来的第一句话,就是我要写的内容。"我的肚子就是一座小型图书馆!"——这是我在西北大学讲课时,拍着自己的肚皮,说过的话。这话不好,有些自负,不过真正的缺点是永远难改的,所以我也没有办法,只能徒呼"奈何"而已。

那年行旅到宁夏,名作家张贤亮请客。席间,我为张先生写出"驾长车踏破贺兰山缺"的句子,旁边一行小注,小注说:"当年赳赳武夫岳飞,誓要踏破贺兰山,而终于不得破,今天手无缚鸡之力的一介书生张贤亮,秃笔纵横当代文坛,倒真的把贺兰山给踏破了。"

新疆作家周涛,心高气傲,有"横亘在祖国西北边疆的一座奇异山峰"之称。那年他来西安,酒高之际,我为他写出"气吞万里如虎"的句子。后来周涛说,他爱此字,但又不宜在客厅挂,嫌太招摇,于是将字挂在书房里。

魏明伦先生穿一身中式服装,拿一把扇子,似乎有追六朝古风的味道,那次在深圳,魏先生求我在他的扇子上写几个字,于是我写出"江湖居士闲处老,落落乾坤大布衣"的句子,旁边并有小字落款如下：前一句是古句，出处记不清了，后一句是徐悲鸿拍于右任马屁的句子，今天我为魏先生写出，算是拍一回马屁。云云。

那年有一位农村小学的老师，拿来于右任先生的一句话，叫我写，这两句话叫"立脚怕随流俗转，高怀犹有故人知"。这两句话真好，我推测，这话当是于老先生为一位老朋友写的，从此这话我也常常给人写了。于老先生是我的一位转弯抹角的亲戚，因此我写时也有一份感情在内。

我乡间的那些族人们，也常常来索字。一次，一位堂妹夫拿来一副民间的楹联，叫我写。上联叫"书田无税子孙耕"，下联叫"荆树有花兄弟亲"。我写了，如今大约这字用水泥刻在他家的门框上。不过"书田无税"这句话现在是不准确了，因为出书也要上税的。

那一年，书法家茹桂先生从旧书堆里搜出两句清人的句子，十分欣喜，遂将心得告诉我。句子叫"不解养生偏得寿，颇思离世乃成名"。于是我为那些老者写字时，常常写这两句。另者弘一大师李叔同的"莫嫌老圃秋容淡，犹见黄花晚节香"两句，也是吉祥顺耳的话，我也常写。不过我写得最多的，还是"德者寿，仁者健，贤者安"这句，这是我将古人的三个意思糅在一起去说。

不过我最喜欢做的事情，还是给女孩子写字。赞美生活是一位作家的天职，是不是这样？！我写得最多的一句话，叫"美人香草，金石文章"，这句话能写出金石味来，最好。往往，旁边还要加上一副落款："那年北京，楚图南先生谓我，以美人喻香草，香草喻美人，古来有之。"这样写了，才算圆满。

不过我最近常为女孩子写的，是郁达夫先生的两句诗，叫"曾因酒醉鞭名马，生怕情多累美人"。这句话最初我是为电视台的一个女主持人写的。这排骨美人那天闯进我家里索字，我吓坏了，我说你快走,你知道今天是什么节吗?那天是情人节。情急中的我,突然想起郁达夫这两句诗,于是仓促写就,墨迹未干,就请这排骨美人走了。以后这字,我也常常写。

还有一次,在一个场合上,我为一个陕北女孩写字。她是米脂人,貂蝉的老乡,于是我在一张"镜心"上写出:"貂蝉出世时,月朦胧,花三年不发。中国民间闭月羞花一说,自此得之。"这段话博得一片掌声。后来一位陕北女孩开个"荞麦园"饭馆,要我给大堂里写一幅字,并且指明要写这字。

我最得意的一幅字,亦是在一个热闹场合中,情急写出来的。四尺整张铺开,要字的人说先生你随便写。那时我刚从敦煌回来,于是信手写下"洗礼"两个大字,旁边还有许多空白,于是我乱石铺街,一路写来,小字这样写:"敦煌莫高窟壁画中,有一印度高僧,每日黄昏,来到恒河边上,开肠破肚,以冀在这日日必备的洗礼中,洗尽凡尘,即达大觉悟之境。"

弘一大师李叔同圆寂前,手书的"悲欣交集"四字,我亦常常鹦鹉学舌,写给索字者。往往,底下再加一幅小注:"弘一大师圆寂时,手书'悲欣交集'四字,告别尘世,缘何'悲'之,又缘何'欣'之,个中感觉,非过来人而不可知也!"

陕西省政府官方网"陕西通"上说:"高建群先生的书法,是学富五车的大文化人,偶露之冰山一角矣!"这话太大,我不敢承受。我的本行还是写小说,写字只是余事,逗天下人一乐而已。我甚至常常自我谴责沉溺于书法是一种文化人的恶习。《文心雕龙》里说"诗不能尽,溢而为书",大约,是因为我无力在文学领域里去表现,于是寻找一条逃避的通道而已。

前阶段,金庸先生来西安,先是华山论剑,再是碑林谈艺。碑林谈艺中,电视台约了我、贾平凹先生、魏明伦先生与金庸对话,席间，我把自撰的一副楹联书赠金庸先生。联曰：袖中一卷英雄传，万里怀书西入秦。此上联是清代台湾爱国诗人丘逢甲的句子，下联是谁的，我记不太清了。据说金庸先生十分喜欢这副楹联。我是地主，既然客人喜欢，我也就自然高兴了。

辑二　相忘于江湖

大年夜梦见石鲁

我到省文联开会,路过石鲁老人门口。石鲁夫人说,石鲁也接到开会通知,要去,他腿脚不灵便,脑子也一阵清醒一阵糊涂。你陪他一块去吧。我说,甚好。

梦境中,有一个大院子,一溜平房。院子的中间种着菜,好像是洋芋和几颗老玉米。洋芋正在开着紫花。菜地比地面高出半米。

正说话间,一阵风刮过,有一些画从菜地里吹过来,落到我的脚前。我捡起来几张来看。画幅不大,大部分是四尺条幅。画面上画的都是人物。风格应当是石鲁中后期的作品,即画完《转战陕北》以后的一些小品性质的作品。

大部分的画,使用线条勾出,简洁、准确、有力(准确亦是力量)。有的画,线条勾出以后,人物已经成型,作品已经告竣。画家却又用朱砂,描眉画眼,勾勒嘴巴,添加额头皱纹;身上的服饰,也粗枝大叶,用朱砂带过。

我问石鲁,为什么敢这样大胆用朱砂来勾,您不怕打破画面的总体和谐?石鲁师回答,不怕,胸中块垒,笔底波澜,他要叫人物有立体感,有张力,要把画家自己胸中的一股亢奋之气诉诸笔端,于是只能如此了。打破和谐不怕,艺术的一个最高秘密,就是打破和谐，将艺术的某一个特征发展到极端，然后在极端的峰顶，重造和谐。能这样做到的才叫高手。

还有的画，好像是把或淡墨、或朱砂、或朱磦、或赭石混搅在一起，一笔而就的。我问石鲁师，石鲁回答，这是长安画派独创的一种用墨法，俗称"拖泥带水"。他说，这些矿物质颜料混搭在一起，找一支羊毫长毫，先蘸饱水，才蘸上配好的色，挽起袖子，在一张白纸上勾勒。画完，让水在宣纸上再发一发，像农家大嫂发面一样，线条胀到一定程度了，赶快找一张废宣纸，一拓，这线条，这画图就固定住了。

石鲁师说，这是他琢磨出来的小技法之一，见笑了。又说，画面从乱画开始，写字从胡写开始，事到临头须放胆，放胆文章拼命酒，如是而已。又自嘲说，古人说，雕虫小技，丈夫不为！

还有一张画，我从地上捡起来细看，画上人物，明显地先用笔勾出，尔后铺色。那颜色灰塌塌的，像做旧了的衣服。我问石鲁师，这种青砖灰瓦式的色调是怎样做成的。大师说，线条勾出以后，为衣服铺色，先用淡淡的三青过一遍，待将干未干之际，再用淡墨敷之，干了后就成这色调了。如果不是用墨，而是用矿物质颜料中那种黑色，效果当更佳。

我从地面捡起这些画，叠好，交给石鲁夫人。尔后，挽着石鲁去开会。开完会回来的时候，我见石鲁走不动了，于是索性将他背着行走。感觉他身量很轻，麻秆一样的细腿打着我的后腿。

待快走到他家的门口时，我忽然感到背上轻飘飘的，于是扭头去看，发现背上已经没有人了。我吓坏了，生怕把他丢了。于是赶快反身顺原路寻找。走不多远，路边有一个河南大嫂在卖胡辣汤，石鲁坐在一个小凳子上，正在有滋有味地喝着。我的心才放回原处。

我问大嫂这胡辣汤多少钱一碗,她说五分钱。我说那我就把钱付了吧,不用找,给我也来一碗。喝汤途中,我对大嫂说,你知道小凳子上坐的这个老头是谁吗?他是一位大画家。大嫂说,我们这条街道的大人小孩都认得他,这是一个酒仙,就好那一口神仙水,一斤不倒,二两就摇。

喝完胡辣汤,我把石鲁重新背起,送回家中,交给他夫人。这时候雄鸡啼鸣,鸡年的大年初一来临了。而我的梦也就醒了。

大年夜,梦醒以后,我先不急着起来,而是将头继续贴在枕头上,将梦境中所见重新回忆了一遍,因为我听人说,头一离开枕头,梦中事就想不起来了。回想一遍后,我下了床,将身子挪到写字台前,就着台灯写下以上的文字。

我没有见过石鲁,我从部队回来,参加陕西文艺圈子的活动时,石鲁大师已经作古快一年了。至于我梦中所见的那个院子,我此刻努力地回忆了一下。这院子当是现在西安市东木头市省戏剧家协会那个院子。记得1979年4月25日我就在建国路高桂滋公馆参加完省作协会议后,曾徒步去过那个院子。其时石鲁已经作古,美协主持工作的是长安画派领军人物之一的大画家李梓盛先生。挨着李先生办公室的是著名作家王汶石先生。记得王汶石先生从办公桌底下抽出一本新版的《风雪之夜》送我。哎,我梦中所见的那个院子,就是这个院子。

我本想,大年夜,大师托梦予我,一定有它的深意的。佛家说,雪落在此处,而不落在彼处,一定有它的缘由所在。

2017年1月28日凌晨六点至九点,农历丁酉年大年初一早晨写就。谨以此文,向先贤们致敬,向至今还浸泡在艺术征程苦难中的活着的人们致敬。

一个人孤零零地在地球上行走
——说不尽的路遥，谜一样的路遥

路遥在去世前几年，就已经生肝病了，肝硬化肝腹水。他找了个老中医，偷偷吃药，不让社会知道他有病，不愿示弱。1991年八月份吧，他把省作协的房子装修好了以后，在地板上睡了一夜，第二天坐火车去延安。一下火车，人腿一软就坐到地上起不来了，于是到延安地区医院去住院。

医院二楼的楼梯底下，有个不规则的小房子，大约有五平米吧。路遥住院就在那里。我去看他，我说，你把自己折磨成什么样子了，有了病，怕人知道，这想法真可笑。路遥说他脑子已经乱了，失去判断了，想等四弟猴蛮来给他出主意。我说你要相信科学，现在赶快回西安，去北京，请专家。

那天我和路遥谈了很多话，主要是叙述过去的友情。他说了几句重要的话，这话是说：疾病使我的人生观发生了根本的变化，从此天下人都是朋友！我十分理解他这句话的含义。这句话有向过去他伤过的人道歉的意思，包括向我。这么一个骄傲的人，强势的人，这一刻说这话，叫我感动。路遥去世后，我在悼念文章《扶路遥上山》中将路遥这话说给所有的人。

后来在西安西京医院住院期间，11月15号，我去看他。路遥在里间，我在外间，医生说路遥不能说话，让我给写条子，我于是在医生给的处方签上写了一段话：路遥兄，你是一个坚强的人，你不会被疾病打倒，你一定能跨过这个门槛的！所有的朋友都为你祈祷！那次听医生说，他的病情已经好转了，回头了，谁知道三天以后，1992年11月17日中午，路遥去世。

路遥去世后，十周年时在陕西师范大学举行纪念会，十五周年时在北京现代文学馆举行纪念会，我都去参加，并代表陕西文艺界讲话。我在讲话中说，路遥是新时期一位重要的小说家，他的《人生》，他的《平凡的世界》已经成为经典，成为大学和军营阅览室借阅最多的小说。他的创作经历、奋斗经历已经超越了文学本身，成为一个标识，给后来的陕北儿女以感召。

路遥去世二十周年前夕，家乡清涧县在他老屋的门口建了一个纪念馆，我去参加开馆仪式，聚餐时，路遥的女儿喊着"高叔叔"过来给我敬酒，我对着孱弱的孩子在那一刻百感交集，流下了眼泪。我对孩子说，叔叔领着你，给那些帮助过你父亲的人敬个酒。这样领着孩子走了一圈。我还对明明说，路遥希望你长大后当一个女子足球运动员，他喜欢足球，他常说：一个城市的文明程度，与这个城市喜欢足球的人数成正比。他还说，如果他是个足球运动员的话，即便腿被踢断了，那么连球带腿一块往门里踢。

路遥个头不高，大约一米六六吧！圆脸，褐色的，眼睛很小，经常眯着，后来给眼睛上架了个宽腿腿的眼镜。鼻孔、耳朵有毛发长出，罗圈腿，是内罗圈，所以脚下那双廉价的皮鞋老是底朝里翻着。住旅社时，用卫生纸蘸些水管里的水会擦一擦皮鞋。走起路来一个肩膀高，一个肩膀低，高的那个在前头戳着，低的那个在后面拖着，后面的肩膀上，常挎着个大包。他写完《人生》，大包里装着一大摞手稿，就这样一闪一闪向朋友走来。

他的相貌是典型的匈奴人特征。一位意大利传教士,曾经到帐篷里为阿提拉大帝治病。他在书中说,阿提拉是短个子,褐色的圆脸,鼻梁有些塌,眼睛很小,好像怕光一样地眯着。罗圈腿(因为骑马太多的缘故)。当他站在地面上的时候,与我们普通人没什么两样,而当他一旦跨上马背,与马结为一个战斗单位以后,他雄踞多瑙河,眯起的眼,随时准备把欧罗巴大陆鲸吞入腹,那情形令人恐惧。

所有的批评家们在分析路遥的作品,分析路遥人格的优点和缺点时,都没有谈到陕北地域文化对他的决定性影响。陕北是一个多民族长期混居的地方。路遥后来虽然来到西安,在这里居住了十多年,但是一直没有能融入这个四方城中去。他对我说,他总是担心,担心晚上睡着以后被人抬着扔出城去。

路遥有着苦难的童年,他的类似司汤达小说《红与黑》中于连·索黑尔式的性格,他的代表作《人生》《平凡的世界》中那种小人物不安于卑微和贫贱,渴望飞得更高的主题,都与苦难的童年有关。六岁或者七岁那年,他被父亲带着,从清涧老家讨饭吃走了五十里,顺秀延河一直走到伯父家。父亲要走了,哄他说,你先在这待着,等秋庄稼收下后,我来接你。路遥那时候已经明白,他被过继给伯父了,但是没有把这说穿。路遥送父亲,送了很远。夕阳凄凉地照耀着这一块饥饿的高原。路遥对我说,他一直看着父亲佝偻的身影,消失在山路的弯腰处,被连绵的山头挡住了,才号啕大哭起来,抹着泪往回走。

后来上小学时,一天晚自习前课外活动,操场里满是人。一位小干部的子弟,他的书包里总揣着一个白馍馍。那天他在操场上吃,路遥在旁边眼馋地看着。"王卫国同学,你想吃吗?你趴在地上学一声狗叫,我给你喂一块!"那同学说。路遥于是趴在地上,学一声狗叫,用嘴去接一块馍。上晚自习的铃声响起,同学们都离开了操场去教室,只有路遥没有离开,他饿着肚子,佝偻着腰望着夜空,因为他听政治老师说,今天晚上有个叫加加林的苏联少校,要驾着飞船去登月球,他将从陕北高原的夜空中飞过。这个半大孩子,热泪涟涟地望着夜空。许多年以后,他把他的一部名叫《人生》的作品的主人公叫作"高加林"。

关于中篇小说《人生》的写作情况,我是知道一些的。路遥的四弟叫猴蛮,在清涧老家,他出生下来还一直没有见过路遥。他给路遥写了封信,让给找个工作。路遥回了信,让他到延安来等他。后来路遥回延安,先到报社找我(我那个时期在《延安日报》做文艺副刊编辑),我说猴蛮我见过,好像在东郊延安大桥头农民工市场,披着烂棉袄躺在那里等人叫,现在,听说在给西沟一户圈窑的人家往半山上背石头。我是听文联的陈泽顺说的,因为猴蛮有时晚上会到他家看一阵电视。于是路遥又到文联找泽顺,然后到西沟满沟去找。

半山上有一户人家,三口石窑已经快圈好了。一个穿红背心的小伙子,颤巍巍地正往山上背石头,路遥喊了一声"猴蛮",那后生停下来,从背上放下石头,应了一声。路遥疯了一样扑蹿上山去,抱住猴蛮,"我亲爱的弟弟呀!"两个从出生就没有见过面的兄弟,抱头痛哭。

后来在延安饭店五楼,开了个房间。猴蛮开始讲他的苦难经历。讲了三天三夜,兄弟俩哭成一团。三天三夜后,路遥做出个决定,要将猴蛮的故事写成小说。他还给弟弟取了个新名字,叫"王天乐"。然后,甘泉县文化馆的张弢来接他,他到甘泉县宾馆。记得走的时候,我把我的两条烟给他带上做干粮,他说:"抽好烟,写好小说!"

两个月以后,他坐长途车从甘泉县回到延安,一下车就来找我,如前所述,背上背着一大包《人生》的手稿。他的脸整个地瘦了一圈,走起路来罗圈腿有点踉跄。他说,"中国文坛有一件大事要发生了,路遥的《人生》写出来了!"他还说,小说要拿去冲击全国中篇小说奖,长篇的字数是13万字以上,我本来还可以往长写,不写了,只写12万8千字,这样算是中篇,好用来评奖。

路遥背着《人生》手稿,住进延安宾馆,那天晚上,他彻夜未眠,像一个农民收获了一料好庄稼一样兴奋。那天晚上延安城布满了月光,我和猴蛮陪着他,从北关走到南关,又从南关走到北关,走了好几个来回。直到凌晨三点多才回到宾馆。那天晚上他说了很多的话,说得最多的是他的初恋。她是一个在延川插队的北京女知青。路遥说《惊心动魄的一幕》获奖后,在北京,一个女的把电话打到他的房间,路遥问你是谁,电话中说是你的一位陌生的老朋友,路遥说你再不说名字我就挂断电话了,电话中说你站到窗台边上往下看,马路对面有一个穿红风衣的女子,那就是我。路遥说她往下一看,登时脑子就爆炸了。他扔下电话向楼下跑去。后来他说他想不明白马路上有那么多的车,不知道为什么没有压死他。

路遥给我说,那女的后来嫁给了一名海军军官。她曾经多次到西安来过,站在街道上望着路遥家那个五楼的阳台。听人说,哪个阳台上没有花就是路遥家。——我至今还不清楚,路遥这一晚上的话中,是臆想的成分多一点呢,还是真实的成分多一些。

这里顺便说说路遥家庭的情况。这话不好说,但还是想在这里说一说。我始终觉得路遥的妻子是一个好女人,路遥的作品几次获奖都离不开她的帮助。路遥去世后,很多媒体包括传记作者采访我,要我谈谈路遥的家庭,我很严肃地对他们说,你们不管怎么抬高路遥我都没有意见,但是不准伤害林达。夫妻之间的事情外边人很难说清。我还说这不光是我的意见,也是作协大院里前辈作家们的意见。

顺便再说一件事情,有个朋友要设立一个路遥奖,找过我几次,我对他说,这事不是我们不支持,而是该奖没有得到路遥女儿的认可,你叫我们见了孩子怎么说?假如有一天孩子认可了,我们一定会全力支持。

《人生》出版后,路遥拿着中青社的版本来找我,吞吞吐吐地告诉我,一不小心用了你的诗,你该不会告我侵权吧?他翻到那一页,是我的那首《秋日断想》九节中的一节——

> 你是一只生着翅膀的大雁,
> 自由地去爱每一蓝天,
> 哪一块土地适宜你生存,
> 你就把那里当作家园。

路遥说我已经想好了,假如你要告我,我就说这是黄亚萍抄了著名诗人高建群的诗送给高加林的,和我路遥一点关系都没有。我听后笑了,我说我的几句歪诗能上你的大作是荣幸啊,咱以后不说这事了。

路遥对"人生"这个名字不满意,却又苦于找不到一个更好的名字。《人生》中高加林这个名字,如前所述,得于苏联航天员加加林少校。里面的故事原型是他的弟弟猴蛮。高加林后来怎样?路遥给他改名为王天乐。我父亲要了一个铜川煤矿的招工指标,给了王天乐,这样他到了铜川煤矿挖煤。几年以后路遥给我写信想把天乐调到延安日报社(当时也给其他人写过这样的信),于是我领着天乐拿着路遥的信,求爷爷告奶奶跑了几个月,才办妥此事。当然主要是路遥的影响力，我只是个跑腿办事的。后来路遥又求人把天乐调到陕西日报。这是一个天分极高的人，他去世前获得中国新闻最高奖——长江韬奋奖。

《平凡的世界》里边用了许多王天乐的经历和故事。天乐说你把我的故事都写完了叫我将来写什么？路遥说，你将来写我的故事。

大约是1985年的正月十五，路遥约我说是要到黄陵的店头煤矿为他的长篇搜集素材，他还要把即将开笔的长篇给我讲一遍。他说这有个好处，帮助他圆满故事丰满人物。讲着讲着，真的就成了假的了，假的就成了真的了，连自己也分辨不清了，这样就可以动笔了。于是我陪着他到店头煤矿一个叫陶家山的矿主的窑里，钻了一天，然后又来到县城的轩辕宾馆，开了个房间，他讲我听，折腾了三天三夜。

记得《平凡的世界》那时还不叫这名字，它分为三部，第一部叫《黄土》，第二部叫《黑金》，第三部叫《大时代》，总的书名叫《走向大时代》。据说是中青社的著名编辑家王维玲给改的，这真是一个从容、大气的好书名。

《平凡的世界》写作途中我看过他几次，开笔是在吴起县武装部的一口窑洞里，他的一个同学在那里供职。我去看路遥，路遥愁苦地说，洗不成澡，不方便，看来得挪地方。他还在延安宾馆的一个房间里写作过，晚上我去看他，路遥整个人面庞浮肿，虚脱得不成样子了。"谁能替我多好呀！"路遥噙着眼泪说。

他每天写五千字，完成任务后给宾馆的墙上画上一道，这样他数墙上的道道就知道自己写了多少了，过多少天了。他用的是方格纸，一页三百二十个字，每天五千字得写将近二十页。记得他的案头上墩了厚厚一摞有半尺高。他对我说，他妈的不知道能不能出版,也许是一堆废纸。

大约1983年吧,清查"文革",路遥好像也受到了牵连。他到延安报社来找我,面色铁青,人沮丧到了极点。他对我说,这些天来他脑子里来来回回回旋着一句话,这句话是"路遥啊,你的苦难是多么的深重啊"!中午吃饭我说咱们到市场沟口去吃个羊肉泡吧,路遥"哎"了一声说,人活低了就按低的来。我说谁也挡不住你创作,外面混不下去你就回延安吧。路遥听了默默无语,面无表情。一个礼拜之后的清晨六点,我骑了辆破自行车,后座上带着路遥,把他送到东关汽车站。

在路遥的成长和创作过程中,省作协的前辈们给过他很多帮助。比如在"文革"这个问题上,时任作协党组书记的李若冰老师就给过很大的帮助。当年路遥回到农村,写了个《优胜红旗》的小小说,寄给《陕西文艺》(现在的《延河》),李若冰夫人贺抒玉、杜鹏程夫人张问彬专程去延川县看他,给这个回乡青年送稿纸。1980年春天调路遥的时候,是《延河》主编王丕祥、副主编贺抒玉来延安调的。当时教育局不放,说还从来没有见过大学生从贫困山区向大城市分配的。后来王丕祥接通了省教育厅的电话,这边的厅长恰好是王丕祥延安时期的老战友,王老师说,你狗日的难道想让我提上个酒瓶瓶来送礼吗?电话那头的厅长笑了,他说你把电话给局长,让他接电话办手续。就这样路遥从原来的大学生实习、借调办了正式手续,进了省作协。这些可敬的前辈们那个时期只要哪里有个人才,就想方设法去挖,那真是一个光荣与梦想的文学年代。在这里我还想向被路遥称为"文学教父"的柳青致敬,路遥一直视柳青为榜样。

在《平凡的世界》热播之际,我为此写上以上的文字。文章有些长了,那么最后就用我的《最后一个匈奴》中的一段对于陕北大文化的诠释作为结束——

"在这个地球偏僻的一隅,生活着一群有些奇特的人们。他们固执,他们天真善良。他们心比天高命比纸薄。他们自命不凡以至目空天下。他们大约有些神经质。他们世世代代做着英雄梦想,并且用自身去创造传说。他们是斯巴达克和堂吉诃德性格的奇妙结合。他们把死亡叫作'上山',把出生叫作'落草',把生存过程本身叫作'受苦'。"

大漠落日自辉煌
——悼念张贤亮

1992年路遥去世的时候,我为他写了悼念文章,名字叫《扶路遥上山》。我说,先走为神,死者为大。

2000年昌耀去世的时候,我正在新疆。新疆的诗人们在乌鲁木齐一心书店召开"昌耀之死"纪念会。我在会上作了"西部不但是中国的地理高度也是精神高度"的演讲,以此悼念这位新诗发展史上杰出的青海诗人。

今天,我写这篇文章来悼念我最好的朋友和兄长张贤亮先生。几天前,一位网友在网上问我,说张贤亮老师得了不好的病,不知道他现在怎么样了。记得8月2号,我在贵阳参加第二十四届书博会,晚上老作家何士光问我张贤亮先生的情况,我说好像是不太好,我打个电话吧。电话打过去也没有人接,于是我发了个短信,祝他安心养病。我得到贤亮先生得癌症的消息是在今年春节正月初五,那天十月出版社编辑张引墨回西安,饭间她对我说,贤亮先生得了不好的病了,记得当时我还跟他通了电话拜年。电话中不好说病的事,于是我又发了个短信说:"当代文坛第一人,大漠落日自辉煌。"我想他应当明白我短信中的哀伤之意。

得到先生去世的消息是在昨天晚上。一群朋友们正在一起吃饭,突然有人说贤亮先生过世了,我在那一刻后脊梁骨发凉,打了一个冷战,眼前陡然一片黑暗。之后我在微信上发了七八条短文,以排遣我的心情。

第一条,我的最好的朋友和兄长贤亮先生去世了。我在第一时间献上深深的哀悼。世界在这一刻一片黑暗!如果必要,我准备起身去银川亲自吊唁!

第二条,我的三位好友,先是路遥,再是昌耀,再是张贤亮,他们都先走了。

第三条,今年春节,我已经得到贤亮得癌症的消息,我给贤亮发短信说,当代文坛第一人,大漠落日自辉煌。

第四条,网上有人问我对贤亮先生的评价,我回答,那一年,高行健先生刚刚获奖,一位美国访问学者请我谈感想。我说,这个瑞典火药商设的奖,也不是那么太神秘,这个奖,如果要颁给中国作家的话,第一个也许是写《习惯死亡》的张贤亮,第二个是写《心灵史》的张承志。网友朋友,要问对贤亮先生的评价,这是老高的评价!

第五条,宁夏文联、作协并剑华女士:绝代风华、文坛巨子、我的最好的朋友和兄长贤亮先生大行,谨表示最诚挚的哀悼!我将文章纪念!陕西高建群痛悼。

第六条,张贤亮创作的最重要的意义在于,五四运动"为人生"的文学主张,在隔断许多年后,新时期文学开始时,被重新拾起,张贤亮先生就是这股文学潮流的重要代表作家、旗帜人物。我看了新浪网上一些所谓的学者评论张贤亮,都是他妈的隔靴搔痒,不得要领!

我和贤亮先生比较深入的接触是在1991年的中国作协"庄重文文学奖"颁奖会上,那次获奖的陕西作家除了我之外,还有贾平凹、杨争光。张贤亮则是评委。颁奖仪式在西安举行，中国作协张锲来主持。那次好像张贤亮刚刚从贵州讲学回来，还带着他的孩子。晚上省作协李秀娥说，请我们去东新街吃夜市。贤亮说，他有评审费，意外之财，他请客。就这样一个地摊一个地摊吃到半夜。那次他讲了一个重要的文学观点，他说他对贵州作家们说，如何才能写出一个民族的史诗。这要寻找他们的断代史，把断代史写出来了，自然就把民族史写出来了。例如，苗族妇女头顶上带着十几斤重的银首饰，家里却穷得买不起盐巴。这个民族在历史上一定有过雍容华贵的时期，然后被赶入深山，后来沦落到赤贫的地步。你把这个节点和拐点写出来了，你就把这个民族写出来了。

几年以后我去宁夏，为宁夏电视台拍一部电视剧的事，我去拜谒贤亮先生，贤亮先生见我来了提出要和我比赛书法。来到办公室，他坐在一个大大的老板桌背后，身旁站着秘书小姐。他对我说，这个老板桌不是文联给配的，也不是作协给配的，是公司给配的。我说文化人混到这个份上了让我很眼红，我们陕西作家怎么都不懂得经商。他说，你们陕西作家只是一些著名农民而已，怎么跟我比，我家三代都是资本家。然后又说，你们陕西有个作家叫个什么娃，他把这个"娃"改成那个"凹"了，他以为改成这个"凹"了就不是农民了。

说话间，在老板桌上铺开稿纸开始比赛书法，我问他的书法是跟谁学的，他说是跟高占祥学的。他问我的书法是跟谁学的，我说是跟魏碑学的。他动笔为我写了个"春秋多佳日，西北有高楼"，称赞我是西北的一座"高楼"。我为他写了"驾长车踏破贺兰山缺"。写罢之后，我解释说，当年气吞万里的赳赳武夫岳飞，站在江南岸，立志要将贺兰山踏破，结果没有踏破，而今江南才子张贤亮，一只秃笔，雄霸文坛有年，倒是真的把贺兰山踏破了。

记得那次，西影厂编剧张敏先生也去了，张先生曾是张贤亮电影《黑炮事件》的编辑，和张贤亮很熟。他提着张贤亮的耳朵，让给自己写"以笔做剑，横扫文坛"八个字。写好以后，张贤亮觉得有点不合适就不写落款了，张敏说，你签名啊签名啊，张贤亮脑子一转，写道：录张敏老弟豪言——张贤亮。

那次还参观了西部影城，贤亮先生说，宁夏有什么，宁夏不就是有荒凉么，我这叫出卖荒凉。游客们来这里带走的是一脚土，留下的是口袋里的钱。还说，开始的时候镇北堡里面住着的牧民不搬家，一有拍电影的牧民就把羊赶来捣乱。他给牧民去做工作，牧民说，当年马鸿逵马主席手握两把盒子枪都没能把我们赶走，你张主席手无缚鸡之力的一介书生想把我们赶走，休想！贤亮说，于是他把牧民的孩子聘做讲解员，又拉他们到广州培训了一次，这样孩子给家长做工作算是把牧民请走了。

记得那次宁夏的作家们请我吃饭，他们对张贤亮的骄傲自大、目空天下多有微词。我对他们说，理解张贤亮，包容张贤亮，爱护张贤亮，一个中国文坛的堂吉诃德而已。我还说，每个真正意义上的艺术家都是一个自我中心主义者，一个自我膨胀、有着病态的自恋情结的人，古今中外概莫能外。既然你们有幸或不幸与一位大师生活在同一个城市，那么你们就得忍受他。

还有一次，大约1997年冬天，我随央视中国大西北摄制组到宁夏（周涛、毕淑敏和我是总撰稿），贤亮先生听说后请我们吃饭。那天饭局上，有一位市委书记。记得张贤亮给这位书记倒他的宁夏干红时把酒杯给打翻了，泼了一桌。张贤亮马上大声说，恭喜你啊书记，你要发了，三点水加个"发"字就是"泼"，恭喜恭喜，你要发了！然后倒完酒后在我耳边说，建群老弟你要好好跟老兄学，这叫给领导点眼药水。那次贤亮夫人剑华女士没有来，第二天她又单独请我们吃饭。记得我给她写了一幅字叫"骑驴过小桥，独叹梅花瘦"。我和剑华女士认识的好像还要更早一些。记得她谈过张贤亮写《习惯死亡》的创作过程，她说那是张贤亮写得最艰难的一部小说，整个一个冬天，人盘腿坐在炕上，就着个小炕桌，吭哧吭哧一个字一个字地抠。

2010年，我去额济纳旗看胡杨林，到了银川，过江东、拜乔老，我去影视城看张贤亮先生。大门口横着个杆子，一上一下地像是吊桥。有两个穿着古装衣服背上印着"兵""卒"字样的门卫把守，手上好像还拿着鬼头刀，不让我的车进。我指着两个士兵的鼻子说，回去禀报你们张主席，就说陕西的高主席来了。记得他说过，这影视城我当一半的家。门卫见说，有一个跑步回去禀报了。一会，张贤亮的总管影视城的马樱花老总出现了。她说贤亮已经接到文联的电话，知道我来了，正在会客室等我。后来在会客室，我和贤亮先生促膝长谈了有一个小时。谈当代文坛，谈物是人非，他还给我介绍了他的新作《一亿六》的情况。最后，他拿出一幅他早就写好的字送我到门口。那次我已经明显感到他气力虚弱了。

他写的那一幅字是"迎风冒雪不趋时，傲骨何须伯乐知，野马平生难负重，老来犹向莽原驰。建群仁弟雅正，庚寅秋，张贤亮。"

大漠落日自辉煌。贤亮先生的诗中明显有一种满怀抱负、未尽之志，尚未完成的憾意。记得有一次他对我说过，一次开作代会，一个代表赶上来拍着他的肩膀说，祝贺你连任副主席。后来才发现认错人了，两人都很尴尬。还记得有一次他对我说，这一次开全国政协会，我参加的是文史组，下一次我就要到企业组去，成为"红色资本家"了。还记得最后一次见面时，他雄心勃勃地对我谈起他的那些写家族史、写自传的创作计划。

贤亮先生一路走好！能死在自家炕头上是一种幸福。我在这里想说的是，人生不满百，一个人能如此波澜壮阔地度过一生就该知足了。正如先生在网上发表的告别宣言中所说的那样，"我的一生本身就是一部大书"。是的，是一部大书，一部打着这个时代深深印记的大书，一部值得后世反复咀嚼、常读常新的大书！

你见过大漠落日吗？太阳像一个勒勒车的硕大轮子，停驻在西地平线上。它是玫瑰色的。它的玫瑰色的光芒返照回来，染红了整个天空。黑戈壁、白戈壁、红戈壁，此一刻都变成玫瑰色的了。胡杨林、红柳、芨芨草、沙枣树、芦苇丛，甚至地面上的行人，甚至天空中飞翔的黑翅膀的乌鸦，也都被染成一种梦幻般的红色。四周静悄悄的。这时候需要有歌声。哦，是久违了的李娜的歌声。歌声苍凉地起了，像一只母狼面对旷野狂嗥。这时候你的眼泪会一滴一滴掉下来，你理解了古人造出"长歌当哭"这句成语的全部语境。

2014年9月28日

悼念陈忠实

一

老陈去世的前六天，去西京医院做了最后一次化疗，走出医院时人很刚强，摆摆手不让人搀。这时他已经瘦得走起路来有些飘，化疗化得有点灯枯油干的感觉了。作协同志告诉我，这是第十一次化疗，效果很好，老陈很配合医生。又说医生说一个肺已经完全坏死，不再工作，另一个肺还能勉强工作。回到家里不到三天，老陈开始吐血，大口大口地吐，这是癌细胞扩散，从喉咙到了气管，而这扩散的肿瘤，突然破了，于是出血不止。回到西京医院后，抢救了三天，2016年4月29日早七时许，撒手长去。

29日早上，接到忠实先生去世的噩耗，一瞬间，我很是震惊和痛苦，有一种中国文坛的天空塌了一个角的感觉。尽管我知道他得的是不能回头的病，对于他的走，我是有思想准备的，但我仍然陷入一种痛苦中，直至今天已经第三天了，仍恍恍惚惚不能自拔。

这种心情，只有在路遥和张贤亮去世时我才有过的。那是一种怎样的心情呢，《山海经》说：共工头触不周山，天柱折，天倾西北，地陷东南。是的，就是这种地崩山裂壮士死的感觉。你老先生只要活着，哪怕病病怏怏地活着，苟延残喘地活着，只要有这么个人在,我们仍将感到踏实。但是他走了,他的身后是巨大真空。

我记得路遥去世时,我写给他的话是:"物伤其类、不胜悲戚!先走为大、先走为神!"唉,路遥已经离开我们二十四个年头了。而临终前放言"当代文学史绕不开我"的张贤亮,则是去年走的。我写给他的送行道别词则是"大漠落日自辉煌"——你见过落日像一个通红通红的勒勒车的大车轮子,停驻在西地平线那一刻,将沉未沉时的情景吗?它肩一天风霜,无限哀恸,无限悲怆。

记得二十年前我去宁夏,我对宁夏的年轻一代作家们说,每一个真正意义上的艺术家,都是一个极端的个人中心主义者,都有一种强烈的自恋情结,所以你们要理解张贤亮,包容张贤亮。你们没有任何错,或者说只有一个错,那就是不幸和一个天才生活在同一时代。

我说张贤亮的这些话,这种思考,同样地适合用来说路遥,说陈忠实。

这话怎么说呢?我在这里实在是不好表达。许多次年轻作者的作品座谈会上都说过,文学是一碗强人吃的饭,你是弱者,你最好离文学远一点。

二

陈忠实先生的《白鹿原》是一部重要作品,同时也是一部充满厚重感的农耕文明的史诗。我这几天在接受几家报纸的采访时说:"在接到老陈去世的消息的那一刻,我的脑子闪电一般,把《白鹿原》和几部当代描写农村题材的小说做了对比,例如,浩然的《艳阳天》、高晓声的《陈焕生上城》,甚至还和被称为文学教父的前辈作家柳青的《创业史》相比,和被称为中国最朴素的小说家赵树理的《小二黑结婚》《李有才板话》相比,觉得与之相比,《白鹿原》对农村生活的描述,似乎更为深刻和准确一些。"

它不是对农村题材作品图解政策式的描写,也不是颂歌式的描写,更不是田园牧歌、民俗风情式的描写,而是将锐利的笔触深刻地切入了一个时代,切入到社会最底层,触到了这个时代的痛处痒处、我们民族的痛处痒处。所以老陈在《白鹿原》的题记里,引用巴尔扎克的话说:"小说被认为是一个民族的秘史。"他的作品是对得起他所引用的这个题记的。

三

1993年5月20日《最后一个匈奴》座谈会在北京召开,作为作者答谢发言,我在会上说:"希望首都的媒体不要只关注高建群,关注《最后一个匈奴》,我们陕西还有位好的小说家,叫陈忠实,他也在写长篇,长篇叫《白鹿原》,不久会出版;还有位好的小说家叫贾平凹,也在写长篇,长篇叫《废都》,也会在年底出版;另外还有京夫、程海等等,也在写长篇,他们都比我写得好。建议你们首都的媒体,在报道这次会议时,把陕军作为一个团队、一个整体来宣传。"第二天的《光明日报》的头版发表了与会记者、散文家韩小蕙女士的《陕军东征》一文。这就是新时期"陕军东征"一场大热闹的由来。

一些年后我偶然见到何启智或是曾镇南,先生回忆说"陕军东征"这句话好像是他说的。上电梯的时候,他对几位北京的陕西籍的评论家说,陕西作家真厉害,整天喊着要走出潼关,这次算是走出了,陕军东征呀。记得后来有一次还见过周明先生,他也记得是开会上电梯时大家说过这话,谁说的记不清了,他笑着说,很可能是他"周明老人自己"说的吧。

我对"陕军东征"这个说法至今不悔。我们中有一个叫堂吉诃德的人,他要出发,去征服世界了。他穿上一身朽了的中世纪骑士的铠甲,骑上一匹瘦骨棱棱的老马,挥舞着盾牌和长矛上路。他要去和风车作战。他要去黄金城,那世世代代人们只在传说中见过的城市。姑娘穿上了节日的盛装,铁匠用锤子敲打出钢铁里的音乐,这座城市为它们的骑士送行。

把中国当代文学放在世界文学的大格局、大背景下来看,它是多么虚弱呀。和欧美文学相比,和俄罗斯文学相比,甚至和我们的近邻印度和日本的文学相比,我们都差那么一大截儿。且让这些有三分滑稽、三分痴傻、三分崇高的陕西著名农民们,去怀揣梦想和敬畏,完成一次堂吉诃德式的对于文学制高点的攀登和征服去吧。社会应该做的事情是给他们一点掌声才对。

那时节一下子洛阳纸贵。每一个中国人都在自家的案头摆着这几本书,以视自己是一个读书人、文化人。这些书是走市场的,每本书的销量都达到百万册以上。一夜间富了一大批书商。这几本书的出版,大约是纸质的文学作品的最后一次辉煌吧。

那一批作品的出现,有个特定的历史大背景,写作环境相对于宽松一点。当时民间流行一句顺口溜——北京人什么都敢说,陕西人什么都敢写,广东人什么都敢吃,温州人什么都敢做。兼之,新时期文学发展到了那个时期,已经十多年了,"文革"结束,文学界重拾和延续五四新文化运动"为人生"的文学主张,行进到那时,该有它的成熟期和收割期的作品出现了。后来,我在北京见到柳萌先生,他问我如何看待当时的长篇小说创作。我说,有个时期,我们曾经达到过一个高度,缩短了与世界一流文学的距离,但是,很遗憾,这以后又滑落下来了,沦为文学的第三世界。

四

我第一次见到老陈,是在1979年4月20日,"文革"结束,陕西省作协恢复名称恢复活动后的第一次创作会上,会议名称叫"新作者座谈会"。那次,记得老陈背了个黄挎包,穿了一件半旧的衬衣,从西安郊区灞桥文化馆而来。行色匆匆的他,坐在一个角落。坐着的时候,他总把挎包放在胸前,两只手搭在挎包上,眼睛闭住光,似乎有些谦恭地盯着发言的人。他从骨子里讲还是一个农民,身上具有关中农民的所有优点和缺点。

那是一个令人无限怀念的文学时代。记得那次会议上,老作家们除了柳青已经过世外,健在的胡采、杜鹏程、王汶石、李若冰,悉数到场。年青一代,贾平凹的《满月儿》刚刚获奖,莫申的《窗口》刚刚获奖,他们从北京领完奖后直接赶到会场。路遥则雄赳赳地斜倚在一个破旧的藤椅上,坐在后面的一个角落,半闭着眼睛。路遥当时是在《延河》实习。1980年后,王丕祥、贺抒玉专程到延安,费了很大的周折,才把路遥的调动手续办了,路遥先当编辑,继而当专业作家。陈忠实则是两年后,调入作协当专业作家。

陕西作协是个大作协,它的前身甚至可以追溯到延安时期的陕甘宁边区文协。按照通常的说法,延安时期大的文化山头有三个,一是丁玲领导的成立于保安的文抗(全国文艺抗敌协会),一是周扬领导的鲁艺,一是柯仲平领导的陕甘宁边区文协。新中国成立后文协没有去北京,而是随西北局留在了西安,柯仲平担任首任主席,原文协机关刊物《群众周刊》主编胡采,继任主席。文协秘书长是著名歌曲《松花江上》的作者张寒晖。张寒晖当年病逝于延安,柯仲平作诗悼念说,文化山上葬寒晖,一把土来一把泪。

五

柳青、杜鹏程、王汶石、李若冰等,都是极具人格魅力的宽厚长者,他们以发现新人、扶持新人为己任,三秦地面,每发现一个写了个短短几千字小说的作者,他们就欣喜若狂,奔走相告,然后下来就是商量怎么调到作协来。作协大院里那些后之来者，基本上都是他们调去的。那是一群崇高的人，时代因素造就了这一批革命家加艺术家式的非凡人物。

柳青被尊为文学教父。他的长篇小说《创业史》是十七年文学的巅峰之作。柳青不但是小说家，还是思想家、哲人，他的那些警策之语，一直在陕西青年一代作家们口口相传。例如，文学以六十年为一个单元。例如，你要写作，你就得像农民大嫂提一篮子鸡蛋进城一样，只有人家碰你的份儿，你不敢碰人家，因为这一碰，一篮子的家当就全打了，你就一无所有了。例如，忍耐是比激动更强大的精神力量，这是事业对人的一种强制。例如，有一天写不出东西了，收起你的笔，做一个与世无害的好人，也算是对社会的一种贡献。等等。

路遥的《人生》中，就引用过柳青的一段话，作为点题之笔——"人的一生虽然漫长，但是，紧要处也就那么几步。"这句好像是《创业史》中的话。

正是这些前辈作家的感召，和有创作范例在先，从而激发起这些后之来者的勃勃野心，而从《创业史》中汲取最多艺术营养的，大约是陈忠实的《白鹿原》的创作。

大约是这两部作品的描写地域，十分接近，也就几十公里远近吧，区别只在于一个描写的是白鹿原上的事情，一个描写的是蛤蟆滩上的事情。诚实地讲来，《创业史》的作者，内功更为深厚一些、老到一些，设置人物，铺排故事，举重若轻。柳青的局限是时代的局限，《创业史》没能更深入地进入时代深处，没有能纵横捭阖，而是陷入一个套子里去了。相形之下，《白鹿原》在后一个问题上就做得更好一点，叙述视角直接地切入了历史纵深。不过它的文字要粗糙一些，嘴碎一些，比不上柳青那磨出来的文字。再就是缺少整体感。我记得在前年的一次什么会上,老陈在介绍自己创作时,也说,由于之前没有写过长篇,所以《白鹿原》的写作,布局不周,就像绕一团又一团的毛线团一样。

相形之下,另一位以柳青的学生自居的路遥,似乎驾驭长篇的能力更强一些。他对我说,巴尔扎克说过,长篇小说其实写的是人物与人物之间的关系,几条线索推进故事发展,人物丰满,线条不时重合交错,掀起高潮,到最后结束时,把所有线条都挽个疙瘩,有个交代,然后,"啪"的一声,就像一部大型交响乐一样,所有的乐器都"啪"一声落地,从而产生强烈的艺术打击力量。

不过路遥的创作,文字太不讲究。我常说,你的写作是陕北农民的粗放式耕作。

六

忠实先生大行了。我很痛苦。家人也看出我这两天心情不好,不敢与我多说话。我感到自己这两天一下子老了许多,常常一个人坐在那发呆。我想找一个没人的去处,大哭一场,为已经走了的他,也为尚且苟活在人世上的我。

诚实地讲来,我和老陈这些年来往得并不多。那一年搜狐网叫我到北京直播室做客,接受网友们的提问。有个网友提问说,高老师,你们陕西三个小说家(忠实、平凹和我),平时来往多不多?关系怎样?这分别是个大坑,等我去跳。我停顿了一下,随后作如是回答:来往得不多,开会遇一遇,平日各人忙各人的事情。你看恒星,它们孤独地高傲地在天空的一角闪烁着,从来不彼此走近对方,因为生怕自己的光芒灼伤了对方。它们只是站在自己的位置上,向对方遥致敬意而已。回答完毕。

我以"先走为大,先走为神"几个字沉痛哀悼忠实先生的逝世。斯人已逝,今日得闲。他从此没有了痛苦,没有了案头劳顿,没有了人生俗务。一个人将自己完成得那么好,他应当无憾地枕着他的《白鹿原》安歇了。我想,他的《白鹿原》将会被长久地记忆着,我也期待电视剧《白鹿原》的播出。

而我作为一个后死者,我想,我有责任为先死的他送行,撒上些纸钱,说几句前程珍重、一路走好之类的吉祥语言。所以,这几天,我接受了许多的采访,还匆匆下笔,写了好几篇悼念文字。我想,这篇为《南方周末》的文章写完后,近期我就再不提这个话题了,待到5月5日早上,礼节性地参加完忠实先生的告别仪式,送上最后一程,我得让自己疲惫的身子好好休息一阵。

2016年4月29日急就于西安

5月1日—2日定稿

哭李若冰老

李老的最后十年,除了贺老师,除了他的几个孩子以外,平日打搅最多的,或者说最亲近的,就是我们编辑部的这些人了。文联给李老的办公室,李老不去坐,他把办公桌搬到了《新大陆》的大办公室里。每到礼拜一,李老早早地就来了,然后坐在办公桌前,脸朝大门,笑眯眯地看着我们每一个人走进来。文联许多事情,李老都可以马马虎虎,不愿多问,但是《新大陆》就是李老的命根子,他把心刻在这个刊物上了,因为李老这一生,一直有一个梦想,就是亲手创办一个刊物,为繁荣祖国的文艺,培养一批文学新人出点力。如今,在李老大行之后,我才突然明白,他是预感自己的日子已经不多了,所以把最后一点力量,放在最重要的一件事情上。

李老神志清醒的时候,我领着薄厚、君峰去看他。病床上的李老,第一句话就问《新大陆》的事。我对李老说:"很好!很好!一切都很好!"我说,你现在最重要的工作是养病,你老的健康长寿就是咱们陕西文学界的福分,就是我们这些学生们的福分。薄厚和君峰把《新大陆》存在的困难给李老说,李老在病床上躺不住了,挣扎着起来,见状,我把他俩的话打断了,我说:"你们都四十往上五十几的人了,该独当一面了,有了困难自己解决,不要老让李老操心!"

再一次我们去看李老的时候,李老已经平静地躺在了那里,他的脸色像病床上的床单那样白,呼吸器象征性地还戴着。据贺老师讲,他的大脑已经停止了思想。

再一次去医院,就是将李老的遗体,从医院病房往三兆去送。我对薄厚、君峰说,李老平日,对咱们最好,尤其对你们两个好,你们到医院来,咱们再送老人家一程。文联要开关于李老治丧活动安排会,这样君峰留下来开会,我则和薄厚一起,随着李老的几个孩子,走了最后一程路。

送到殡仪馆以后,走的时候,我们的车突然熄火了,怎么打也打不着。这是天意,我对薄厚说,李老想叫咱们几个老部下,再陪一陪他。这样,我们坐在那里,又待了大半个小时,直到王卫把车修好。

李老告别仪式的前一个晚上,我们又最后看过一次。打开棺椁,剥去包着的白布,李老神色安详地躺在那里。那一刻我俯下身子,抱住他的头,让李珩为我拍下这最后的纪念。在那一刻我哭了。而在此刻,当我写到这里的时候,不由得又双目潮湿。

最后一次,是在告别仪式结束以后,火化以后,我们抱着李老的骨灰盒,将它安放在革命烈士陵园里。我对和谷、薄厚说,咱们这几个老部下,最后送李老一程。然后,我们从孩子手中接过骨灰盒,每人抱着走了一段路。烈士陵园中我们为李老选下的居室的房号是一百,这是李珩和李勇选定的,两个孩子说,父亲一生都在追求完美,追求圆满,追求十全十美,那么,就选个一百吧。

最后,由我将骨灰盒放进一百号房间。"入土为安!老人家,你可以休息啦!"我鞠了个躬,说。

事后,在家属举行的答谢宴上,我对李勇说,这是我们这些学生所应该做的。我们这样也是为了圆满我们自己。还有一句话,我当时没有说出,这话就是,十年前,李老将我从延安调下来时,那时我就为自己定了个任务,那就是,假若李老有一天大行时,我一定像一个传统意义上所说的"孝子"那样为他去送终。

李老走了,世界因此而感到空虚——至少我的世界空虚了许多。类似李老这样既经过延安革命大熔炉洗礼,具有一种强烈的战士激情,又具有中国传统文化人美德的文坛长辈,会越来越少。这是时代的产物。产生这种人物的那个令人怀念的时代,已经过去了。如果它要产生,将会以另一种形式出现的。

这十年来,我一直在李老的手下工作,我从他身上学到许多优秀的品质。他最大的优点是包容性大,他宽阔的胸怀里包容一切。他对世界上的每一个人都充满了一种佛家的大慈大悲大关爱之心。我常常感慨地说,有些人来到这世界上,是为帮助别人而来的,比如李若冰。包括司机,包括门房,他常常想着问着帮助你。如果能对你有所帮助,那么他就会像孩子一样快乐。

我的思绪很乱。写这篇文章对我来说是一件艰难的事情。因为去碰这一段沉重的感情对我自己也是一种痛苦。这些天来,我已经在这篇文章旁边徘徊了很久,迟迟不敢走近它。直到今天,我才强使自己坐在桌前。

那么在以后的文章中,在我感情趋于平静之后,再细细地谈论我们的李老吧。在这里暂且让我用下面的三段话结束此文。

第一段是我在为奔丧而来的李老女婿所写的字幅上所说的话——若冰老走完辉煌的一生,他像中国西部一道雄伟的风景一样停驻在那里了,从而给后之来者以感召。他是一位德高望重的长者,他的人格魅力令所有见过他的人着迷。他有波澜壮阔的人生阅历。到晚年的时候,他日益走向中国古文化人的自我道德完善,成为一位贤圣之人。

第二段是我为《文艺报》所写的《永远的柴达木,永远的李若冰》中的话——假若有一天,即使李若冰不在了,但是柴达木还在,塔里木还在,它们永远以一道最雄伟的风景,停驻在西边的天空下,向路经者讲述新中国第一代拓荒者的故事,讲述《柴达木手记》《塔里木书简》的作者李若冰的故事。

第三段是我应贺抒玉老师之约,为李老的灵堂撰写的挽联——上联是"云阳泾阳延安西安柴达木塔里木辉煌一生著作等身";下联是"战士诗人长者泰斗革命家文艺家高山仰止风范长存"。

世界上最凄凉的坟墓
——祭祀吴宓先生

陈寅恪先生还一直被人念叨着。他的传记《大师之后再无大师》成了这两年的热销书之一。而与他齐名的吴宓,似乎已经冷落得快要被世人遗忘了。我曾请教过吴宓的学生,西北大学教授张华。我说,吴宓先生作为一代国学大师,他对中国思想界最大的建树是什么。张华教授说,吴宓先生发现了一个历史秘密,或者说历史铁律,这就是——当一股潮流到来的时候,不是走在最前面的人代表着真理,也不是最后边的人代表着真理,而是走在中间的那个大多数代表着真理,尽管这个结论有些无奈,有点悲哀,但是,这却是一条屡试不爽、每每应验的历史规律。

吴先生是陕西泾阳安吴堡人。"文革"时期被遣送回家,劳动改造。他一生没有妻娶,伶仃一人,最后病死在老家的土炕上。他没有近亲,患病期间,族里的那些侄媳们,烙了一些锅盔(饼子),放在他炕头。吴先生饿了就啃一口锅盔,渴了就舀一瓢生水来喝。据说,村上人发现他死了时,手里还拿着半块锅盔。

安吴堡清朝末年,曾经出过一位有名人物,人称"安吴寡妇",富可敌国。慈禧太后西逃,到西安后,没有钱花了,于是打发人到安吴堡,向她借钱。安吴寡妇说,天下万物都是皇家的,怎敢说"借",于是二十头高脚骡子驮了二十驮银圆,送往西安八仙庵慈禧居住的地方。慈禧认安吴寡妇为干女儿,并赐她一品诰命夫人的名号。安吴寡妇陵园里,有石人石马石牌坊,植有松柏。吴宓当是安吴寡妇的孙子辈吧,他死后,一座简陋的土坟就在这安吴寡妇陵园东南角落与庄稼地相连的地方。

这大约是我见过的世界上最为凄凉的坟墓了。

一座土坟。坟头很小,甚至比村上的那些无香无臭的老去的寻常百姓的坟头还要小一些。很奇怪,坟头上没有长草,按说,我们那一次祭扫时,吴先生已经过世二十多年了。他的坟头上该有萋萋荒草了,但是没有草,只在坟头的边缘有一些营草生出。营草细细的条状叶子,拱出地面。这是清明节,坟头上添了一些新土,还在顶端压了一张祭祀用的白纸。怕这纸钱被风吹走,纸钱的上面还压了半锨土。唉,不知道哪个有心人给他来扫墓的,大约是户族里的某一位晚辈吧。

乌鸦在坟头上方凄厉地叫着。夕阳从五陵原的上空缓缓滚过。记得那是1994年的清明节。我和西影厂张子良、杨争光、马杰几位编剧,在原下面的郑国渠博物馆写电视剧。清明那天,我们上原去拜谒这位先贤。

坟头外面是一望无垠的麦田。麦苗都漫上一侧的坟头了。年轻时读唐伯虎的"不见五陵豪杰墓,无花无酒锄作田",不懂这"锄作田"的意思。现在我明白了。农人锄地,一年向这坟头上多加一锄,经年经岁,这坟头就锄作田地了。

安吴寡妇陵园的柏树上,一只猫头鹰在凄厉地叫着,叫人心中生出阵阵惊悸。一座猥獕的土坟就耽枕在陵园边上。吴宓先生在老祖母的膝前静卧,永缄其口,从此也就没了思考的痛苦,少了许多尘世的烦恼。

这是二十一年前的事了。前两年,路经这里,我又拜谒了一次吴先生。坟头比过去大了一些,圈成一个圆状。坟头上用地板砖盖了一层。四周则用白色的栏杆围了一圈。村上人说,那是吴宓的弟弟从南洋专程赶回来,为哥哥修缮和整理的。

那块庄稼地,这一刻种成了玉米。铺天盖地,一片玉米林,风吹得叶子沙沙作响。坟前,则栽了两棵小杨树。树不太旺,叶子稀稀拉拉的,大约刚栽上不久。我趋上前,双膝跪倒,为这位先贤、乡贤,我的故乡出的这位大文化人,上上一炷香。这一刻,我想起戴望舒的诗:走几十里寂寞的长途,到你坟前放一朵红山茶。我走了,前面的路还长,而你,正卧听着海鸥闲话。

2015年12月10日于西安

(为《南方周末》而作)

大山之子蔡嘉励

名画家蔡嘉励先生,和我同住在一个大院里,这样就免不了时时碰头。晚饭后的黄昏,蔡先生通常出来散步。他顶着一头华发。头发乱糟糟地向后背起,显得头颅很大,一副沧桑老者的样子,而艺术家式的发型下面,却长着一张娃娃脸,虽历经岁月沧桑,脸上满是皱纹了,却一点不显老。高视阔步的蔡先生行走中,左臂挽着他的糟糠之妻,一个随他过了大半辈子的老伴,右臂,则挽着他从美院毕业,美貌如花的女儿,这又是一个和谐体。——蔡先生当然并不知道他一路走来给人留下来的印象,我是旁观者,这是我的感觉。

蔡先生是陕西绥德人。绥德过去叫天下名州,现在还叫。绥德人有许多值得骄傲的地方,例如绥德人说,中国文房四宝,笔墨纸砚中的毛笔,就是秦朝的开国大将军蒙恬在绥德发明的。蒙恬受秦始皇之命,先是督造万里长城,万里长城修成后,又马不歇鞍,开始修造从古长安到内蒙古包头的秦直道。而蒙恬的大本营,就扎在天下名州绥德城。那时候,士兵们离家日久,靠书信和家人互诉思念之情,可是,没有书写工具,极不方便。这一日,蒙恬见牧羊人赶着羊群,飘飘忽忽从山坡上转过来,突然灵机一动,他让士兵去拽些山羊胡子来,尔后,又将山羊胡子捆在荆条杆上,这样,原始最初的毛笔制成了。蒙恬又让士兵,从行军锅底铲些烟黑来,和上水,这样墨汁也有了。这是绥德人的说法,是不是这样,我没有考证过。不过,对中国的文化史具有重要意义的毛笔,如果果真是绥德这地方发明的,那真该给这里立一个碑才对。

行文至此,我想说的话是,当作为绥德人的蔡先生,在他挥动毛笔、泼墨作画时,是不是也有这种历史情怀在?

蔡家是绥德的一个大户。陕北的老百姓说:"绥德的蔡家,米脂的艾家。"蔡家是大地主,历史上一直有崇尚文化的传统。据说,清朝年间,祖籍山东阳信县龟德村的一个在陕北为官的蔡氏官吏,告老后落户陕北,繁衍成蔡氏这支家族。这是蔡家口口相传的一段家族迁徙史,这个说法应当说是可靠的,因为绥德城外苍茫的大山深处,还有蔡家老坟存在。自明代在陕北设九重边关之一的榆林卫以后,这里的人口来源,除当地土著外,外来人口来自三方面,一是北京一次宫廷政变后遭贬的官员,一是东南沿海地面被打击、发配到这里的商人,一是退官归隐后落户当地的文武官员。

蔡先生已经有了较长时间的艺术炼力了。他逐渐地形成了自己的艺术风格,在山水画领域里独树一帜,他被中国文联和中国美术协会推选为代表二十世纪末中国画家总体水平的"百杰画家"之一。他还获得了名目繁多的奖状。他的画被中国文联、被国际奥委会、被许多书画爱好者收藏。有一句老话叫"人书俱老",这话用来总结蔡先生大约还算合适。

所谓"人老",是说蔡先生尽管长着一张娃娃脸,却已是五十又八的人了。儿孙催人老,江湖居士闲处老,如此而已。说他"书老",是说蔡先生以自己的诚实、质朴、勤勉、对大自然的热爱和对绘画的热爱,逐渐地进入绘画艺术的化境。这后一个"老",是艺术上"圆熟到老"的"老"。

我第一次见到蔡先生,是他当陕西省美术馆馆长期间。西安东大街的美术家画廊,时不时地总要举行美展,这样我便见到了这个忙碌的人。后来"五·二三"采风,又一次出去过几次。我在作家记者组,他在书画组。我常常去看他作画。他穿一个背心,挥汗如雨。"五·二三"一般是义务性服务,来索画的人很多。只见蔡先生,将纸裁成斗方,笔锋所向,仿佛是将军的矛头,对着假想敌,一阵错落有致、轻重有量、张弛有度的猛戳一般,刹那间,白纸上急急如雨,落满墨水,一份泼墨山水跃然纸上。蔡先生抹一把汗,歇一口气,尔后再涂上杂色。我在旁边看了,爱得不行,就说:"老蔡你也给我画一张吧!"蔡先生说:"咱们一个采风团的,回到西安再说。"我遭到了拒绝,只得怏怏地走了。

蔡先生的画,我看到过一些,我觉得用雄伟、厚实、粗犷、深远来概括他的画的特征,大约还算确切。所谓"雄伟",这句话是一个日本画家叫东山魁夷说的,他崇尚那种"雄伟的风景"。而"厚实"这句话是我的心得。我觉得蔡先生画的山,和古代文人画的那种山,又有很大的不同。古代画家画的山,多是画意,托笔底山水,浇胸中块垒而已,而这种大写意的画山,又多是借状于南方的山水。而蔡先生画的山,他的师承,则是从石鲁、赵望云、何海霞那里继承了先贤的成功经验,再加上自己深刻感觉,从而修成正果的。他是陕北人,自幼在山里长大,所以对山的感觉,和文化人看山的感觉又截然不同。"那拥拥挤挤、茫茫苍苍的陕北大山深处,有我们的蔡家祖坟!它如今已经湮灭于时间流程中,找不到了!"——这是蔡先生对我说的话。这叫我明白了,为什么蔡先生对山注入了那么多的感情(这种感情超过了古人所崇尚的"登山则情满于山,观海则意溢于海"那种境界),明白了为什么他笔下的每一座山都那么浑厚，山山有根，因为那是桑梓之地呀！

我的这些想法得到了蔡先生的印证。他说："陕西画家画黄土高坡的较多。从画中，你就能看出他们选的是哪一块的地貌。石鲁画的是延安的山，何海霞画的是洛川塬，罗平安主要画的是米脂到榆林这一带，我则主要画的是绥德我的家乡这一带！"

为了写这篇文章，我专门到蔡先生的家里，和他长谈过一次，他刚刚完成一幅太行山的画，在客厅的墙壁上挂着，占满了一面墙壁。那画沉郁、厚重、莽笨，富有力量感和雕塑感。蔡先生告诉我这是山西左权县麻田镇那地方的太行山。他这话一说，叫我明白了为什么蔡先生太行山绘画系列中，总是一种肃穆之气哩，因为这里是抗日名将左权蒙难处。江山处处可为庙堂，难怪画家的笔端，流露出这种感情呢！我这时记起蔡先生获奖并屡屡获得好评的《太行浩气》那幅画，我说："陕北的山之外，看太行山也是你的创作基地了。"蔡先生说："是的。"他说从1997年以后，他常去太行。太行之外，还有黄山，江山处处如画图。说罢，还让我看了另一幅巨作《黄山烟云》。

不过我最喜欢的，还是蔡先生的那些陕北的画。他的那些画陕北的大画，气势磅礴，凝重深沉。大画之外，他的那些用石头一块块砌起来的陕北窑洞，陕北石砭，陕北老墙画幅，则充满了一种规则感和艺术趣味，同时又是那么的平实，让人想起我们的初民穴居的年代和"人猿相揖别，只几个石头磨过"的年代。而他的诸如《暖冬》这种有一个山窝，山窝的怀抱里抱着一户窑洞人家的画面，让人想起陕北人的一代代的诞生与死亡。还有，诸如《秋归》那样有一座莽莽苍苍的大山，山与天相接的地方有一道轮廓线，轮廓线上透出赶着毛驴的庄稼汉的这幕图景，我二十年在一个黄昏的时分见过，那一幕图景，至今不忘。

我很高兴为名画家蔡嘉励先生写这一篇文章，他诚实的、勤勉的、卓有成效的劳动理应得到尊重和宣扬。蔡先生现在是陕西省美协的负责人之一，公务之外，主要的时间是在家里潜心作画。以他的功力，以他的厚重的生活积累，以他的平实无华、不事张扬的艺术态度和人生态度，他的来日还会更加辉煌一些的，这是我的看法。临告别时，他说，这几年随着渐入老境，他越来越有一种怀旧的心态，不久前清明节期间，他专门回了一趟绥德，为父亲的坟上立了一个碑，了却了多年的一件心事。眼前唯有莽莽苍苍的陕北大山，一座挨一座，一山放过一山拦。说这话时，这位艺术家面色沉郁，语气凝重。他的话也将我带到那远处的大山中去，而当回过头来，看到眼前的画家时，我为这篇文章也找到了标题：《大山之子》。

2003年6月10日于西安

大河的流水一点不喧哗
——画家王有政先生印象记

画家王有政先生身上有佛性,无喜无怒,无善无恶,无美无丑。这叫大虚无,人修炼到这个份上,就算成精了。一般人,包括艺术家,达不到这个境界。这得有两个因素做垫底。第一得是从娘胎里带来,佛家相你一面说,这人是个可度之人,就是这个意思。第二得是,铆着劲儿,一条道儿走到黑,这样才能走到这个境界。记得托尔斯泰走到晚年的时候,环顾四周,能和他同行的人已经不多了,于是他感到一种刻骨铭心的孤独。但是他还得走,因为这是宿命——有追求的艺术家的宿命。

这十年,王有政先生和我是近邻,所以常常见面。看他作画,一起喝咖啡,一起去大澡堂里去泡澡,一起去参加当地街坊的红白喜事,等等。见得多了,便想为他写一点文字。可是几次提起笔,却又觉得无处下手。我总感到我没能抓住他。

一个成功者(姑且这样说吧),他总该有些非同凡响的东西存在的。你得找到它,才好写。你千万不要以为你看到的这些就是全部,不是这样子的。中国人和外国人不同,中国人内敛一些,他会将精髓的东西埋得很深。

给王有政先生带来极大声誉,奠定他中国画家位置的作品是那一幅名作《悄悄话》。自《悄悄话》之后，他画了大量的陕北题材。这些题材以甜美动人、楚楚可爱的陕北少女，沧桑淳朴、厚重大气的陕北老农为表现对象。

我十分地喜欢他的这些画作。这些作品里有两样东西叫我感动。一是它的平民化倾向，二是它对生活中的美的那种发掘和由衷的赞美。"文革"结束，假大空的风格得让位于对普通人的关注了，有政先生在这时候发出了自己的声音。

以前我端详这些画，寻找它的来龙去脉，我把它归结于有政先生对自己早年农家生活的怀念上。当然我这种揣摩也对（记得，当有人问起高尔基最好的文学早期训练是什么时，高尔基即声回答：苦难的童年）。但是，在后来与有政先生深谈时，我才明白我的揣摩仅仅是得之皮毛而已。

1978年，也就是《悄悄话》获奖的前一年，有政先生到陕北跑了四个月，佳县、吴堡、米脂、清涧，等等。与他同行的有绘画理论家刘骁纯。刘先生对他冲破当时的时代气息，确立自己的艺术风格，给予了重要的影响。这是其一。

其二，当时王有政和几位陕西的画家郭全忠、王宁宇、程征等，都正雄心勃勃，开始开辟自己的道路。他们在一个类似沙龙那样的气氛中，探讨艺术。王有政说，在探讨中，他突然明白了一个东西，这就是一幅画必须有"核儿"。原子弹这东西，小小的一点，它能产生多大的能量呀！这东西或者又叫"魂儿"，就是说，一幅画，如果没有魂儿，那它就是死东西，就是物件的堆砌与摆设。

"魂儿"这个顿悟，是有政先生参加一位青年朋友的葬礼时悟出来的。这位青年溺水而死，他就摆在殡仪馆里。构成一个人的所有东西都在，但是他死了。以画家眼光看来，他什么也不缺，正像一幅人物画一样。那么他缺什么呢？王有政这时候想起老家人说的"魂儿"这个东西。

"必须有魂，即使缺胳膊少腿，也比僵尸强！"王有政一拍大腿说。

其三，那一阵子，促使这位画家破茧而出的，当然还得力于深厚的学养。这正如王有政时常感叹的那样："必须走到那个地方，才能把那一层窗户纸捅破。"

"对我一生影响比较大的两位艺术家都是外国人，一个是罗丹，一个是米勒。"有政先生说。

他说，1996年的时候，他曾经和画家杨晓阳先生一起，前往法国巴黎枫丹白露森林里住过一阵，体味米勒。他还说，他最崇拜的人物是米勒，一生都在努力地接近他。米勒把农民画到骨子里去了。他还说，印象派画家凡·高一生崇拜米勒。话到这里，他说，伸展一个问题。绘画作品有的注重皮，有的注重瓤。从瓤来说，米勒和凡·高其实是一样的，只是皮不一样了。印象主义出现，皮开始不一样了。

说到米勒，我这时候才敢说，我终于抓住这位画家了。

我家里的墙上，就有一幅米勒的《拾麦穗者》的复制品。一位劳动妇女，正在俯身拾着田野上的麦穗。她脸庞宁静得如同修女，她弯着的腰肢疲惫有加，世界在这一刻好像窒息了，让位于她。这是对劳动者的一首赞歌。

出处原来在这里，我知道了。

"全世界人的哭声都是一样的。"王有政先生说。他举个例子说，1962年我母亲从山西老家到四川看姐姐生孩子，四川话母亲一句也听不懂，因此这位平日足不出户的农家老人感到很陌生、很害怕。待到孩子一出生，"哇"地一哭，母亲笑了，她说：小孩的哭声都一样。

米勒的油画中那种深刻的人民性,那种对苦难的理解,对劳动的理解,对生存的理解,被东方的一个画家感觉到了。

"我达不到米勒那一种深沉。我很明白这一点。这是文化环境所决定和限制的。因此如果说要比较的话,我也许更接近于一个叫米高里斯库的罗马尼亚画家。"王有政先生有些无奈地说。

你看,成功的人总有他成功的道理吧!因为一个《悄悄话》,我刨根问底,终于刨出了上面三条促使《悄悄话》问世的理由。人们往往忽视这个艺术准备期,而只看到后面,其实这也许是最重要的。

王有政先生后来的画,实际上一直是沿着这个路在走着的,只是显得日益博大,日益厚重。

"我要为全国美展准备一件重要作品了!"有一天,他这样对我说。

这件作品就是后来在第八届美展获奖的《母亲——我心中的佛》。

王有政先生是个大孝子。母亲在世时,他每年都至少回一次家,然后在母亲的老土炕上睡一个晚上。"和老太太睡在一起是一种待遇!"他说。他的母亲前年去世,享年九十多岁高龄。作家张敏曾随有政先生一起回去操办丧事。

我没有见过有政先生的母亲。他的画室里有母亲的照片。这位老太太瘦长脸,尖下巴,脸上有一种慈祥和圣洁的表情。她年轻时候一定是个乡间大美人。山西万荣与陕西关中隔黄河相望,这里也是中国农耕文化的发祥地之一。照片上这位饱受几千年农耕文化浸染的老太太,给人一种沁透到骨子里的中国感觉。

大约是因为预感到母亲将不久于人世了,有政先生决定倾注自己一生的感情，来为母亲唱一支颂歌，来为中国的劳动妇女唱一支颂歌，来为伟大的农耕文化唱一支颂歌。

"不管是将军，还是商贾，或是贼娃子，或是农村的小脚女人，他们首先是人，然后才是社会角色。我要表现人，表现人性。人性是超越阶级，超越人种，超越富贵贫贱的！"王有政说。

《母亲——我心中的佛》获得了巨大的成功，为圈内所公认。它成为有政先生绘画创作的又一件里程碑式作品。

我一直坚定不移地认为，当一位艺术家艰难地向更高的台阶完成突破时，往往不是靠理论，而是靠生活积累和对生活的诚实态度这两样东西。

正是靠对母亲的那种圣洁的、感恩戴德的、依恋的、像海洋一样深厚和泛滥的游子之情，促使他构思和完成了这件作品。

正是有政先生那种诚实的、朴实的人生态度和对绘画艺术的态度，促使他构思和完成了这件作品。

他又一次受益于他的阅历。

有政先生说："人分三种。一种是生而知之，毛泽东是天才；我家乡的蒲剧演员武俊英是天才。一种是学而知之，这得经过艰苦磨炼。第三种是学而不知。咱是第二种，比一般人强一点！"

有政先生说："我是吸铁石，只能吸铁。不是什么都能吸，它吸收它要的东西！"

有政先生说："我的绘画样式不是玩样式的。我的样式中没有非常独特的东西。我这个画家在中国画坛还有一席之地，是因为有独特的角度。"

有政先生说："把素材放在一起，立即有一个'独立生命'出现！"

有政先生说："一个艺术家的功力，主要在提纯。张艺谋就有提纯的能力，例如《菊豆》。"

有政先生说："内核一出现，一切的素材就必须听从它的调遣。它本身就规定了你要啥，不要啥。如果没有核，或者核不明确，你在选材时就没有取舍标准。"

有政先生说："到了这年龄了，我崇拜我自己。当年我还不行的时候，我就轻易不服气人，艺术上很倔强。我还啥都没有的时候，对啥都瞧不起。那时我艺术上没有达到，但是眼界达到了！"

——这是我信手记下的有政先生关于他自己、关于绘画艺术的只言片字。

我理解这些话。也许，只有像我这样的在文学炼狱里煎熬过大半辈子的人，才能体味和理解这些话里面的含金量。这是一个饱受艺术磨难之苦的人的千虑之一得。每一个年轻的后来者，如果他聪明的话，都应该用一生的时间来琢磨这些话。

在与我的交谈中，王有政先生除了谈到米勒，谈到罗丹，谈到米高里斯库，谈到刘骁纯，谈到刘文西之外，他还反复向我谈到赵望云的作品。

"你看这位大师多么地朴实无华呀！他那样来画人物，他画农民的时候，那扎着的裤脚，那粗布鞋，都强烈地向我们传达着一种泥土气息和乡村气息。而这一切又看不出丝毫的技巧和匠心，好像生活本该就是这样子的。赵望云先生像我家乡的黄河。黄河的水既没有声音，也没有大浪，但它深沉！"有政先生说。

事实上，有政先生自己也是一条大河。记得我小时候曾经看过一家刊物上有个《语丝》的栏目，那里面有一条叫"小河的流水日夜响，大河的流水一点不喧哗"。当我动笔写这篇文字的时候，我就想起了这句话。

通过上面的这些事和这些话，我想我将画家王有政的轮廓，已经勾勒出来了,尽管是粗线条的急就章。

　　我在文章的开头说过,我苦于自己因为抓不住这个画家而不敢贸然下笔。我想我现在是抓住了。而在关于他的阅历,他的绘画思考,他的艺术实践这等等的一番浏览之后,他最后谈到的"到了这年龄了,我崇拜我自己"这句话,更叫我赞赏。

　　这位画家在生活中,在做人上,在接人待物上,是很低调的,低到不能再低的地步。而在他的绘画世界中,他是张扬的和孤傲的——这是一位特立独行的、想要有所创造的艺术家最重要的品质之一。如果没有这一点,一切都无从谈起。

　　有政先生今年六十有二了。他还在他的艺术道路上走着。我难得见这样清醒的人。他常要画一些应酬画。每次画完,他都自责自己,说这些画与艺术无缘,它们会速朽的。他希望把自己心目中那些美学理想寄于笔墨,画一些能够传世的东西。"哪怕能传二百年也好。"他说。

　　有政先生现在一年中有一半的时间在北京居住,这样见面就少了。出于友情和对有政先生的敬重,我强使自己放下手中的活儿,开始写这篇文字。我对自己说,现在最重要的事情就是这件事。当文章就要结束时,我打电话,有政先生说他正在山东沂蒙山区采风。

　　这位画家以最传统的姿势握笔,站在宣纸前,以一种低沉而迂缓的声音对世界说——

　　我热爱生活!

　　我喜欢生活中那些美好的东西!

　　我希望通过我的画面与人们对话,将我对生活美好的感受与人们共享!

郭大校的"生命之门"和"天地之根"

郭新民是一名大校,他服务的部队驻防在遥远的青海。这些年,关于他爱石头、收藏石头的消息不断在我耳边噪噪。消息说他收藏的奇石怪石,有五大卡车之多。消息说他收藏的这些石头,均为世间罕见之物。消息说他将全部家产,都拿出来去收购石头了。郭政委是西安灞桥人,今年初夏,他回西安做胆结石手术,这样我们有缘一面。

谈起他的石头缘,老郭说,这有两个原因。1968年入伍时,入伍后的第一堂课,就是爱国教育。军人要热爱祖国的一山一石,一草一木。这是他与石头结缘的第一个原因。第二个原因则是,青海号称千山之祖、万水之源,这里别的东西没有,就是石头多。雄伟的大山,高耸云端,山上布满了地壳运动中涌出地面的各种奇石。三条大河——长江、黄河、雅鲁藏布江发源于此,河水的冲刷,千年造化,鬼斧神工,将这些石头修饰成惊世骇俗的艺术品,并且搬运到爱石人的跟前。他恰好在这一带驻防,有见到这些石头的机会,于是喜欢上了这些石头,于是将这些石头扛回到自己家中,于是世人便称他为藏石家了。

对于石头我是外行。关于藏石,我只是去年到大连时,听大连的朋友告诉我，大美学家王朝闻，是个藏石家，每年他要到大连的金石洲来一趟，带八麻袋石头回北京。这石头拿到北京，一块要卖好几万哩！如今这郭政委收藏的石头，我只见过照片，没有见过实物，那都是些什么石头呢？这个话题刚刚扯起，恰好有电话来。电话是打在郭政委手机上的。接完电话，他告诉我是这么一回事。

郭政委的藏石中，有一块奇怪的石头，石头上的图案，酷似女性生殖器。那阴蒂、阴唇、阴道、阴毛，栩栩如生，比画家画出来的还要逼真。前些天，北京一位首长来青海视察，参观了老郭的奇石，那也一个爱石人，对这块奇石，喜爱有加。首长想要，但不明说，老郭于是也佯装不知。首长回到北京后，捎来话说，他要买这块石头。老郭回话说，他是军人，玩玩石头可以，但一块也不能卖。郭政委说，现在这个电话，是原来兰州军区他的一位老战友打来的，还是那块石头的事，看来，首长对那块石头，还是不死心。

老郭说："首长是爱石之人，我也是爱石之人呀！我自己也喜欢这块石头呀！"老郭说，他已经给这块石头，取名叫"生命之门"。为了能和这块石头配对，他又四处搜寻，找到了一块酷似男性生殖器的石头，他给这块石头命名叫"天地之根"。将来如果要办"郭新民奇石展"，这个"生命之门"和"天地之根"两块石头，肯定会轰动的。至于这"生命之门"给还是不给别人，老郭说他还没有想好。"给肯定是要给一块石头的，但可能不是这块。这块石头，让它的故事再继续传吧！"老郭说。

谈起石头，这位藏石家认为，玩石头实际上有三个层次。上面谈到的那种玩与某一物什酷似的石头，其实才是第一个层次。老郭将这第一层次叫奇趣类。他说，这一类玩家，喜欢稀奇古怪，有趣的东西，比如石头上有一个人头像，有一只青蛙，有一个"寿"字，等等。这一类玩家，只是猎奇，浅尝辄止而已。

进入第二个层次，叫雅异类。这一类玩家，不但追求形似，而且追求神似。就像古画中的大写意一样。他观一块石头，见其雅，见其异，才能走进石头，达到石人合一境界。

第三层次叫灵禅类。进入这个层次，这个石头就是一块石头，人类附加在这石头上的东西已全部褪去，它完全尽是一块石头，一块朴实无华的石头而已。石头在那里等了万年亿年，爱石之人来了。这块石头就是为这个人历经千年沧桑而苦苦等待的。这是石头与心灵的一次碰撞。于是爱石者眼前一亮，将石头揽入怀中。

关于第三个层次，老郭举例说，台湾有个老先生，玩了一辈子石头，眼中过的奇石怪石不胜枚举，家中收藏的奇石车载斗量，临到老年，老先生最后只给自己留下一块石头把玩。这叫"一生一石"。

还有新加坡有个藏石家叫张荣光，他藏有一块奇石，爱不释手。这石头上有一辆汽车的图案，惟妙惟肖。美国的汽车大亨看上了这块奇石，想拿去做他的汽车的商标。大亨出再高的价，这个张先生也不卖。这是一个真爱石头的人。

说到这儿了，我心里记挂的，还是那块被老郭称作"生命之门"的石头。我说，这样一个宝贝，你是如何遇上的呢？青海那地方我也去过，怎么它没有遇上我，却偏偏遇上了你了呢？

见说这话，郭政委说，这里面讲究个缘分，你和石头有缘，山不转水转，石头从山上冲下来，又借河水作它的驮力，就跑到你家门口来了；你与石头无缘，即使走过去了，踢它一脚，也不会理睬它的。说到这里，老郭说，好东西其实反而不贵，收购"生命之门"这块石头，他才花了三十块钱。

老郭说，1996年黄河李家峡截流，黄河断流了二十天，这样黄河河床里的石头便裸露出来了。兰州有些人懂石头，便骑上摩托，开上汽车到这里来捡。这块地面上住的民族是撒拉族。撒拉族人天生有商业头脑,他们见这石头也能成商品,于是抢在河水重新到来之前到河床里去搬石头。兰州人捡哪种石头,他们就学样捡哪种石头。堆在家门口,十块钱一块,让人挑。这样便产生了一批石农。后来,撒拉人不甘心当石农了,于是把这些石头拉到兰州城去卖。这样便又成了石商。后来这批石商又杀回西宁,建起西北最大的奇石市场"西宁奇石市场"。

老郭说他得到的消息晚,等到1997年初来到黄河边上时,黄河已经恢复流淌了。老郭说他不甘心,于是在河边的撒拉人村庄转悠。每户人家的门前都堆着一堆石头,标价是三十元一块,由你挑。老郭说他一眼就看上了这块石头,觉得它和别的石头不一样。而那一块石头,也一下子从一大堆石头中"跳"了出来。捧石头在怀中,老郭说买时他只注意到了背面,觉得石头很奇异,上面的纹理鼓出来,很清晰,回到家中,将石头洗净,偶尔翻开背后看时,他惊呆了:这活生生是一个女性生殖器了。郭政委明白今天是遇见宝物了。

郭政委说这块来自黄河河底的石头,质地叫"星辰石"或叫"鼓丁石"。内地的收藏家将这星辰石叫天石,郭政委说这叫法也对。古话说"黄河之水天上来",说"走马西来欲到天",对内地人来说,青藏高原无疑就是天上了。他收藏的大部分是这一质地的石头。这石头色彩比较沉重,体积很大,充满神秘色彩。底色是黑色的,鼓出来的图案是紫青色的。只有三江源这一块地方才有。

谈起这星辰石,老郭说他这生最遗憾的事情,是与一块星辰石失之交臂。他说这石头是石商花了十块钱,从农民手中买到的。后来在西宁奇石市场,他见到了这块石头,明白是宝物。当时石商开价一千元,可是,老郭当时没有钱,只好将它放走了。后来,这块石头被宁夏一个叫陈西的藏石家以五千元买去了，现在这石头就在他的手里。听说，王朝闻对这块石头，赞不绝口。还听说，有人出资四十万，陈先生也没卖。

听老郭谈石头，我只配做一个听众。而且不是一个好听众。因为大千世界，无奇不有，以阅历丰富而自况的我，想不到这世界上还有一门叫石头的艺术，想不到这一块石头里还有这么多学问，这么多故事。

在说话中，这位老军人还如数家珍，向我介绍了奇石收藏这个行当在中国的发展史，流传至日本后，在日本的发展和流变，以及由日本流向欧美的情景。他还谈到台湾、香港地区的奇石收藏，谈到东南亚地区的奇石收藏。他还出口成章，说出"水无石不清、山无石不奇、园无石不秀、室无石不雅"这样的经典句式来。

面对这样的石痴、石迷，我突然觉得，也许在我们每个人心中，都有一种深深的恋石情结。人类三百万年的历史，光磨石头就用了二百九十九万年，因此在我们的基因中，一定保留着对石头的顽固的记忆和眷恋。只是郭新民先生将他的恋石情结释放出来了，而我们囿于环境，心窍堵塞，还将它压抑着。

郭新民的几十吨石头，一部分藏于青海，一部分藏于西安，一部分藏于灞桥老家。古语说："君不见青海头，古来白骨无人收。"年过半百的他，也许快告老还乡了。谈话结束时，老郭说他有个心愿，就是回乡后，在西安开一个茶馆，将这些奇石陈列在茶馆中，让这些石头给更多的人带来快乐。

2001年5月27日于西安

西北边陲的一座奇异山峰

一、横亘在祖国西北边陲的一座奇异山峰

接到电话说,部队系统要在乌市开一个周涛先生作品研讨会,约我写点文字。我不是批评家,因此很难系统和周密地对周涛作品说出点什么,不过这个电话却提醒了我,细细想来,对当代中国作家,我在过去的文章中提到最多的人,竟是周涛。于是我想在这篇小文中,将自己过去说过的收拢起来,重说一遍。

周涛以诗踏入文坛。当时,他的《天山南北》,他的描写喀什噶尔城传说的诗,他的《生命中有一段当兵的岁月》,等等,曾经引起我极大的注意。我曾在一篇文章中称周涛是"横亘在祖国西北边陲的一座奇异山峰"。其时,新疆除周涛以外,尚有李幼容(李幼容在我当兵的那几年十分活跃)、杨牧、章德益、东虹、高炯浩等等。他们组成了一个方阵,并且打出一个"新边塞诗派"的旗帜,与当时正处于盛时的所谓朦胧诗抗衡。朦胧诗的得与失,朦胧诗是将诗坛引上绝路了呢还是别的,这里不说;而新边塞诗派在兴隆一阵之后,最后也无疾而终。记得,二十世纪九十年代初,我曾经受命为大学编过一本课外阅读读物《新诗观止——现当代文学诗歌卷》。在读物中,我选了周涛先生的《生命中有一段当兵的

岁月》这首诗，给予许多溢美之词，然后在附在诗后的"浅识"中说："杨牧、周涛、章德益诸人，号称新边塞诗人，风行一时而衰。人们曾渴望他们的强健诗风能给处于盛时的朦胧诗以冲击，结果，正如笔者在序言中谈到的那样，他们由于才华和根基的原因，非但不能挽狂澜于既倒，反而在寻找中失却了自己。"

上面这段文字是我十多年前的想法。现在这个想法收回，改变的原因是我去年读到了周涛新出的诗集《英雄泪》。这本诗集叫我的第一个震撼是周涛是有大才华的，叫我的第二个震撼是新边塞诗派并没有偃旗息鼓，他们还在骄傲和悲壮地守着高地，只是时也势也，今天的读者在残忍地冷落着新诗。《英雄泪》中那些精粹的小诗，美极了，例如《长途客车》，例如《对衰老的回答》，例如《有一个人骑马来自远方》，例如《致新疆》，例如《策马行在雨中的草原》等等等等。诗就应当是这样子的啊！它们叫我想起了里尔克。而《山岳山岳，丛林丛林》这首长诗，则让我想起了写《白雪的赞歌》《深深的山谷》《严厉的爱》和《墓志铭》时期的郭小川。记得我当时对周涛说："你注意到了吗？你的师承是郭小川。你的诗作中有郭小川那种战士的激情，和对更替的岁月长长的叹喟。贺敬之在郭小川逝世十周年时撰文说《假如小川还活着》，原来，小川的传人是有的，那就是周涛。只是，较之小川的年代，周先生的诗中少了些藏着镣铐跳舞，多了些现代感觉。而已而已！"

我不知道我这样说对不对？！我一向是个口无遮拦的人。中国的新诗自胡适的《蝴蝶》（1916年8月23日）开始，至今已经将近一个世纪了。它正面临着"活着或者死亡"这个尴尬境地。作为朋友，我希望周涛先生再为新诗的发展做些努力，他必须明白自己是一个永远被捆绑在诗歌十字架上的诗人，他所从事的别的文学式样的劳动只是诗歌别种形式的变种。记得那年（1997年）在大连，我为朦胧诗的代表人物舒婷女士说过这话，现在我再将这话为新边塞诗的代表人物周涛先生说一遍。

二、半个胡儿周老涛

周涛先生在许多场合，自称"半个胡儿"或"西北胡儿"。他的这话说得是有道理的。道理有三：第一，他是山西人；第二，他长期生活在新疆；第三，他的几乎全部的散文创作，其中贯穿着一个主线，这就是为游牧文化张目，站在长城线外，骑在马背上向中原大地定居文明瞭望和批判。下面我将这三条，分开来说。

山西是南匈奴内附之后的老巢。中国的汉人中，血液成分最复杂的当属山西人。魏晋南北朝时期，中原统治者将长城外的各游牧民族，大量地迁入山西，设河东六郡安置。游牧民族在并州地面（今天的太原市）、离石地面、大同地面（当时叫代国、代州、代来城）形成了几个居住密集区。当时的五胡十六国之乱，它的发端正是由于被安置在山西离石的匈奴左贤王刘渊起事，建匈奴汉国，灭了西晋，而起事于山西雁北地区的赫连勃勃，建大夏国，筑统万城，完成了匈奴民族的最后一次辉煌。

所以山西人中的游牧文化成分居多。甚至，陈寅恪先生认为，就连起事于太原的李唐王朝家族的身上，亦有"胡羯之血"。

在中国北方汉民族居住地，有一个代代相传、家喻户晓的传说，即我们是从山西大槐树底下来的。传说，统治者们将移民们的手反剪起来，排成队，从山西洪洞大槐树底下经过，然后遣往北方各地。"解手"一词，就是那时候来的，移民们要大便或小便了，于是高喊"解手"，这时士兵过来为他把手解开。在一般的家族记忆中，都认为他们的家族是在宋或明时从大槐树底下来的。我则认为，明时当然也有，宋时当然也有，但是这种移民方式大约从汉，从三国的曹操时代就开始了。也就是说,内附的匈奴人从山西大槐树底下走过一遭后,家族记忆即被割断,他们的族籍即成为汉族,尔后,他们被遣送到因为战争而人口骤减的北方大地,以填域内之空。

我想这是周涛先生自称"半个胡儿"的第一个理由。

周涛长期生活在新疆。

新疆是多么奇异的一个地方啊!能生活在新疆的作家是幸福的。这里有着高山、河流、戈壁、沙漠、草原,这里有着鲜活地生活在二十一世纪阳光下的各族人类族群,这里还是各文明板块的交汇地带。世界三大游牧民族中的两支——雅利安游牧民族和阿尔泰语系游牧民族,这里是他们消失的地方,所以英国人类学家汤因比先生将这里叫作世界的人种博物馆。而当日本作家池田火佐采访汤因比时,汤因比还无限向往地说:"假如让我重新出生一次,我愿意出生在中国的新疆,那是一块令人多么着迷的土地啊!"

在东方世界和西方世界之间,或者换言之,在东长安和西罗马之间横亘着一块广袤无垠的戈壁草原沙漠地带。地理学家将它叫欧亚大草原。三千八百年来(从人类第一次跃上马背,东方和西方开始接触那一刻算起),像刮老黄风一样,游牧民族在这块土地上奔走不定,各种文明在这里消灭和融合,各种人类族群在这里消失和融合。而更重要的是,在新疆,在现在时,东方文化与西方文化也许将会又有一次大的交汇和沟通产生,给前行中的中国人以思考、以支持。这块高地将重新承担起横贯其境的古丝绸之路所屡屡承担过的责任。

较之内地作家每日面对散发着腐朽气息的城市,混迹于缺少想象力的平庸人群,看着庄稼一茬一茬固定地播种和收获,新疆作家更超脱一些,更容易走近和接触生活的本质和生存的真谛——假如他愿意这样做的话。

什么叫"大思考"呢？比如说，我曾在自己主编的刊物上为周涛先生发过一组文化随笔。这组随笔中有一篇文章，是谈悲剧英雄李陵的。周涛说，这位败军之将生前有国难投，死后有家难奔，他的孤魂野鬼至今还在西域大地游荡。他说在帕米尔高原的深处，生活着一个黑头发、黑眼珠的民族，叫柯尔克孜族，据说他们是李陵那三千降卒的后裔。他们令人感动地从那遥远的年代一直延挨到今天，并且生生不息，繁衍为一个民族。诗人在这里眼望迷茫的历史来路，叹喟曰：这是活的纪念碑，人的纪念碑，历史是公平的，这个纪念碑是对李陵将军生前和身后所蒙受的耻辱的最高褒奖。

这就叫大思考，这就叫英雄气质和史诗气质，这就叫从历史的律动中抽出一根筋，从而引起历史两千年的战栗。

行文至此，我想起十多年前与西北另一位重要作家张贤亮的谈话。那次，张先生从贵州讲学归来，顺便到西安参加"庄重文文学奖"的颁奖典礼。我问他贵州之行有什么感受，他说："讲课时，当学员问到，贵州为什么没有能出大作家时，他说，苗族人的银头饰有十几斤重，这表明他们的历史上曾经有过一个雍容华贵的年代，那么，是什么原因，使他们遁入深山，沦落到后来的赤贫境地的。找到这个'断代'，把它写出来，就把一个民族写出来了，这就是大叙事，就是史诗。而你们为什么不这样做，而总把眼光停留在那些平庸的、稍纵即逝的描写对象上呢？"

我不知道上面这段话我说清楚没有。我这里想说的是新疆这块土地对周涛的影响——他的创作风格的形成和他的创作思想的形成，正是这块胡风罡烈的土地上的自然而然的产物，就像雪莲一定生长在天山的雪线之上，像胡杨一定生长在塔里木河的水边一样。在这里我要提到一个叫孟驰北的蒙古族大学者，也许他的思想对周涛先生创作思想的形成,曾经产生过重要的影响。我曾经听周涛好几说起这位老人,并且还见过他写的一篇叫《蒙古人孟驰北》的文章。那么下面我将谈孟驰北与周涛。

写到这里,我发现我已经进入"半个胡儿周老涛"的理由之三。同时,也进入了周涛那一以贯之的创作思想的核心地带,那么下面专门辟出一章来谈,或者,散漫无度地来谈。

三、孟驰北与周涛、与我

我最近刚刚出了一本书,名字叫《胡马北风大漠传》。在书的第一节《第三种历史观》中,我说:

"一部中国历史,除了二十四史的正史观点之外,除了阶级斗争的学说观点之外,它也许还应当有第三种历史观。

"这第三种历史观就是:一部中华民族的文明史,也许是农耕文化与游牧文化相互冲突相互交融从而推动中华文明向前发展的历史。

"而这第三种历史观的说法,不是我的,而是一位叫孟驰北的蒙古族学者的说法。

"虽然在漫长的历史岁月中,在面对纷纭万状的生活本身所提供给我们的种种昭示中,许多的文化人都曾经走近这个观点,但是,将它概括而出的是孟老先生。

"比如一千三百多年前的诗人杜甫,曾在他的不朽诗作中,不经意说出了这样两句话:越鸟巢南枝,胡马依北风。

"'吴越地面的鸟儿哟选择向阳的枝头做窝,胡地的马儿哟驾驭着北风奔驰。'杜老先生在他的诗句中,已经不经意地说出了支撑起中华文明大厦的这两种形态。

"还有当代的诗人周涛,他在一本叫《游牧长城》的书中,面对长城内和长城外，他也说出了'中华文明是由农耕文化和游牧文化这两部分组成的'这惊人之语。

"还有我在《最后一个匈奴》这本书中，也表达了相同的观点。掉队的匈奴士兵永远地滞留在陕北高原上了，在高高的山顶，麦场旁边，他与吴儿堡的姑娘野合，于是乎，一个生机勃勃的高原种族诞生了；婴儿的第一声啼哭便带着高原的粗犷和草原的辽阔。

"又比如我，这些年来在西域地面像风一样的行走中，当偶尔驻足，面对中国地图时，我突然发现我的行动轨迹，其实是有踪可寻的，尽管我自己茫然不知。这个行动轨迹就是：我其实一直是沿着农耕线和游牧线或曰定居文明与游牧文明的交汇线行走的。那么我在寻找什么呢？

"但是，将人类进到今天的历史做一总结，从而得出这一个重要思考的概括者和权威诠释者是孟驰北先生。

"在2000年秋天那个存着梦幻般阳光的午后，我见到了孟驰北老先生：那天饭局上的酒是'黑骏马'。在酒力的作用下，我们谈了很多。正是在这个难忘的场合中，孟老将他用一生的时间思考出的这个学术成果告诉我的。

"他是蒙古族王公贵族的后裔，后来流落新疆，1957年时曾被打成右派。

"我是从新疆作家周涛、朱又可嘴里，知道孟驰北这个人的。他们一再提醒我一定要见见他，就像见见喀纳斯湖，见见赛里木湖，见见罗布泊，见见克孜尔千佛洞，见见阿尔泰山岩画，见见尼雅精绝女尸一样。

"那天我终于见到了孟驰北老先生。我把与他的晤面当作我一生中最重要的事件之一来记忆。我此生注定将会遇到一些重要人物，此次算是一次。"

——我相信由于上面这一段文字的引用,你会对孟驰北的学术思想有一个大概的了解。这段引用是必要的,因为在周涛几乎全部的散文与随笔中,都笼罩着这些思想,都是这些思想的具象的诠释。

找到思想的脉络,是研究和走近这个作家最便捷的途径。

从第一篇散文《巩乃斯的马》开始,周涛的兴趣开始转向散文(很奇怪,笔者的第一篇散文也是谈马的,名叫《你看那高贵的马》),嗣后,有《稀世之鸟》出版,有《游牧长城》出版,有《诗枕游梦》出版,有《山河判断》出版。周涛成为新时期文学阶段一位重要的散文家。

有意思的是,他的名作《游牧长城》和《山河判断》,都是游历的产物。前者,是他在担任央视《游牧长城》专题片总撰稿之一时的副产品;后者是他在担任央视《中国大西北》专题片总撰稿之一时的副产品。

这是命运的赐予。我们应当相信冥冥之中有一只无形的大手,在推动你,诱导你和左右你。"该给的我都给你了,你去表现吧!"历史这样说。于是乎周涛开始读长城。

周涛把长城比作"象征着守护农业文明的裤腰带",他把游牧民族的侵入中原比作这裤腰带"一次次地,被粗硬的手强行解开"。处于凝滞状态的文明被破坏、推翻以后,然后孕育和诞生一个新的、更高阶段的文明。

周涛说:"若是想弄清楚中国封建文明这枚仙桃何以能历经两三千年而长久不衰,老而弥鲜,谜底就在这儿。因为每当它衰腐、变质时,便有长城之外的游牧民族强盛起来,以战争的方式突破长城,把洋溢在山野大漠间的原始生命活力注入进来,使之重新开始一次轮回。那生命活力是那样充沛,那样野性而活泼,它毫不自知地成了封建文化的天然防腐剂。"

正如台湾蒙古族女诗人席慕蓉这样读长城一样——"尽管城上城下争战了一部历史,尽管夺了焉支又失了焉支"——周涛这样读长城。

"假如你有能力谈它的话,你会读出它沿着崇山峻岭起伏的山势俯冲,曲折回环,攀缘腾翘时的无声音乐;你会听到它奏鸣的声音,交织的旋律,时而高亢时而悲怆的男独女独;你会听到令人辛酸落泪的民歌,你还会听到从周围无尽山峦的背景里传来的低沉有力的混声合唱,那里时起时伏着呻吟和低哭……它是一部没有交响音乐的民族所创造的唯一的、无声的宏大交响乐章。"

这就是周涛对长城的诠释。

记得那年,周涛与我、毕淑敏从黄河河套地区的一段古长城遗址上穿过,落日凄凉地照耀着大漠,长城像一峰一峰仆倒在地的骆驼,那一座一座烽火台,因了岁月的剥蚀,只剩下半截,端端地立在那里。"那半截烽火台像什么,像不像被去了势的太监的生殖器!"周涛说。

农耕文化与游牧文化的交汇,是一个很大的话题。第一,它为总结我们的历史提供智力支持;第二,它为东方文明和西方文明的交流沟通借鉴提供智力支持;第三,它为前行到二十一世纪的这个古老民族提供智力支持。遗憾的是,我们浮躁的理论界并不把注意力放在这里。他们都在忙些什么呢?他们应该首先弄清自己是谁,是从哪里来的!

"智力支持"这句话,是江泽民同志在六次文代会上的话,他迫切地希望作家、艺术家为西部大开发,为民族振兴提供"智力支持"。

由于篇幅的原因,我没有将这个话题展开来谈。

四、堂吉诃德这个话题

每一个真正意义上的作家,都是一个自我中心主义者,都是一个梦想家,他的身上都有一种浓烈的堂吉诃德情绪。这种堂吉诃德情绪我在陕西作家路遥身上见过,在宁夏作家张贤亮身上见过,而在新疆作家周涛身上亦见过。

2002年秋天,我去新疆,听说周涛病了,住在医院,于是我去看他。我拿了自己新近成书的《遥远的白房子》,并且在扉页上写上这样一段话:"今天,我们中有一个人要去出发,征服世界了。这件事成为这座城市的一个节日。姑娘们翩翩起舞,铁匠则用锤子敲打出钢铁里的音乐。大家送这个叫堂吉诃德的骑士上路。"——这段话大约是一个西班牙作家说给堂吉诃德的。那天我在书中将这话写给周涛。而周涛也拿出他新结集的诗集《英雄泪》送我,并在书的扉页上写下"最后的匈奴,中原的异端"这两句话。

那天在病房中,我们热烈地讨论了许多问题。大约因为有病的缘故,周涛有些落寞,竖条的病号服和有些谢顶的前额令人想起他的《对衰老的问答》这首诗。只有当进入思辨的情绪时,他才突然会像打盹的狮子一样惊醒,继而怒吼起来。

记得我将那天的会面,写了一篇文章,发在《各界》杂志2003年第1期的卷首语上。标题叫《周涛血压有点高》。可惜我手头现在没有这本杂志,要有,将它抄出来,附在这里有多好。

在这篇文章行将结束时,作为结束语,我想重点谈三个问题。这些问题在文中都已涉及,只是没有从容地展开,那么我在这里单独挑出来来说。

第一个问题是,周涛是横亘在祖国西北边陲的一座奇异山峰,这是周涛的骄傲,也是部队作家的骄傲,亦是新疆的骄傲。但是,仅有一座山峰是不够的，雨果说过：群峰壁立才是瑰丽景象。因此，我寄希望于新疆这块丰饶的土地，希望这块高地像侏罗纪时代那样掀起一个造山运动，为我们奉献出更多的歌者。

第二个问题是，虽然我在这篇文章中以较大的篇幅谈了游牧文化农耕文化之于周涛创作，但感觉还是没有谈透。我期待有专家能将这个话题从容地展开，列成专论来探讨。

第三个问题是，我在这里要说一句重要的话，这句话叫太阳也许将从西部升起。这句话是我在2002年秋新疆兵团文联"奎屯笔会"上讲课的题目。人类的隔绝史是三百万年，人类的沟通史是三千八百年（从人类第一次跃上马背时算起），因此，东方文明和西方文明，基本上是在隔绝的状下各自发展起来的，而它的沟通是因为有了伟大的丝绸之路。当人类文明发展到今天的时候，完成东方文明与西方文明的对接、沟通、交汇，仍然得靠陆上，而不是海上完成的，也就是说，靠这个过去被称为西域，现在被称为新疆的地方完成的。

"太阳也许将从西部升起"这句话，第一个说出的不是我，而是一个叫钟惦棐的电影理论家。钟先生的这句话带来了西部电影的一个十年辉煌。而今我将这句话为文学、文化，以及大文化的范畴说出，是深思熟虑后的产物。我希望这块地面像一个强健的胃一样，为我们吸纳世界文明的成果，在保持东方主体资格的基础上，完成与世界各文明板块的对话。而在新疆作家周涛的作品研讨会上，将这句话提出来也许正是合适的时机。

这个观点到这里还没有说透。我像患了失语症一样无法将自己的思考概括而出，在这里我只能抱怨自己的无能。那么就不说了吧！

最后我想说的是，作为一个在新疆待过的退伍老兵，如今我正在西安的一座高楼里,默默地打发着自己的余生。我不擅长这种文体,写这篇文章对我来说是一种折磨和痛苦。出于对新疆的热爱,出于对自己当年大兵生活的怀念,出于对周涛先生的敬意,我还是强令自己拿起笔来将这篇文字写出。句号已经画过,现在我可以交差了吧!

五月的鲜花开遍了原野
——我的杨家岭采访本

田间1982年4月底回延安。那是一个暮春的日子,万花山上开满了牡丹花。一位瘦瘦的矮矮的诗人,一步三喘,踏歌而行,缓步向花丛中走去。

田间是1938年奔赴延安的。延安的街头诗就始于田间。"假如我们不去打仗,敌人用刺刀杀死了我们,还要用手指着我们的骨头说,瞧,这是奴隶。"——这是田间的街头诗。街头诗的始作俑者,当然还有那个陕北籍诗人,早已故世、早已不大为人提起的高敏夫——他乃陕北无产阶级文学的开拓者之一,大约是受了苏联文学浪漫气氛的感染,曾一度易名高尔敏夫。田间这个当年振臂一呼,应者云集的翩翩少年,如今已进入生命的暮年了。坐在延安宾馆里,他用深沉的、苍老的声音,向慕名而来的青年讲述着往事。这时候,他像一位饱经世故而锐气不灭的智者。等到人一走,独自一人时,他便默默地靠在沙发上,半闭着眼睛,像一位鏖战归来的疲惫的士兵。不,是鼓手,许多年前,闻一多先生曾这样称颂过他。

——上面一段文字,是我当时采访他时的手记,那个慕名而来的青年,说的就是我。记得,田间的身材大约一米六不到,穿一身有些褪了色的蓝人民装,粗一看像是灰色,戴一顶同样颜色的帽子，帽檐耷拉下来，遮住了眉头。他神情忧郁，不知为什么满腹心事。一条三人沙发，他蜷曲在沙发的一个角落里，显得那样矮小、疲惫，全身的骨头像散了架一样。他用一种沙哑的声音，回答我的采访提问，话语很短。谈话间，只有当提及延安时代的时候，他的暗淡的眼神才猛然闪出火花，眼睛像鹰隼般闪闪发亮，但只一会儿，又暗淡下来。

田间在延安，待了三天，参观了枣园、杨家岭旧址，去延安城南三十里的万花山，参加了延安文学青年的一次诗会。朗诵了他即席创作的《延安万花山》，并且给当时的延安大学创作学习班的学员，做了一次报告。

老诗人田间在报告中说："我是1938年来延安的，我还要继续继承和发扬延安精神，还要不断从延安这块土地上汲取营养，这就是我这次来延安的目的。什么时候都不应当忘记延安，没有延安就没有我们的人民共和国。我觉得《讲话》的一些基本东西，还是要肯定的，还是值得我们继续学习的。《讲话》的根本之点是'文艺为人民服务'的问题，这在现在更应该肯定。经过'文革'的一段曲折，《讲话》依然是光彩夺目的。正像我刚刚完成的一首诗中所说的那样：虽然是风尘仆仆，但是掩盖不了它的光辉；尽管它山回路转，依然还是宝塔山；虽然时间推移，但旧时的牡丹还是那样璀璨。"

田间临走时对我说，他现在隐居在北京后海的一家独家小院里，要我去北京时，一定不要忘了去他那里一叙。他还说，终于回了趟延安，了却了他一桩心愿，他年事已高，身体又不太好，怕是最后一次回延安了。老诗人的话不幸言中，他回去后不久，我就从报纸上看到他去世的消息。愿意借这个机会，向诗人表示一个晚辈的崇敬和哀悼。我在主编的《新诗观止——现当代文学诗歌卷》

中，评述了他的艺术实践，我认为他是伟大抗日战争隆隆炮声的直接的产儿，是时代骄子，民族诗人，中国当代文学史里应给他一席之地。

1982年"五·二三"前夕，陕西组织一批新老文学艺术工作者来延安，胡采、王汶石、杜鹏程、李若冰四位老作家带队，一行百余人在延安杨家岭开了纪念大会，并去枣园、南泥湾等处与当地群众联欢。

胡采是参加延安文艺座谈会的，陕西的一个唯一健在的老人了。当年"五·二三"毛泽东同志讲话之前，全体人员曾有一个合影，时值"五·二三"纪念，讲解员将这张照片放大，用一个木牌，立在杨家岭那间石屋前面。胡采当时是边区文协副秘书长，兼《群众》周刊负责人（文协负责人是柯仲平，秘书长是张寒晖，著名歌曲《松花江上》的作者），他参加了会议。见到照片后，我说："胡老，你站在哪里？"抑或是谦虚，抑或是确实记不得了，胡采说，他不记得拍照这事，拍照的这一次会议，他也许没参加。说完，他随参观人流进入了石屋。我不甘心，我在照片前仔细地瞅着，终于发现在一大堆人头中，有一个颇像胡采，脸型像他，神态像他，细细的长脖子，脖子上挑一颗小小的头。我赶紧去找胡采，胡采重新回到照片跟前，细细辨认了半天，又辨认出了他左右站着的人，终于确定了那确实是当年的他。——后来就一茬一茬回延安的老同志回忆，那确实是胡采。况且，照片上所有的人后来都被回忆起来了，名字附在照片下面。胡老当时像孩子一样笑了。站在旁边的我亦十分感动。

王汶石、李若冰延安时期曾是"西工团"的演员，五十年代后期，前者以《风雪之夜》、后者以《柴达木手记》驰名于当代文坛。联欢会上王汶石在大家的起哄下，将延安时期演过的一个角色(《二溜子改造》)重演了一遍,博得满场掌声。李若冰善良而精细,他身上政治家与艺术家的风度并存。后来,我长期在李老手下工作。他去世后,追悼会场两边的挽联是我给写的,生平介绍则是从省委组织部调来档案,撰写的。一个大写的人,一个贤者和圣人。而印象最深的,恐怕要算对《保卫延安》的作者杜鹏程了。杜老当年已患脑血栓,行动不便,但还是参加了所有的活动。上南泥湾的一个山坡时,记得他差点跌倒。早年的超负荷的伏案劳作和"文革"中的迫害,他的身心已经历过极大摧残,他除了行动不便外,给人感觉的是精神恍惚、神智有些不大正常。在延安的日子,他常常激动得难以自持,嘴唇发颤,手指发抖,在他面前,我强烈地感觉到了老一辈战士兼作家的气质。

1979年,陕西作协恢复活动后的第一次作者座谈会上,几位老延安听说我是从延安来的,立即将我拉过来坐在他们身边,事情过去许多年了,这事儿我一直念念不忘。杜鹏程1999年冬去世,病危期间曾给我来过一封短函,勉励我努力创作。愿借这个机会,向他表示一位晚辈的敬意。愿他安息。

1982年5月28日至30日,陈荒煤率电影"百花奖""金鸡奖"授奖大会一行来延。我对陈荒煤老慕名已久,奈何由于"双奖团"中有白杨、田华、王心刚、李谷一、李秀明、龚雪等一行名流,所以所到之处,被人围观,不能近前,而我又不习惯去凑热闹,加之五·二三活动结束后,我陪陕西一位与石鲁齐名的画家修军去黄河壶口瀑布,因此未曾谋面。我送修军到黄陵后,修军去了西安,我在黄陵宾馆等着,看能不能见到陈荒煤,后来听说,大队人马从壶口那里回北京去了。

是年9月30日,葛洛、韦君宜率华北、西北地区中青年作家来延参观学习。葛洛是河南洛阳市人,那一年六十二岁。1938他年经八路军西安办事处介绍来延,抗大毕业后,任鲁艺助教,在下农村体验生活期间,曾先后兼任碾庄乡、桥儿沟乡副乡长。1945年,随解放大军离开延安。这个团队里还有铁凝女士。那时她多么的年轻呀!乌黑的头发,明亮的、乌黑的眸子,一个人安静地坐在会场一个角落。我后来有一次跟她说起这事,铁凝说,这是她一贯的风格。

工作之余,葛洛重返了碾庄和桥儿沟。碾庄是中国共青团第一个农村支部成立的地方,碾庄葛洛当年的老房东已经去世,他与房东的儿子一起畅谈,回忆旧事。这个房东,当年或许还是他解放区小说《卫生组长》中的原型吧。在桥儿沟,最使葛洛激动的是,在一架山坡上,他找到了当年他在鲁艺结婚时的土窑洞。他说:"找到这里好似当了第二次新郎!"葛洛的人缘极好,在碾庄、在桥儿沟,还有不少老人认得这位当年的老乡长,故人相见,即情即景,最为热闹。

"千声万声呼唤你,母亲延安就在这里!"是年11月23日至25日,著名诗人贺敬之回延安。这是诗人继1956年全国青年造林大会那次回延安、并写出那首脍炙人口的《回延安》以后,第二次回来。诗人是年五十八岁。那天,陕北高原降了一场薄雪,诗人参观了枣园、杨家岭、桥儿沟等革命纪念地,并且登了一次清凉山;登山时,吟诗一首,诗云:"我心久印月,万里千回肠,劫后定痴水,一饮更清凉。"延安文学艺术界为诗人的到来举行了一次座谈会。会上,一位业余作者朗诵了诗人的《回延安》,纪念馆一位讲解员唱了诗人作词、马可谱曲的《南泥湾》,唱到情深处,贺敬之掏出手绢,拭起泪来。

薄雪初晴,我和《陕西日报》记者、评论家肖云儒,陪诗人上了一趟宝塔山,诗人穿一件旧了的黄布大衣,蹬一双平底鞋,居延安多年,我竟不知道宝塔还可以上去。诗人说可以上去。于是,我在前面牵着他的手,顺着宝塔里边狭窄陡峭的台阶,上到了第二层的瞭望口。本来还可以上到最高层,我怕他有个闪失,拦腰抱住了他。站在这里,三山交汇、二水分流的延安城,尽收眼底。诗人说宝塔南边的那条小沟里,当年有一个日本工农学校,我茫然不知,只好贸然搪塞。诗人说,确实是有的,日本轰炸延安时,被炸成了废墟了,大约这个日本工农学校,和诗人曾有过是感情上的关系,因此他说到这里时,面色严峻,久久没有说话。后来他又说,鲁艺有一架钢琴,冼星海的《黄河大合唱》,就是在这架钢琴上弹出来的,1947年撤退时,行军途中,将钢琴拆成零件埋了起来,那架钢琴是一件珍贵的文物,如果能找到它,会是一件教育后代的活教材。后来诗人走后,延安有关方面曾多方查找,钢琴至今仍泥牛入海,杳无下落。诗人走后,我在《延安报》发表了专访《双手搂定宝塔山》。

诗人贺敬之,大约1985年还回过一次延安。我将自己的采访日记翻了翻,可惜平常丢三落四的,没有找到那个时期的采访本。

附带说一句,与贺敬之齐名的另一位杰出诗人,才华横溢的郭小川,二十世纪七十年代初曾回过一趟延安,有他《郭小川诗选》扉页的那帧照片为证。那时我正在"白房子"服役,无缘拜识,可是我的朋友,延安诗人原上草却有缘与他邂逅。原上草正在清凉山下面,延河桥旁边的一家小饭馆吃饭,郭小川风尘仆仆,从清凉山下来,也到这家饭馆,并且坐在一个桌子上来了。原上草是诗人郭小川最热烈的、毫无保留的崇拜者,他可以将郭小川所有的诗作,倒背如流。原上草是个见面熟,他不知怎么打问出了眼前这有些忧郁的人就是郭小川,于是,惊喜的状况我们是可以想见的。除了表示久仰的心情外,他大约开始背诵起诸如"亲爱的人呀,你既然爱我,但是,爱难道就意味着一定要占有",诸如"世界上有些秘密本来就不该说穿"之类名句。我想在那个严寒的日子里，贫病交加的诗人，他一定会深深地感动并有一丝慰安的——他的作品是如此深入民间。我也是郭小川的热烈崇拜者，郭小川去世十周年时，我曾在《西安晚报》上发了篇《郭小川十年祭》，随后将晚报寄给他的夫人杜蕙。

蔡其矫是1938年到延安的，在鲁艺任教，大约是1938年底，又随部队下太行山了。他在延安匆匆一面，又顺着当年南下的路，经延川黄河延水关渡口走了。此行他留下了一首《过延川》的诗，写得漂亮极了，诗中有一句："漂泊的灵魂，永远寻求陌生的地方。"哦，我是见过他的，在座谈会上，只是那样的场合，没有深谈而已。记得他身体强健，穿一件运动服，像个运动员一样，一点不显老。

杨沫因为《青春之歌》，是个家喻户晓的作家，更兼她和白杨是姊妹。因此上次没见过白杨的人，这次都来看她。杨沫参观了革命旧居，上了清凉山，所到之处，均受到十分隆重热烈的欢迎。作家和延安文学界，举行了几次座谈会。记得她戴着假发。我还从来没有见过人戴假发。记得我采访她时，面对面相坐，膝盖抵着膝盖，突然她一个大喷嚏，头一勾，假发掉了下来。而她，像个没事人一样，两手一张，搂住头套。又扣回头上。因此这件事给我留下了很深刻的印象。

1984年3月8日，杨植霖取道庆阳，回到延安。杨老曾是职务很高的地方领导，因为《王若飞在狱中》一书，留下文名。我陪杨老四处参观，很是忙碌了一阵。最感人的是在兰家坪，寻找他旧居的情况。当时他是内蒙古的领导之一，中央调他来党校高干二部学习，时间大约是1942年。他在一架荒凉的山坡上，找到了一孔半是坍塌的窑洞。他说上党校时，他就住在这里，他的隔壁住着是丁玲和叶群。叶群当时好像还没有和林彪结婚。他说，丁玲为人直爽，是个女中丈夫，那年三八节，他和丁玲站着这架山坡前，远远的一个背着三八大盖的过来了，这时丁玲抓住他一个胳膊，手有些发抖。丁玲对他说：她平日最忌讳"三八"这两个字，一见背三八大盖的就发怵。

杨植霖很高，大约一米八三，穿一件黑呢子大衣，毛围巾平展展地交叉地裹在胸前。他是汉族，大约是在土默川出生的缘故，他的气质中有一种蒙古族朋友那种真诚而豪迈的东西。杨植霖回甘肃后，将他与人合著的诗集《青山儿女》寄给我。

杨植霖老人此行，还有一个目的，就是倡导和鼓吹成立中华诗词学会。他在延安联络了黑振东，在西安联络了杨鸿章、霍松林，在内蒙古联络了布赫，在北京联络了楚图南、周谷城。中华诗词学会1985年端阳节在北京成立。我参加了成立大会。

1984年5月7日至10日，时值《讲话》发表四十二周年，方纪、草明、曾克、金紫光、何洛、李琦、刘芳、岳松、路明远、祝敬之、刘烽、韩维琴、曼玲、王颖等一行老延安，由中国文联组织，回到延安。

方纪半身不遂，坐在轮椅上，由他的儿子方大明推着。据说他在"文革"时期受到过极大的迫害，冤狱长达十年之久。他的神智大约也有些不太清楚，在参观王家坪纪念馆时，看见玻璃橱柜里陈列的纺车，他一下子激动得快要从轮椅上跳下来，他说这纺车是他的，是他大生产时用过的。我们怕他失手砸坏了玻璃，只得赶快地离开这里。纪念馆墙壁上陈列着那些首长检阅时的照片，他突然一挺胸膛要站起来，向首长敬礼。大家赶忙拦住他，说这是照片，不是真人，可他还是要敬礼，于是只好由他了。他坐在轮椅上，大约是向彭德怀将军或者陈赓将军，庄严地行了一个军礼，这一场风波才算罢休。不过在我采访他时,他的神智很清楚,他能记得起早年那些事情的细枝末梢,我问他著名散文《挥手之间》的写作经过时,他说,当年毛泽东同志去重庆谈判,延安东关旧飞机场上,他也是欢送人群中的一个,目睹了毛主席登上飞机的情景。那时,他像所有在延安的人一样,为毛主席的安全担心。后来延安的《解放日报》发表了毛主席走下飞机时,挥动帽子的那个特写镜头。那是历史的一瞬间,对着这帧照片,他觉得他想要创作的这篇散文(或者叫特写——方纪语)有了标题和主题,这就是《挥手之间》的创作经过。方纪的右半个身子不能动,他用左手写毛笔字,书法苍劲有力,写完字后,落款上还要写上"方纪左手"几个字。

草明一头银发,剪得很短很整齐。她有着那些功成名就的作家所拥有的沉静泰安的情绪。年轻时候的她大约也是这么干净利索和漂亮。一幅南国女儿的样子。我和草明有几次详谈,主要是采访延安文艺座谈会的情况。草明告诉我,从二三月份开始,毛泽东同志就筹划着这个会了,只是当时他们不知道。毛泽东先后约欧阳山和她到他的住处详谈三次,询问一些文艺规律问题和当时文艺界的情况。等到会议开始时,他们才知道主席的本意。她说,会议大约是从5月的10号开始的,断断续续,开到了23号,毛主席一共来了三次,参加大家的讨论,做讲话。会议之后,在讲话精神鼓舞下,许多艺术家就纷纷深入到农村和部队收集素材,进行创作去了。草明还向我介绍了她创作中国无产阶级文学第一部工业题材的长篇《原动力》及《火车头》的情况。采访她时,她的秘书李珊莉给我茶杯里,只放了几根茶叶,爱喝浓茶的我,喝茶时不住地瞅茶叶筒。

曾克和草明正相反,留着一头乌黑的短发。她的性格也和草明相反,显得沉郁一些。她是当年在重庆,在邓大姐身边工作一段时间后,由邓大姐介绍来延安的。在看座谈会那张照片时,她对我说,她的那种头型是邓大姐叫留的。来延安前,她欲将头型改成当时革命队伍中那种流行的短帽盖,邓大姐说,这种头型也挺漂亮的,革命主要是行动,发型倒在其次,于是她就带着这种头型来到延安。大约是性格相投,我和曾克老师很谈得来,我约她为我主持的《杨家岭》副刊写点稿,随便写,谈谈回延安的感想也行。曾克愉快地答应了。稿子后来没有寄来,这责任主要在我,曾克一行临走时,延安地委设宴款待,我在另一桌,本来我走时应该再叮嘱一句,可是看到他们这个桌子还在交杯举盏,就悄悄地退了出来,没去打搅。

后来我在《延安报》上,为以上三位作家各写了一篇专访。

那天陪三位并金紫光先去了枣园,从枣园下来,他们要去兰家坪中央党校高干二部旧址,去寻各人当年的旧居。天气实在炎热,我托故没有上山,而是和小李一起先到了杨家岭。我们在杨家岭那口井旁等了很久,四位老人才风尘仆仆地从兰家坪来到这里。那张合影照还在那里,我指给他们看。草明首先在前排找到了自己,她的面孔和当年的照片一模一样,头型也一模一样,只是青丝变成了白发。接着,曾克也找到了自己,她当年的神态和现在也是一模一样,好像岁月在脸上没有留下任何痕迹一样,前面的人个子矮一点,因此照片上曾克也很醒目。方纪在方大明的帮助下也找到了自己,大约他家里也有这么一张照片。三个人像孩子一样笑着,眼泪涌了出来,当年延安时期那圣洁的阳光在这一刻重新照在他们脸上。只有金紫光没有找到自己,他很沮丧。他大骂当时的摄影师。草明告诉他,这是5月23日,会议最后那天照的,大约是会议开始时照的,因为会议结束的很晚,记得已经薄暮初降了,他要金老好好回忆,金紫光后来还是回忆不起来,只好说:那时,他大约已随部队离开了延安了。——根据现在纪念馆工作人员整理的名单,有金紫光,不知道金老知道了没有。

这次"五·二三"聚会,还发生了一件大事。著名歌曲《松花江上》的作者张寒晖的尸骸找到了。张寒晖死于1946年,此后,埋在边区文协头顶的文化山上,还立了一块墓碑。后来胡宗南进攻延安时,墓碑被毁,墓茔也找不到了。张寒晖夫人刘芳,这次特请了十几位当年抬过棺材的路明远等,一起来到文化山上,口中念叨着柯仲平老的"文化山上葬寒晖,一把土来一把泪"的诗句满坡寻找,大家中有人说,他抬到这里时歇了一歇,又有人说,他抬到那里时换了换肩,终于,他们证明了与延安宝塔成等高线,据宝塔西约五百米的一个小土包,即张寒晖墓茔。大家在一张纸上签了名,我则以延安日报记者身份,也签了名,署名见证人高建群。刘芳将这张纸装进一个塑料袋,埋在地下,又用一块石头压住。第二年"五·二三",张寒晖墓被搬迁到李家洼四八烈士陵园内。

到了是年7月23日,著名作家康濯回延安。也是一种缘分吧,在延安为康濯等一行放映电影《延安生活散记》时,我恰好和他成为邻座。康濯极高极瘦,和胡采一样,也是细长的脖子上擎一颗小小的头。他言谈举止,有一种内在的风度,这是经历过许多的人才可能具有的,我和他进行了长时间的交谈。那时我正处在创造的苦闷期,我向这位老作家请教了许多关于艺术的问题,我们一见如故,一直谈到了电影散了,约好第二次再谈。康老告诉我,不要急,艺术靠的是一种韧性,只要努力,时间会完成这一切的。他还说,这块土地有理由出几个像样的作家的。第二天采访结束后,他将自己写的一首《七律·返延安》亲手抄在我的笔记本上,诗如下:不尽风云又返延,重温四十五年前。窑洞火炬辉天外,塔影华姿耀远天。耕战整风埋旧域,工农科艺建伊甸。容颜全改情尤炽,圣地精神代代鲜。1984年7月24日参观后,康濯离开延安后,是年8月,将他的长篇《水滴石穿》寄我。1987年,我的一个中篇在《中国作家》发表后,康老来信祝贺,勉励我努力写作。后来我听说康濯负责鲁迅文学院,曾去信询问,康老来信说,那是别人的意思,他要抓住晚年的有限的一点时间,写点东西,不会再干这种社会工作了。再后来,得知康老去世的消息,我很震惊,也很悲痛,曾经想提笔写一点东西纪念他,千言万语,竟不知如何说起,借上边的一段文字,权当是献给他的一个花环吧。

是年10月19日,《三家村夜话》的作者之一,廖沫沙回延安。廖老为延安老诗人、地委顾问黑振东题"延安遇故知"的条幅,黑老以七律一首作答。诗云:正是秋高气爽时,圣地有幸遇知音。凛凛正气逐鬼域,灼灼文章荡乌云。千秋功过无须说,一场是非自有评。劝君更尽一杯酒,千里归来有故人。

1985年4月5日,时值清明,著名女作家丁玲与丈夫陈明,自金锁关登上陕北高原,一路浩荡而来,先在桥山拜谒了轩辕黄帝陵,继而到达延安。在延安几日,参观了革命旧址,去延安大学为学生做了一场报告,然后直达当年的"红都"保安。丁玲虽然头上已经是银丝累累,但激情还似当年,穿了一件颜色有些华丽的外衣,戴了一架红色太阳镜。在延安,当代文人中,丁玲最为有名,据说当年延河篝火之夜,那些青年跳的一种舞蹈,就叫"丁玲舞",而丁玲的那些"文将军、武秀才"的或虚或实传说,亦有很多。除红军长征过来的人以外,丁玲大约是来陕北苏区的第一位文人,早在红军还没有住进延安城,而在被誉为红都的保安时,丁玲就来了。正是在保安,她在毛泽东的提议下,组织发起成立了当时第一个延安时期的文学艺术团体中国文艺抗战协会(简称文抗)。

在延安大学作报告时,丁玲说一句,黑老用他的大嗓门当扩音器,重复一句。延安几日中,丁玲除参观革命旧址外,还专门到清凉山——她当年主持《解放日报》副刊的地方去,寻找旧居。在登清凉山时,黑振东即兴吟成《致丁玲同志一首》,诗云:适逢清明二月天,文坛女神回延安。历尽世间风霜苦,当念陕北米酒甜。宝塔山下丁玲舞,桑干河上歌永言。八十重返旧游地,人生何须记流年。黑振东吟诗给丁玲,丁玲当时百感交集。

丁玲回来后不到一年,即去世了。我曾致唁电,表示哀悼。唁电中称女作家为"文坛女袖,一代风流"。唁电并以延安报社名义,发在延安报上。事后,丁玲治丧委员会曾回函感谢。

那以后,为筹建延安文艺之家的事,两位中国文联、中国作协领导,曾先后来延安。一个是延泽民,一个是张锲。延泽民是陕北籍人,资深的革命家,并以长篇《无定河边》等留下文名。延老大约来过三次,为延安艺术之家去四处鼓噪。作家张锲老师是第一次来延安,在延安察看了基地情况,约见了延安的一些作者,并和文艺界座谈。这是一位慷慨爽朗,古道热肠的安徽人,很重感情,对年轻作家很是关心和爱护。我和延安作家银笙在宾馆拜访了他,并且将我刚出的诗集和散文集请他指正。后来,在我坎坷的创作道路上,张锲老师多次给予重要意义的关照和支持。这是后话。延安文艺之家在中国文联和中国作协以及当地政府的支持下,投资二百万元,终于建成,1989年7月,我去延安地区文联主持工作时,开始正式营业。

1983年5月和1988年10月,当代著名音乐家吕骥,曾两度回延安。他也是老延安了,曾担任过鲁艺音乐系主任。吕骥是一个保养得很好的小老头,上万花山时疾步如飞,连年轻人都赶不上他,时已八十多岁的高龄了,令人惊异。

时间记不确切,大约是1986年到1988年期间,我们还接待了女作家李建彤,李建彤是著名陕北红军早期领导人、红军领袖人物刘志丹将军的弟媳妇,故可以说是陕北的媳妇。因此我的采访无拘无束。作家很健谈,说起话来滔滔不绝,有一种唇枪舌剑的感觉。李建彤受过许多的磨难,而精神、气质以至于手中的笔仍旧如此犀利,这令人赞叹。记得我当时以四个"自"来概括对她的总体印象:自信、自负、自强不息、自我感觉良好。李建彤也是老延安,她谈到她初到延安时,正赶上刘志丹将军陵寝从瓦窑堡向保安搬迁,在后来成为"哀乐"的那个乐曲声中,在送行的人流中,也有当时才十七八岁的她。作家说她当时正是满怀美丽的梦想,对英雄极为崇拜的年纪,因此这一刻立下一生的宏愿,将来写一本关于刘志丹的书。我问作家,是出于一种对刘志丹的感情,才爱上他的弟弟刘景范的,还是因为和刘景范成为夫妻,有了亲缘上的关系,从而对英雄更加崇拜,萌发出写书的念头的。对于这个问题,李建彤思索了一下,然后机智地回答:也许二者兼而有之吧。

我发表在延安报上李建彤专访文章,标题叫《李建彤铁笔写陕甘》。

这期间,著名曲艺家陶钝曾来延。陶老是第一次来延安,但是是一个老资格,二十世纪三十年代年代在他的家乡山东胶东半岛曾拉过一支队伍,后来这支队伍成为八路军的一部分。他1901年出生,按他的话说,是世纪同龄人。在延安宾馆,他和给毛主席说过书的著名艺人韩起祥见面。一个是中国曲协的主席,一个是名誉主席,我和友人作家刘阳河以《两位曲艺界巨擘的一次握手》为题,做过报道。我这个人嗜烟如命,采访时自然抽起了烟,陶钝老挥手制止我,这使我很尴尬,赶紧将烟头熄灭。谁知采访途中,陶钝老又伸手要烟,我好久才明白了他的意思。既然他抽,于是我就不客气,也又抽起来。这件事我至今还弄不明白其中的道理。韩起祥老1989年冬去世,葬礼在延安二道街老人的家中举行,我给致的悼词。

作家鲍昌1986年12月,在西安参加完陕西青年作家会议后,曾来延安。鲍昌此行,是为他的长卷《庚子风云》收集素材,他主要想了解一下,庚子年间,西北地区哥老会以及三边教案的一些情况。鲍昌在延安逗留期间,参加了延安作者一个范围不大的座谈会,鲍昌讲了话。他穿一件比大衣短些比上衣长些的灰色棉衣,戴顶鸭舌帽,脖子上围着一个半旧的围巾,一个很朴实的和很务实的人。谨对他的英年早逝,表示哀悼之意。

前面提到草明时,曾带出欧阳山。欧阳山大约在1977年回过一次延安。八十年代,多次传言他要来,但终究没有来。不过有一件有趣的事儿,值得一提。欧阳山在延安时期的著名作品,解放区文学的重要收获之一《高干大》,八十年代曾由一位日本业余女翻译家多田正子,将它译成日文出版。这位女士为翻译此书,与欧阳山曾三十多次信件来往,与延安方面信件来往更是频繁。其中原因,主要是书中一些陕北土语,使她犯难。1981年,她还亲自来延安一次。高干大的原型,原南区供销社主任刘建章已故,多田正子主要与原副书记王旭明联系,王旭明的儿子则充当陪同。也许是爱屋及乌,这位女士遂与王的儿子来往中产生了感情,最后节成以后,提出要嫁给他,或者王去日本,或者她来中国。王是一个纯粹的陕北人,他被这件事吓坏了。应邀去了一趟日本后,回来再不提这事。这样结局便没有一点浪漫气氛了,两个人仍在各自的国度里,仍旧是鳏夫寡妇。

这里再说一句德高望重的周扬。周扬于1987年、1988年"五·二三"期间,曾几次捎话,要回延安。这事引起了延安方面的极大重视,为筹建周杨回延安事,有关部门专门从延安陶瓷厂手中,将鲁艺旧址,位于桥儿沟的那个天主教堂收了回来,并做了修缮,迎候他的到来。周扬老最终因为疾病的缘故,未能成行,令人遗憾。周扬去世后,延安各界,都纷纷唁电,予以哀悼,我亦代表延安地区文联,并以个人的名义,向这位文艺界的泰山北斗,唁电垂泪遥祭。那几天,延安的天气一直阴沉沉的,我的心情也是如此。

1990年"五·二三"期间,毛泽东文艺思想研究会1990年年会在延安大学召开,著名作家、学者、《中国人民解放军进行曲》的词作者公木回延安,我因当时正在接待由陕西省委宣传部部长王巨才带领的陕西作家艺术家赴延参观访问团这一拨,故没有见到他。

1991年8月期间,毛泽东的儿媳妇、作家邵华来延。邵华高高的个头,气质很好,在座谈会上,延安人民对毛泽东的感情令她十分感动。她还详细地询问了毛岸英在枣园的往事,按照父亲所说的,"补上生活这一课"的种种情形。邵华随行的有北京一家出版社的总编辑,他们是从韶山赶到延安的。

1991年11月,文艺界一位德高望重的老前辈、著名文学评论家冯牧,在西安开完会后,由陕西日报总编辑骞国政陪同重回延安。冯牧是在延安整整生活了八年的老延安,在此之前,我们竟然茫然不知。冯牧1938年到延安,先在抗大,继而在鲁艺文学院学习。毕业后,曾在《解放日报》担任文艺编辑,后调往部队,随三五九旅在南泥湾担任随军记者,后来的许多著名作家,当时似乎都是走的这个随军记者的路。例如郭小川、闻捷、杜鹏程等。1945年,冯牧随大军南下,离开延安。

冯牧在延安逗留了三天。在延安期间,由我的朋友,作家银笙陪同参观了枣园、杨家岭革命旧址,去清凉山《解放日报》旧址,去桥儿沟鲁艺旧址,去南泥湾三五九旅昔日营地,凭吊旧人旧事,寻找当年的足迹。期间许多感人场面,银笙同志在《延安报》有专访刊出。

在延期间,冯牧还视察了延安文艺之家。当年延安文艺之家筹建时,曾得到冯牧的极力支持。在延安文艺之家,由我做主持,冯牧与延安文学界评论界见面,并即席做了报告。在报告中,他系统地,满怀感情地回忆了自己成为一个革命的文艺家的成长道路,并对延安的作家,提出了殷切的希望。他说,希望这块土地上有史诗般的作品问世,延安有责任、有条件和应该出这一类作品的。后来,在给《延安文学》的题词中,他又一次表达了这一期望。他还说,他遗憾的是那个波澜壮阔、风云际会的延安时期,至今还没有一部鸿篇巨制加以表现,这是他的遗憾和不解。

辉煌灿烂的延安时期,风云际会,群星灿烂,大家辈出,这个高原小城呈现出一时之盛。延安的杨家岭,那个不起眼的小山沟,因了延安文艺座谈会在这里召开,它便成了一个标志,一个凝结感情的丰碑,一个时代象征物,一个令所有当事者和后来者都不能不在此整冠浴手、肃然起敬的地方。

谢觉哉夫人1981年2月回延安,曾涕零曰:"日照延安景常在,一代风流何时还?"

贺敬之对我说,鲁艺有一架钢琴,冼星海就是在那架钢琴上弹出《黄河大合唱》的。1947年延安大撒退时,将那架钢琴拆成零件,学员们背上跑。后来遇见敌人,就匆匆地在一个山坡上,把这钢琴埋了。贺老说,如果能找到,会是一件革命文物。我说不可能找到了。因为二十世纪七八十年代,有个农业学大寨,把整个山地都挖成反坡梯田了。

在中央党校高干二部学习时,叶群、丁玲住一个窑洞,杨植霖、乌兰夫住一个窑洞。地点在兰家坪。1984年初夏,我和葆铭陪杨老去找到了这些窑洞。两孔窑洞挨着。杨老说,丁玲告诉他,叶群这个女人心眼多,那时候正追林彪,整天在窑洞里描眉画眼,她腻透了。杨老还谈了些丁玲别的事情,比如《三八节有感》这事。

阎纲说,他"文革"时期曾和郭小川关在一个牛棚里。他说小川真诚、善良、才华横溢——这是过来人的评价,可信。

郭小川夫人我也认识,名叫杜蕙。有一年在京,我和他们全家一起吃过饭。大女儿叫郭岭梅(郭小川谈诗就是写给梅梅的信整理而成),二儿子叫郭小林,诗人、我的好朋友,小女儿郭晓惠。

周扬老去世后,他的长子周艾若曾来西安。艾若曾担任过鲁院恢复后的首任常务副院长。我本来想陪艾若老去延安,奈何他也年事已高,未能成行,于是作为弥补,在西安的荞麦园吃了顿陕北饭。席间还请王向荣来唱陕北民歌。艾若老激动极了,他后来把王向荣和他的弟子们,邀请到凤凰卫视做了一期节目。饭局到了晚上十一点。走时,荞麦园老板还给老人拿了两个陕北老南瓜。艾若老人回到北京后给我写信说,到了这个年龄,能叫人激动的事情已经不多了,这次是真的很激动。

周立波,《暴风骤雨》《山乡巨变》的作者,延安时期任鲁艺文学系主任,好像是周扬的侄儿。这是我听康濯老人说的。

才华横溢的郭小川,抗大学习结束后,曾担任三五九旅战地记者、王震秘书,后去中共中央机关报清凉山《群众日报》,协助丁玲主持该报副刊。郭的夫人杜蕙,大女郭岭梅、二子郭小林、小女郭晓惠,我都熟。蔡若虹时任鲁艺系主任,我也采访过他。他的女儿叫蔡晓晴,电视剧《水浒》《三国演义》的导演之一。蔡晓晴的女儿,则是我的电视剧《盘龙卧虎高山顶》的导演之一(另一位导演是执导《大秦帝国》的延艺)。康濯十六岁时赴延安入鲁艺,被称为神童。他的姑夫是文学系主任周立波,周立波的堂叔是鲁艺院长周扬。康濯老人对我说,"文革"后恢复鲁艺,他们要他去主持,他说,免了,我就住长沙,你们有事来长沙给我汇报。

李若冰在鲁艺学习结束后,去了中宣部,担任中宣部部长陈伯达秘书兼秘书科长。杜鹏程在抗大学习结束后,去三五九旅担任随军记者,后随军进疆,采访途中写出《保卫延安》初稿。柳青去吴堡老家担任乡政府文书,写出《铜墙铁壁》。闻捷、钟灵在延长黑家堡下乡。大诗人闻捷在黑家堡与女房东相处甚好,离开时女房东用牛笼嘴装了个老母鸡,送行到三十里外的甘谷驿。李季则去三边一个叫死羊湾的村子小学教书。陕甘宁边区文协主席柯仲平,到西安后,先任西北作协副主席,后接替马健翎,担任主席。

田间向我讲了延安街头诗的情况。陈学昭向我讲了她从南洋回国赴延安,以及创作《工作着是美丽的》的情况。刘炽向我讲了将变工队唱的《白马调》改成《东方红》的情况。以及后来将一支陕北曲牌改成"哀乐"的情况。另外,关于刘芳寻找丈夫、著名歌曲《松花江上》作者张寒晖墓的事,关于贺敬之谈的许多事,曾克谈的许多事,方纪谈的许多事,李建彤谈的许多事,等等,有时间再说。

那张杨家岭合照正是草明从家中翻出,献给延安用以纪念的。葛洛向我谈了《白毛女》第一次彩排的情况,他当时去桥儿沟当乡长。《白毛女》彩排出来后,鲁院要葛乡长给桥儿沟路边搭个戏台,他们演出。演出结束后,老乡们评价说,许多台词文绉绉的,完全是知识分子语言,老百姓听不懂不解馋。这样剧组压着改了一回再演,再改台词。反复了三次,才基本定稿。

翻开我的杨家岭采访本,拉拉杂杂地记下这些。文章中提到的那些老人,大部分已经过世了。而那个风云际会的时代,正在日渐遥远。而我,也有一把年纪了。因此,我想,将这些记录下来,也是我的一种责任。

当写完以上文字时。我的脑子里固执地回旋着"五月的鲜花开遍了原野，鲜花掩盖了志士的鲜血。为了挽救这垂危的民族，他们曾顽强地抗战不歇"。这首抗战老歌。你们——光荣而豪迈的老延安们，你们与延安杨家岭同在，你们与人类文明进程中的那个"经典时间"同在！我因此而双目潮湿。

2022年5月于西安

辑三　铁马冰河入梦来

老兵孟群立

第一次扶我趴上马背的人叫孟群立。他是1971年的兵，河南灵宝人。他的家乡在伏牛山区，就是老子出函谷关走过的那地方。老孟的家大约在伏牛山最深的山里，大家常取笑他两件事。一件是，接兵的到他们村上时，村上的老年人见了穿军装的，点头哈腰地称"老总"。一件是，他家的孩子特别多，好像有十三个，父亲每次跑三十里路，到集市上去买一批碗，下次遇集时，这碗就被孩子们打烂了，只好再去买。后来，父亲生气了，不去买碗了，而是从山下砍下来一棵大树，除去树枝，再在上面剜上十三个坑坑。这棵大树就横放在台阶上，吃饭的时候，母亲端个盆子，拿个勺子，给十三个坑里面一勺一勺地添饭，然后十三个孩子顺台阶爬成一排，一人占一个坑。这些，是他们老乡之间相互调侃时说的话，不知道实不实。

我是1973年的兵。我到边防站时，老孟已经当兵两年了。他当时是马倌，后来做我们的副班长。所谓马倌，只是从一茬新兵中，选一个最能吃苦耐劳的让他去放马而已。放马这工作很辛苦。马无夜草不肥。冬天的时候，凌晨三四点，就要把马放出去，让马到雪地里去刨草吃。如果巡逻要用马，早晨还要再将马赶回来。

我分得的那匹马在军马登记簿上叫"白顶门"。顾名思义，它的额头有一团白。除了这点以外，全身都是一种鼠灰色。这是一匹典型的伊犁马，骨架很大。交给我时是一岁半的口，在此之前还没有人骑过它。

老孟领我们来到马号里，让我们认自己的马。他指给你以后，然后教你怎样去抓。我的"白顶门"站在那里怯生生地看着我。老孟先大声吆喝了一声，算是给马提个醒，然后，挥舞着手里的马笼头，扔过去，马笼头搭在了马脖子上。"白顶门"感觉到了脖子上的笼头，以为自己已经被抓住了，于是站着不动了。老孟于是快步走过去，先伸出胳膊将马脖子搂住，然后给马迅速戴上笼头。"马被抓住了，你给它刷一刷毛吧，培养感情。"

这样我便接过马缰绳，开始刷。刷毛用的是一个铁做的刷子，像我们刷鞋用的刷子，或者像女人梳头用的那种齿很多的刷子。我给"白顶门"刷脖子，刷肚子，老毛纷纷掉下来。马最敏感的部位是耳根子那地方。老孟说："你用手指头在那里挠，它会很舒服的。"老孟还说，他老家农村的那些吆大车的，遇到马惊了，一声响鞭，打到马的耳根子上，马登时就疼得卧倒了。我照老孟说的去挠，"白顶门"果然舒服得全身直打哆嗦，一双大眼睛友爱地看着我。后来，"白顶门"突然移动身子，把屁股朝向我，我吓坏了，以为它要踢我，于是赶快趄开。"不是的，它是要你为他刷屁股！"老孟在旁边笑着说。

然后就是配马具。

取下笼头，换成马嚼子。马嚼子上一根铁棒，从马嘴上穿过去。铁棒两端是帆布带。这带子正是骑手握着来指挥马的。接着给马上放上鞍鞯。鞍鞯上面，再披上鞍子。鞍子搭上后，再系上一前一后的两个肚带。最后，再掀起马尾巴，套上后鞘。

这一切都是在老孟的指导下，由我来完成的。

在完成的时候，老孟在旁边告诉我，马鞍上那个地方叫"鞍桥"，那个东西叫"马镫"，那个东西叫"马镫革"。记得在系马肚带的时候，他说，肚带一定要系好，骑兵有一句话，叫作"骑手的命就系在马肚带上"。

这一切完成以后，最重要的时刻就来临了，那就是上马。

"你不要怕。你记着，永远得用一只手，死死地勒住马嚼子。这就是你的方向盘。现在，你用一只手捉马嚼子，另一只手掰住鞍桥，然后伸出左脚，探实马镫子，跃身上马！"老孟在旁边说着。

说着，不容分说，当我的左脚刚刚踩住马镫子时，老孟伸出两手，将我屁股一抬，这样，连我自己也没有意识到是怎么一回事，就坐在了马背上。

"坐稳，屁股不要坐实，这样会颠出泡的。两腿夹紧，两只脚向下用力，叫你的重心低一点。眼睛要往前看。不要用手老掰住鞍桥。"老孟说。

老孟牵着马，在马号里走了两圈，然后，把马号门口横挡着的那根圆木取掉，接着，在我毫无思想准备的情况下，突然朝我的马屁股打了一笼头。

这样，"白顶门"冲出了马号，奔向了白雪覆盖的戈壁滩。我则像一个醉汉一样在马背上摇摆。

背后传来老孟爽朗的笑声："不要怕！哈萨克有一句格言：马背上摔下来的是胆小的！"

我就这样开始了第一次骑马。

我就这样骑着马，在中苏边界上巡逻了五年。

后来老孟不再做马倌，他成了我们的副班长，记得接替他当马倌的是我们那一茬兵中一个叫李建忠的。在他当副班长以后，还领我们干过一件我平生最艰难的事,那就是钉马掌。这样,可怜的我就将全连的那些性格各异的马的马蹄子,通通抱了一遍,而在孟群立1975年退伍以后,这钉马掌的事,就完全地落在了我的头上,我当时是三班长。又到了钉马掌的季节了。往年是谁钉的呢,是孟群立!那么老孟走了以后,还有人会钉吗?没有了!那么老孟钉马掌时,谁给他当的副手呢?这样逻辑推理之后,钉马掌这事就落到我头上了。

钉马掌中,最难的一步是,你得先猫下腰,一步钻进马的肚子下面去,然后用肩膀扛住马的大腿,用两手握住马蹄,这样一使力,马的膝盖九十度打弯,马蹄就提起来了,然后才能削去马蹄子上老化的角质,然后钉掌。

那削去角质的事情,也很难。其实不是削,是铲。马蹄播到圆木墩上,用一只手捉着,另一只手,提一个大铲子。为了能用上力气,要将铲子柄儿,夹到胳肢窝里去,这样两腿一蹬,使上全身的力气,一下一下地铲。铲到蹄子上的血快出来了,就不敢再铲了,这时用一把小镰刀,将蹄子削圆,好钉马掌。马的蹄子和人的脚一样,有大号的、中号的、小号的,给马蹄找好合适的掌子,然后挥动锤子,拿起钉子开始钉。钉子不能往肉里钉,只能擦着马蹄那个角质的圆弧,斜着向外钉。钉子头必须露出来,然后再用锤子将它窝回去。马掌钉好以后,通常,还要给马掌上拧上四颗螺钉,这是防止马冬天走到冰河上时打滑。

有些马很暴烈,平时生人都不让接近。没办法,你也得给它钉。你得横下心,先钻到马肚子下面去,这样马就踢不着你了。你不敢躲,越躲,越挨踢。好在马儿们都很懂事,知道这是在为它好,不是害它,所以,只要工作进行起来,马们还是很安静的。

这样,我将全连的马蹄子齐齐抱了一遍。一匹马有四个蹄子,如果快的话,我一天可以钉三匹马,慢的话,只能钉两匹马。1975年的秋天,我就是这样抱着马蹄子度过的。

钉马掌这事给我一个意外的收获是,我将这事写成了诗。这诗后来以《装蹄员的心》为题,发表在1976年8月号的《解放军文艺》上。后来,又选入《人民解放军建国三十年诗选》。

我上面说的这些话,都是三十多年前的老话了。老孟是1975年春上复员的。前些天有个灵宝过来的战友,我问起老孟。他说,孟群立参军前就是个小铁匠,现在回到家里后,还当铁匠。他每天都打铁,有时在一个地方守,有时四处奔波。他还说,农村的人显老,老孟都成小老头了。

这样我明白了为啥他会钉马掌,原来他入伍前就学过打铁。大约,兄弟姐妹太多,父亲小时候就让他出来谋生了。这里附带说一句,我在这文章中叫他"老孟",其实我们从没叫过他"老孟",开始时,叫他"小孟",或叫他"孟群立",后来,则称职务,叫他"一班副"。记得,他低低的个儿,大约有一米六,脸很黑,剃着的光头冒出尖来,不过两只胳膊很大,肌肉一嘟噜一嘟噜的。算起来,我今年五十出头了,老孟应当长我两岁,所以我从这篇文章开始已改叫他"老孟"。

我们这些农家孩子,就是这样跃上马背,并开始那样的一段既凄苦、又悲壮、再捎带地加上一点浪费的马背生涯的。

去年我重回边防站。我登上瞭望台,望着眼前的戈壁滩、草地、额尔齐斯河,和阿勒泰草原上那一群一群奔驰的伊犁马。我的眼睛湿润了。"你好啊草原!你好啊,伊犁马!在没有我的日子里,你们都好吗?"我哽咽着说。

我问瞭望台底下走过来的马倌。这是一个蒙古族小战士,他长得真像孟群立。我问他有一匹额上有点白,军马注册本上名叫"白顶门"的马,还在马号吗?小战士见我这样问,笑了。他说,铁打的营盘流水的兵,战士都换过多少茬了,马比战士换得还要勤一些,基本上是三年一换。

这一刻我很怅惘,并且决定为那第一个扶我上马的老兵孟群立,写一点文字。今天,这文字终于写了。

我杀死了三头野猪

两只野猪躺在林间的空地上晒太阳。它俩个头很大，从露出嘴巴的獠牙算起，直到尾巴尖，肯定有两米长。野猪的通身是白色的。这是两头母野猪。它们躺在空地上，很舒服地睡着，奶头像大衣的双排扣一样，整齐地在肚皮上列成两排。这座原始森林里长着高大的柳树和新疆杨，中亚细亚的阳光，透过树荫照下来，一道一道洒在它们身上。

我们是偶然间闯入这一片空地，与这两头野猪相遇的。大家都大大地吃了一惊。"快跑，悄悄地！"副站长说。可是，莫容我们跑出多远，这两个家伙就醒了。醒了的它们站起身子，并没有攻击我们，而是慢慢吞吞地跟在我们后边，一起进了边防站。

进了边防站以后，我在一班。于是我跑进一班宿舍，把门关紧。谁知，这两个家伙也跟了进来。双扇木门对它来说，真是小意思。它大嘴轻轻地一拱，门就稀里哗啦地破了。进得门来，这两个家伙依旧没有攻击人，而是都撒了一泡又臊又黄的尿，把水泥地弄得湿漉漉的，然后，它俩躺在尿上，呼呼大睡起来。

全班的人吓得又只好跑到了操场上。这里是中苏边境上的一座边防站，紧靠着额尔齐斯河。河两岸，有长长的原始林带。这林带一直通到西伯利亚,接着又通到北冰洋。我们招惹这两头野猪的地点,就是在额河与界河(界河叫阿拉克别克河)的夹角处。那里的林子更密。

操场上,大家惊魂未定,议论纷纷,不知道该怎么办才好。我是火箭筒射手,我说,只消两颗火箭弹,就将这两个家伙消灭了。可是指导员不同意我的话。指导员说,这两个家伙弄不好不是野猪,而是家猪,不过走入森林的时间很长了,它们或是咱们边防站早年走失的,或是兵团人走失的,或是对面的俄罗斯人的集体农场走失的。指导员很为自己的见解自鸣得意,于是又进一步发挥说,这两个家伙的个头,世所罕见,如果我们能把它们留下来,与边防站的公猪交配,那一定会产生一个优良品种,这将是对人类的贡献。

指导员的高调固然好,可是,眼前这个难题怎么解决呢?指导员有办法。他让猪倌去炊事班端一盆猪食来,去引那两个家伙。猪倌是湖南兵,长着个赤红脸尖下巴,像个猴子,所以,我们叫他"小猴子"。"小猴子"平日胆子最小,但是此刻军令如山,前面是崖,他也得跳下。不过,事情也真蹊跷,当"小猴子"端着盆子,用一根木棒敲着盆沿,嘴里哼着湖南民歌《浏阳河》的小调,走到这两个家伙跟前时,这两个家伙居然没有咬他。

于是"小猴子"胆子大了起来。"你们不是野猪!你们是家猪!""小猴子"嘴里哼哼唧唧地唱着,好像是提醒它们,又好像在为自己壮胆。然后,在指导员的引导下,敲着脸盆,把这两个家伙引进了三米深的菜窖里。进得菜窖,将脸盆一扔,趁这两个家伙吃食期间,"小猴子"便飞也似的从菜窖的长长的甬道钻了出来,然后,我们迅速地用圆木把甬道口堵死。

两个家伙在菜窖里愤怒地吼叫起来,但是已经无济于事了。它们成了边防站的囚徒。

更大的事情在第二天发生。

第二天是"八一"前一天,上午,我们全站人员正在小饭堂里听副站长的战备动员,突然,"小猴子"赤红着脸,闯进饭堂,高叫着:"野猪!野猪!好多的野猪!"一副失魂落魄的样子。

我们透过门缝和窗户玻璃往外看,大家都惊呆了。只见一平方公里方圆的院子里,几乎挤满了野猪。野猪有的极大,像现在被关在菜窖里那两只一样的个头,有的稍小一些,不过也够大的,还有的是小猪,黑不溜秋的四处乱窜。这些野猪,有的是白颜色,像那两头一样,有的是一半白毛一半黑毛的,还有的是纯黑色的。好在因为这时是正做战备动员,大家都是荷枪实弹,所以,现在能做的事情,就是一边射击着,一边向外冲了。

我们先趴在窗户上和门槛上,向外射击了一通。这样打死了一些野猪。听到枪声,同时看到有同伴倒下,并且有血液喷涌而出,院子里的野猪们惊骇起来和愤怒起来。它们开始在院子里拼命地奔跑。院子有一圈黑色的碱土围墙,它们便拥拥挤挤,沿着围墙内侧在院内兜圈子。那情形,好像拥拥挤挤的马拉松一样。它们在奔跑中,身子只轻轻一挤,院子里栽的树就"啪嚓"一声倒下了。它们还不时地露出獠牙,并且发出震耳欲聋的恐吓声。

后来我们冲到了屋外,趴在院子里继续射击。这时副站长指了指菜窖方向,让我看。菜窖在围墙外面,正东方向。我一看,只见几米高的菜窖顶上,站满了野猪。它们都是些大家伙,此刻,它们正怒吼着,从菜窖的透气孔里往下看,而菜窖里被囚的那两个母野猪,也在低低地哀鸣着。这样我们明白了,事出有因,原来今天这一场惊吓,是这两个家伙招来的。

菜窖成了重点。现在我们调转枪口,开始朝菜窖顶上射击。

在此之前,我手中的半自动步枪,虽然也射中过几次野猪,但都没有将野猪打死。我的一枪,射在野猪高耸的鬃毛上,另一枪,射在野猪的肚皮上,这样中枪以后,野猪们继续跑,丝毫没有感觉。现在,射菜窖顶上这些大野猪时,我学乖了,一是瞄准野猪的前胛子上面的部位打,那里是心脏;一是将子弹换成顶尖上涂着红颜色的穿甲弹。

穿甲弹可以穿透10公分的坦克钢板,那野猪的皮再厚,也是可以穿透的。我先瞄准站在菜窖边沿的一头野猪,一枪打去,野猪从菜窖上栽了下来。接下来,我瞅见一头更大的公野猪,正在透气孔上向下张望着,一副钟情的样子,我瞄了几瞄,一狠心,扣动了扳机。最后,当这群野猪逃跑时,在追赶的途中,我又射杀了一头小野猪。小野猪没有立即就死,而是伸出獠牙,向我扑来,我于是端起刺刀,又补了它一刺刀。这样,我那天一共杀死了三头野猪。

这一场"大杀戮"进行了大半天,直到在士兵们精确的射击下,三分之一的野猪被射死,剩下的三分之二重新逃回森林。

"大杀戮"过罢,边防站里血腥气冲天,到处摆满了野猪的尸体。

这件事的下文是这样的。

边防站的炊事员将这些野猪,腌成咸肉,大家吃了好几年。直到我退役时,还在吃。但是这只是一部分死野猪,大部分的死野猪,被闻讯赶来的哈萨克族人剥去了皮,他们不吃野猪肉,只要皮。野猪皮被他们用一块钱一张的价钱,卖给了附近的萨尔布拉克供销社,而那些被哈萨克族人剥去了皮的野猪,则又被附近的兵团人拉走。兵团人吆来了几辆大马车,来拉野猪肉。

至于那两头被指导员认为是跑野了的家猪的家伙,它们被囚在菜窖里,又囚了半年。指导员说,相信能把它们驯化的。这样,一日三餐,"小猴子"从透气口将猪食倒下去,让它们不至于饿死。半年以后,春天来了,指导员说,把它俩放出来吧!这样,我们战战兢兢地把圆木取掉,将甬道口打开。打开以后,"小猴子"将边防站的猪群赶进去,而当猪群走出菜窖的时候,那两只庞然大物也就跟着一起出来了。

那两个家伙还算温顺,它们和边防站的猪群大约生活了三个月。后来,"小猴子"一次放猪时,接近了我们原先发现它们的那片林中空地。看到这地方,它俩像被惊醒了一样,沉思了一会儿,便慢条斯理地,摇摇摆摆地,又回到原始森林里去了。这样,指导员的伟大实验也就没有实现。指导员批评"小猴子"没有去拦这两头重新走入森林的野猪,猪倌争辩说:"你有本事,你去拦!"

兵团十三连

在新疆兵团,如果你打问一个人的消息。原晨他们会说这个人调到十三连去了。一个团场通常只有十二个连队,那么这个十三连是怎么一回事呢?原来,在兵团人的说法中,这十三连专指墓地。

新疆兵团有着许多的团场。每一个团场都有它的十三连。兵团人的成分是:老新疆人;五十年代初叶和中外的复员军人;六十年代初期的内地支边青年;后来的流落到口外的盲流人口;等等。他们来自中国广袤地面,天南海北。所以这十三连中葬埋的,几乎每一个省份的人都有。

亡人的坟墓简单极了。通常只是一个用戈壁滩的沙砾堆砌的小土包。有的坟墓前有简陋的墓碑。上面刻着亡人的名字,刻着籍贯和生卒年月。有的仅仅只插一块白杨木做的木牌,有的甚至连木牌也没有。

我曾许多次在这样的墓群中流连。我曾许多次在这样的坟墓前驻足。那些无名无姓无香无臭的坟墓,它们会迅速地被漠风捶平,消失,让一个人结束。那些有些简陋墓碑的坟墓,那墓碑上的籍贯和姓名则常常会把我的思路扯得很远;上海杨浦陈阿娣之墓、天津静海张燕子之墓、山东诸城张润香之墓、甘肃平凉李富贵之墓、陕西蒲城王平娃之墓、湖南衡阳欧阳春生之墓、新疆五家源赵远来之墓等等等等。它们告诉我这些人的来路和去处,告诉我在那遥远的某一个村庄或某一个街弄,有一个白发苍苍的老太太,正拄着一根拐杖,向这里张望着。在我的中亚细亚地面的行旅中我风过许多这样的十三连,我想说,这是我平生见到过的最凄凉的墓地,光秃秃的戈壁滩上,天地浑黄一色。一堆坟墓涌在那里,拥拥挤挤地直铺天际。瞄见一棵树,一朵花,一根草,偶尔会有一只鹰,从坟墓上方飘飘忽忽飞过,用一声长唳打破这死寂。

敬礼,兵团十三连,这世界上最凄凉的同时也是最伟大的坟墓。

阿尔泰山的成吉思汗之鹰

阿尔泰山是一座横亘在中亚细亚地面的奇异山峰。它的第一高峰叫奎屯山,海拔4374米。奎屯山这名字是成吉思汗当年为它起的,意即"多么寒冷的山呀"!奎屯山下面就是著名的喀纳斯湖。奎屯山这名字,新疆军阀盛世才曾将它易名"友谊峰",1962年伊塔事件后,中方将它易名"三国交界处",现在,它则又恢复成吉思汗为它取的"奎屯山"这个名字了。

奎屯山往下,额尔齐斯河左岸,有一座用红色岩石像堆积木一样堆起的袖珍小山。当地人叫它"平顶山"。据说当年,成吉思汗就是在这平顶山上召开的誓师大会,尔后兵分两路,一路翻越阿尔泰山冰大坂,一路打通天山伊犁峡谷,尔后进入欧亚大平原,揭开他的建立欧亚大帝国的序幕的。

2002年我在前往喀纳斯湖的途中,从平顶山经过时,看见一只雄鹰,正落在平顶山那红色的山岩石之上,它大约刚刚飞翔回来,像君王一样在这草原上巡视过一圈。大约正要起飞,去俯瞰这地僻天荒的它的领域。突然它长唳了一声,令正西从它身边经过的浑浑噩噩的我们陡然一惊。

"你看那苍鹰又在天边遨游,它莫非生在战乱的时候!你看那片片的流云在疾走,它莫非在呼唤已去风暴的怒吼!麦尔特河滨哟,汹涌的渡口,岁月淘去我生命的泥沙,我又要离你而它走!"

这一刻,我突然想起这不知是谁的诗。

但是这雄鹰并同有遨游。长唳之后,它仅仅只扑扇了两下翅膀,然后继续待在那红色岩石之下,看着翼下的草原,一路叹息流过的额尔齐斯河,以及河流两岸的白桦林,还有远处那带着银色灰甲的奎屯山。

于是我在这一刻向这草原王注目以礼。我说,这样的山岗正是为这样的雄鹰准备着的,而这样的雄鹰正适合在这样的山岗栖息。

李向红的可可西里拥抱

"永恒的女性,引领人类飞升。"这句话但丁第一次说出,歌德第二次说出,托马斯·哈代第三次说出,今天容我老高第四次说出,说给我们平凡而伟大的女性。

二十世纪七十年代初,我在中苏边界一个荒凉偏僻的边防站服役。五年中,我们那个边防站只来过一次女人,那就是兵团农十师演出队。记得,演出队有一个十分漂亮的姑娘,身材瘦瘦的,脸白白的,下巴尖尖的,一句话吧,她长得很像张柏芝。有三个细节,给人留下的印象最深。一个是,演出队的七个姑娘,唱一个女声小合唱叫《布伦托海打鱼归来》,她站在前面领唱,腰肢一摆一摆,手指一撩一撩,做划船的动作,把这些可怜的大兵都看呆了。第二个是,晚上吃饭的时候,副连长恶作剧,让炊事员盛了满满的、尖尖的一大洋瓷碗米饭,端给这姑娘,想看这姑娘吃不完出洋相。谁知,这姑娘端起碗来,眼睛一眨不眨,一口气把这一大碗饭吃完了,这叫大家都很吃惊——那时都饿呀,尤其是兵团的人。第三个细节则是,吃罢饭以后,演出队休息,他们将在边防站住一夜,第二天早晨离开。而我们则腾出自己的床铺,让演员们住,女演员的门口,还加了双岗。这时三班长端着个盆子,赤红着脸,去给女演员送洗脚水。大家说你满脸红疙瘩，太难看了，别把人家吓着，还是让高建群去送吧。三班长"哼"了一声，还是敲门去送了。副连长也要点小特权，他手里拿了副扑克，也敲门进去，在熄灯之前，和姑娘们玩了一阵扑克牌。那时新疆一带流行的打发法叫打"五十K"。打着打着，天热，副连长就把帽子卸了，后来，熄灯前，副连长要走，怎么也找不着帽子。那位我们前面谈到的小姑娘坐在那里，副连长明白，帽子在她的屁股底下压着，于是想叫那姑娘站起来，话刚出口，突然，另外的几位姑娘一齐叫起来："你快走，首长，她'来'了！"副连长是结过婚的人，知道这"来"是说来例假的了，只好站起身匆匆忙忙地离开。副连长刚走，门"砰"的一声关住，几位姑娘在屋子里笑得弯了腰——那时单军帽很流行，兵团人是农工，他们也很稀罕这个。

记得那天夜里，对面边境线外枪炮声大作，照明弹、穿甲弹、曳光弹、信号弹打得夜空五颜六色。第二天早晨，一辆马车载着演出队走了。临行前，大家列队和演出队握手告别。那些老兵在握手的时候，使劲地用指甲抠那姑娘的手心，抠得姑娘眼泪汪汪的。演出队刚爬上马车，副连长就站在队列前训话，骂那些抠人家手心的老兵。他说："一点军人的样子都没有！你抠，你抠，抠你妈的X哩！"骂完以后大家解散，继续我们的日子。

三十年后，也就是2003年，我重返阿勒泰。这次，我专门来到农十师所在地北屯市，逢人就说当年那些事情，试图找到那个梦一样的姑娘。后来，人们告诉我，那姑娘叫张润香，是山东支边青年。我问她现在在哪里，我想去看一眼。人们说，她调到"十三连"去了。十三连在哪里呢？原来，十三连是墓地，一个团通常有十二个连队，所以，人们把死去的人就说成是调到十三连去了。姑娘是在1986年的一次车祸中死去的。这样，我来到戈壁滩一座荒凉空旷的墓地上,折来一束红柳花穗为她献上。那一刻我在心里说:好姑娘,你大约只是把那次演出当作寻常的慰问演出,但是,你不知道,你给我们这些士兵留下了怎样的印象呀!

上面是我的故事。是从一个男人的角度来谈一个女性闯入者所带给我们的震撼和温馨回忆。那么从女性的角度,该怎么记述这个故事呢?

可惜我们的女神张润香已经死了。要不,让她谈一谈当年的感觉该多好呀!我在三十年后专程去北屯寻她,也许正是想听她亲口说一说,可惜她已成古人。但是,不久前,在一次国家组织的文艺采风活动中,同车的随行记者,一位名叫李向红的漂亮姑娘,在听了我上面这个故事以后,她揉了揉眼睛说:"高老师,我的记者生涯中,也有过一个和你类似的故事。让我说一说好吗?"

残阳如血。我们的越野车在西部大地广袤的原野上奔驰着。车轮滚滚,女记者李向红,沙哑着嗓子,讲述着她经历过的一个故事:

我小时候就是个野丫头,这是让生活逼出来的。我是在西宁市区里长大的。父亲是老干部老作家,1957年被打成右派,发配到西宁。"文革"中他又被关进牛棚中。少了父亲的呵护,我和弟弟这些被叫作"狗崽子"的孩子老是受人欺侮。后来我生气了,为了保护自己,保护弟弟,我开始和人打架。打到后来,出了名,在我们那个小学,在我们附近那些街区,只要一听"李向红来了",那些寻衅的孩子吓得撒腿就跑。

大学毕业以后,我分到青海日报社。当时,父亲经青海省委与陕西省委协商,已经调回陕西。他要我留在青海,最少待十年,说他对这里有感情。我有些不高兴,但还是去报到了。一到报社,我对主任说:哪里最艰苦,让我到哪里去驻站。我这话里也有和父亲赌气的意思。这样，在一个大雪天的日子里，我从街上拦了一辆大货车，坐在驾驶室里，往驻站的地方玉树州囊谦县去。汽车跑了一天，天快黑的时候，来到一个岔路上，司机说，从这条岔路上一直往下走，是囊谦县，他只能捎我到这地方了。我下了车，司机开着车走了，暴风雪怒吼的荒原上，只有我一个人。我站在路口等了很久，好容易等了一辆车，司机见我扬手，理也不理，就走了。后来又等到了几辆车，可是任凭你招手，司机就是不停。后来我突然想起，听人说，女同志拦车，好拦，尤其是单身的女人。于是，我把自己头上的皮帽卸了，拿在手里，露出里面的红毛衣。这一招果然奏效。下一辆车，一见我，就停车了。司机是一个好大哥，他说，你这个姑娘是个傻大胆儿，怎么一个人敢在这地方，不怕叫狼吃了。在藏族同胞的毡房住了一夜后，第二天，我赶到囊谦县记者站。快过年了，县上正要放假，看见我来了，大家都吃了一惊。

我要说的那个故事发生在我当记者几年以后。

春节快要到了，兰州铁路局李局长带队去慰问青藏铁路沿线职工。电话打到青报社，点名要我去。我那时已经驻站两年结束了。回到报社，跑交通门，认识李局长。

李局长带着我们，沿着茫茫的青藏线走着。这一段区域里一共六个养路段，养路段下面，再分六个大工区，大工区下面，再分成道班。这一天，我们来到可可西里养路段，处在大沙漠中。到了可可西里，局长要给大家讲话。大工区的人，道班的那些养路工们，都沿着铁路，来到可可西里机务段。

会议室里，局长讲完话以后，问养路工："你们有什么困难没有？有的话，讲给我听！"满会议室的养路工，嘈嘈了一阵，最后说："局长，我们只有一个困难，就是想要老婆！——我们没老婆。"局长沉吟了片刻，回答说："这个问题一定要给你们解决，我保证。面包会有的,牛奶会有的,老婆也一定会有的。只是,这得慢慢来!"局长说这话的时候,一个年轻的养路工,悄悄地凑过来,给局长耳边说了几句话。

这时,局长把我叫出去,说有话给我说。到了外面走廊里,局长脸色严肃,他说:"李记者,咱们是朋友吧!"我说:"局长你今天怎么了?"局长说:"我想以朋友的身份,求你给我帮一个忙。就算求你,好姑娘!"当时我有些纳闷,我说:"局长有什么事你就直说吧!"局长这才对我说,刚才那位年轻的养路工,想拥抱你一下,轻轻地拥抱。那养路工在最艰难的一个道班工作,每天,看着火车从自己的身前轰轰烈烈开过去,他只能隔着窗子,向里面望。

我被感动了,我一口答应了下来。我相信,每一个女人,哪怕再矫揉造作的女人,此情此景,也会答应的。我抹了一把眼睛,然后对局长说,我去收拾收拾,就来。

然后,我回一趟自己的房间,坐在镜子前,细心地化了妆,我把自己带来的衣服,一件一件地试。我最好的衣服是一身牛仔,那是名牌,父亲出国访问给我买的,我决定穿上它。然后,头上再扎一条鲜艳的红纱巾。这是大冷天,零下三十多度。为了显出我的腰身,我把黄大衣和棉袄都脱了。

我就以这样的装束重新回到了会议室。

我大大方方地走到主席台上,转过身,然后张开双臂说:"刚刚给我提出那小小要求的是哪一位,请站起来!"

我的话说过以后,会场上是一阵长久的沉默。最后,那位年轻的、一身油渍的养路工,怯生生地站起来,满脸通红。

"你是男的,你应当主动呀!"我也有些胆怯,于是这样说。

那年轻养路工见我这样说,于是勇敢地跨上了主席台,然后紧紧地拥抱我。我则回应他，也紧紧地拥抱他。胸膛贴得很紧，我甚至能听见年轻的养路工那狂热的心跳。

我们拥抱了多长时间，我不知道。也许很短，只短短的十几秒，也许很久，长到地老天荒。当台下响起雷鸣般的掌声时，我才惊醒。透过年轻养路工的肩头，我向台下看去，看到许多养路工一边抹眼泪，一边鼓掌。而眼泪流得最多的，竟是平日老成持重的李局长。

李局长大声说："李记者，我授你我们兰州局的名誉职工称号。给你发个证儿，以后你走这一段铁路的时候，不用买票！"

我不知道我是什么时候和年轻养路工分开，又是什么时候离开会议室的。当我离开会议室后，听到身后又是一阵骚动和欢呼，扭头来看，原来是那些养路工，又去拥抱那位年轻的养路工。

当她讲完这个故事时，这辆越野车里泣不成声，这些老成持重的男人们，这一刻都像孩子一样动了感情。

而最动感情的还是我。这个养路段故事就像我的边防站故事的翻版一样。不同的是前者是由男主角讲的，后者是由女主角讲的。

"你再见过那个养路工吗？"我问。问完后觉得自己问话有点愚蠢。

"没有！"李向红说，"我后来还乘车走过几次青藏线，路经可可西里，望着窗外那像电杆一样一闪而过的养路工，我不知道曾经拥抱过的是哪一位！"

李向红还对我说，其实最叫她震撼的，还不仅仅是那次可可西里拥抱，而是在她随着李局长，已经离开会场，就要跨出大门那一刻，她听到背后传来山呼海啸般的声音。——把你的幸福也传递给我们吧，让我们闻闻你身上的味道！女记者身上的洋胰子味道！——这是那些铁路工们，拥抱那位年轻工人时发出的呐喊声。

李向红的可可西里拥抱，已经是三十多年前的发生了。而我的白房子故事，则更遥远，那已结是四十多年前的发生了。那是我们年代的故事，我们年代的传说，我们年代的诗和远方。

荒原童话

三十多年前,在新疆阿勒泰草原,我巡逻路经一个兵团村庄时,从一个简陋的土坯房里传出一声婴儿的啼哭,一个可敬的小生命在这块遥远的荒原上诞生了。

那是中苏边界最黑暗的一个时期。自珍宝岛事件,铁列克提事件以后,中苏交恶。边界一线,笼罩在一片死亡恐怖的气氛中。面对一触即发的战争,我们边防站的士兵,任务很明确,那就是战争一旦开始,我们将成为首先的牺牲者,或者换言之,成为炮灰,然后用我们的牺牲换取后方的战备动员时间。

兵团人呢?兵团的那些老男人们,从马车上卸下来那些腰身已经变硬了的老马,骑上它,挎上老式的冲锋枪,身上穿着各色的不同年代的破旧军装,然后彻日彻夜地在这界河边巡逻。

兵团的女人们则将这土坯房里一点简陋的东西,能带走的,包在一个大包袱里,然后这包袱就放在门口,女主人则坐在这包袱上,准备随时往门口内跑,那些带不走的东西,比如说手摇缝纫机,则用十五块钱的价格,将它卖给当地的牧民。

我们是士兵,是被某一个冬天的早晨,被先是汽车,再是火车,再是汽车,再是爬犁子,从遥远的内地的某一个村庄,拉到这里来的,这叫服役,或者说叫义务兵。那么,这些边境线上的兵团人是怎么来的呢?

事情得从1962年伊犁事件说起。那时,有六万多名边民,赶着牛羊越过界河,跑往苏联境内。这些兵团人最初是驻防在边境线纵深二三百公里的地方的。这一天,他们接到紧急命令,说要去执行一次紧急任务,时间半个月,然后每人领了一支步枪,五十发子弹,四颗手榴弹,一只干粮袋。这样他们被装上了汽车,运到边界线上。

他们跳下汽车,要做的第一件事情,是顺着中苏边界四千多公里漫长边境,人挨人,手拉手,站成一排,阻挡那些潮水一般涌出的边民。这件事情做完了,边陲暂时安定了。要做的第二件事情则是就地建起村庄,开始他们一手拿枪、一手拿镰的生活。这样他们十五天的紧急任务,便变成永生的苦役。他们从原居住地接来家属,他们用这古尔班通古特大沙漠北缘的碱土打成土坯,盖起房屋,他们将眼前这一望无际的戈壁滩一步步地变成条田,让这条田里生长春小麦和铺天盖地的凡·高式的向日葵。

记得,我大约是从条田里,采了一颗很小很小的向日葵花盘,循着这婴儿的哭声,策着马来到这土坯房前,将那束小小的花盘塞进杨木门门闩的那个扣眼里。我这样为在这个时候出生的小生命献上我的祝福和我的感动。

当然也许不是向日葵,而是红柳。沙包子上,刚刚经了一场雨,一束红柳枯枝突然生出了粉红色的花。那花像血的颜色。我记得或许是折了一枝它吧!

我上面讲的是三十多年的事情。三十多年过去了,这世界发生了多大的变化呀。那遥远的边境线已经成为和平边防。我的这个老故事也许只有经过那个年代的人才能懂。但是我在这里想说的是,我上面的那些叙述，只是一个引子，它主要是为了说明我下面的奇遇。三十年后，在古城西安，我见到了当年在土坯房里出生的小姑娘。关于土坯房，关于葵花地和红柳沙包子，关于那天高地远世界荒凉一角无奈的兵团村庄，关于中国的最后一支骑兵部队以及我胯下的那匹马。当这些话题谈完以后，我肯定地判断，眼前的这个都市白领丽人，就是当年那土坯房中啼哭的婴儿呀！

我在那一刻感动极了。我流下了眼泪。为这位姑娘，也为如今日见苍老的我。望着她，我说，光为了你当年那平安地降生，我的爬冰卧雪的白房子岁月也是值得的呀！

锡伯渡

在北屯往上十几公里的额尔齐斯河上游,有个古老的地名叫锡伯渡。它一度易名齐伯渡。兵团将它收入后,易名西北渡。它现在则又恢复成锡伯渡这个称谓了。

以上三个地名,都曾经在中国地图上出现过。

锡伯渡与锡伯人那一次迁徙新疆有关。

十八世纪中叶,清廷平定准格尔叛乱后,从东北沈阳一带十七屯中抽调1020名锡伯族青年和他们的家属共3275人,分两批来伊犁戍边。

乾隆三十年(1765年)春天,第一批出发的人,通过蒙古大草原从科布多翻越乌尔莫盖提达坂后进入阿勒泰。

其时正值初夏,额尔齐斯河春潮泛滥,无法渡河。他们所携带的粮食已经不多了,而且人马已经十分疲惫,遂决定在此做短暂停留。半年以后,才渡河而过。

锡伯人渡河的这个地方,遂成为前往阿勒泰城时必经的一个渡口。

直到北屯公路大桥修筑以前,它一直是这样。后来大桥修成后,它完成了摆渡车辆的使命,主要用于摆渡前往阿尔泰山夏牧场游牧的哈萨克人的畜群。

兵团农十师新闻中心主任小于，拿出了一沓他在锡伯渡拍摄的照片，并且为我讲述了上面所谈的锡伯渡的来由。

照片上的锡伯渡的艄公，剽悍、雄壮，年纪六十岁上下，手拄着路旁的"阔乡牧道"字样的石头路标，眼望大河，一副沉思的样子。

艄公叫莫合买提。

指着照片上的艄公，我对小于说，锡伯渡我知道一点，这个艄公的父亲是山东人或者河南人，是在那遥远的年代里，步行走了三年，才从口内走到新疆，然后继续北上，走到额尔齐斯河边，走进一家哈萨克帐篷，被招赘为婿的。

我的话令小于大大的吃惊，他说艄公的父亲确实是山东人，他也是最近才知道这件事。他不知道我为什么二十多年前就知道这个家族的秘密。

小于在锡伯渡长大。他是兵团的第三代了。

我在白房子当兵的时候，我们班有个民族战士叫阿依同拜依的人，他就是这锡伯渡的人，按年龄推算，他应当是那个从山东过来入赘哈萨克毡房的老艄公的孙子，是眼前这个老艄公的儿子。

我正是从阿依同拜依的口中，知道这个家庭秘密的。

阿依同拜依是哈萨克语"三个巴依"的意思，他说他出生的时候，恰好有三个巴依从他家门口走过。

阿依同拜依的姐姐，曾经给在福海县担任县委书记的贾那布尔当过秘书。照片上的姑娘漂亮极了，像当年来中国访问的尼泊尔国国王的王后。

在边防站，我是火箭筒射手，阿依同拜依是班用机枪射手。我们曾同在一个班。

辑三　铁马冰河入梦来

阿依同拜依骑马的姿势漂亮极了。歪着身子骑在马上,马一路大走、四蹄翻飞,踏踏作响。他还为边防站赶过大车。赶的是那种平板车厢的俄罗斯风格的马车,一匹辕马、三匹梢马拉着。装的山一样满的一车干草,晃悠悠地从戈壁滩上驶过,他盘腿坐在高高的草堆顶上,挥着马鞭,唱着歌。如果是空车,他则手扶着车前面的那个X形的木架,站在车上挥着马鞭呐喊,马儿扬起四蹄,车子在戈壁滩上狂奔。

阿依同拜依早我一年复员,他如今不知道在哪里?按照常规推算,他也应当在这一带工作才对。

我没有对热情的小于说我为什么知道锡伯渡的这桩秘密。我心里很惆怅。我只对小于说,能安排个机会,咱们去一趟锡伯渡,我想在那里,寻找一个昨日白房子人物的踪迹。

但是老杜将我在北屯的日程安排得很满,那近在咫尺的锡伯渡,看来此行我是无法去了。

我想,如果谁能将锡伯渡的历史写成一部小说,那会是一部史诗的。写一写锡伯族向大西北迁徙的历史,写一写那个勇敢的山东人跨过千山万水,最后入赘哈萨克毡房的故事,写一写渡口的今天和这个家庭的今天,那真的会成为一部史诗的。

记得在乌鲁木齐,一位年轻的作家告诉我,根据我们现在知道的情况,在新疆这块土地上,曾经流行过十七种死文字。我告诉他说,这十七种泯灭的文字本身就是一本大书,一本我们先民的风云流散的历史,一种来自遥远年代呢喃的声音,溯根求源,我们能从里面找到许多古老的信息,找到昨日的人类向今天的人类那遥远的问候。

举例说吧。

佉卢文公元二世纪时曾在阿富汗贵霜王朝风行,成为官方文字,后来贵霜王朝灭亡,佉卢文变成了死文字。然而,它却又开始奇异地在新疆的罗布泊地区以及和田地区风行,成为与汉文同时使用的官方文字。这说明了什么呢?这说明了楼兰人除了是从欧洲迁徙而来的古老高贵种族之外,二世纪时它曾有过一次大的人种融和,这块中亚地中海慷慨地接纳了阿富汗苍凉高原上的远方避难者。

还记得,1991年的时候,在西安,张贤亮先生刚刚从贵州讲学回来,他对我说,在贵州讲学时,学员提问道,如何才能写出深刻、恢宏、大气的史诗作品?他回答说,你们要去寻找历史的断裂带,比如说吧,贫穷得连盐巴也吃不上的苗族,为什么妇女们头上要盘上十几斤重的银首饰呢?这说明,这个民族过去曾经是生活在温柔富贵中的,一定是有过一次什么不测,或者天灾,或者战争,才使他们逃向荒野,逃往十万大山,沦为赤贫的。一个作家,如果他能将那段历史挖掘出来,他就把这个民族写出来了。这写出来的就是民族史诗。

锡伯渡充满民族传奇和家族传奇的故事,它为什么如此触动我,原因大概也在这里。

上面这一段文字,是我2000年时重返阿勒泰所写的随笔之一章。原来它还在一本著名杂志《绿洲》上发过,我把这事都忘了。那次,是我这个白房子老兵,在阔别十三年后,应兵团农十师文联之约,重回故地。我因此十分感谢农十师文联主席杜元铎先生和农十师新闻中心主任于文胜先生。

老杜已经去世。好像说是有一年冬天,突发心脏病,当时大雪封路,无法前往乌市抢救,于是死在北屯。那一年西安见到兵团文联主席李光武先生,我还对老杜之死,表现了无尽的哀悼之意,并请他转告我对嫂夫人和两个孩子的问候。

文胜我也有极深的印象,他撩着两条长腿,肩上扛着摄影机跟着我们从布伦托海,到喀纳斯湖,到阿黑吐拜克,到北湾,到吉木乃,沿着边界线走了一圈。他十分敬业,话不多,像所有兵团人那样,中亚细亚的漠风吹拂得脸色黝黑,那脸上常有一种无奈的、忍受的表情。

兵团人是共和国伟大的公民,这话好像是在我之前来过这里的一位副总理说的。兵团人总用这句话来宽释自己,来为自己活在一种崇高的虚幻的自我感觉良好的状态下寻找注脚。在这闭塞的、干涸的环境中,他们着实活的不易。记得在乌伦古河河源地区的那个团场(大约是一八三团或一八四团吧),青年人对我们说:"外边的世界很精彩,我们的世界很无奈!"这句话叫人听了很难受。

记得我们告别这个荒僻的团场时,人们站在路旁的建筑物前挥手向我们告别。夕阳凄凉地照耀着这块中亚细亚大陆腹地,那些簇拥在一起向我们挥手的人们,渐渐地退出了视野。——我在那一刻突然掉下泪来。

北屯是中国纬度最北的一座城市。这本书的作者就曾在这座城市供职。在兵团传说中,当年张宗翰将军,坐着吉普车来到这里。额尔齐斯河东岸,蚊虫肆虐,空旷孤寂如同死域;将军在地图上一划说,在这里建一座城市吧,扼守这个要道。于是农十师在这里建立,而在进入二十一世纪后,升格为北屯市。

北屯市的旁边,有一座平顶的小山,它就叫平顶山。

当年,成吉思汗在平顶山,召开誓师大会。尔后,兵分两路,一路渡过河去,穿越阿尔泰山冰大坂,一路打通伊犁果子沟天山峡谷,成钳形攻势,从而进入欧亚大平原,完成他对哈拉喇模的征服。从而为他建立横跨欧亚的大帝国拉开序幕。

北屯市如今已经将平顶山建成了一个公园。2000年的那一次,当我从额尔齐斯河边,平顶山山脚下经过时,看见一只鹰隼,这个草原之王。在清晨巡视了一圈草原之后,此刻正合住翅膀,敛落在平顶山的山顶。记得我当时感慨地说,这样的山岗正是为这样的雄鹰准备着的，而这样的雄鹰正适宜在这样的山岗上栖息。

阿尔泰山是一座横亘中亚细亚的南北走向的山脉，与额尔齐斯河平行。阿尔泰山的最高峰，成吉思汗的年代，叫奎屯山，意思是多么寒冷的地方呀！盛世才的年代，为取悦苏俄，将它改名为友谊峰。1962年伊塔事件后，周恩来说，有什么友谊可言，遂大笔一挥，将它改成三国交界处，据说，现在又恢复"奎屯山"这个比较古老的称谓了。

说它仅仅只是比较古老，是说"奎屯山"之前，它一定还有更为古老的名字的。

英国人类学家阿诺德·汤因比说，那是一块多么令人着迷的地方呀！如果让我重新出生一次，我愿意出生在中亚，出生在新疆。那里是世界的人种博物馆，世界三大古游牧民族：雅利安游牧民族、古阿尔泰语系游牧民族、欧罗巴游牧民族。其中前两个都消失在那块土地上了，欧罗巴游牧民族则从马背上走下来，以舟作马，开始了人类的大航海时代。

额尔齐斯河是一条用怎样的美丽辞藻来赞美都不算过分的河流。它发源于阿尔泰山，穿越西伯利亚，注入北冰洋。它在俄境内的名字叫鄂毕河。冬天，河流冰封，夜半更深常发起惊天动地的炸裂声。夏天，春潮汹涌，一河蔚蓝色的浩大水流，仪态万千地从阿勒泰草原流过。

我曾经抱着一支半自动步枪，在额尔齐斯河口驻守过五年。

是的，正如这本书的作者所言，河流上那个或曰锡伯渡，或曰齐伯渡，或曰西北渡的著名渡口，曾经发生过一段传奇。满族之一支锡伯族，在那个遥远的年代里，沿着蒙古高原那弓背形的地面，迁徙伊犁，曾在这里停歇半年，尔后从这里渡河。

那迁徙的人们后来渡过额尔齐斯河后，继续西北而走，直抵伊犁，然后形成如今察布查尔锡伯自治县。我有几位锡伯族朋友，他们告诉我锡伯族应该是满族中的皇族,乾隆将自己最信任的子弟派遣去新疆,让他们像那飞翔的蒲公英种子一样落地生根,从而像一颗钉子一样钉在这块当时多事和动荡的土地上。

锡伯族后来为满族所同化,成为满族中的一支。在东北,锡伯族原来的故乡地。要寻找这个民族的古老语言、习俗、服饰已经很难了。阴差阳错,它却还在这遥远的西陲之地保留着。

关于我文章中谈到的那位锡伯渡艄公的孙子阿依同拜依,我这几年还得到过他的遥远问候,他复员后回到家乡,然后好像在福海县民政局工作了。按年龄推算,他也该退休了。

我现在还能记起他骑马时的那种歪着腰,半个屁股翘在马鞍上的潇洒姿态。现在看那些影视剧上的演员们的骑马,我常常笑着说:生手生手,整整一个人死死地堆在马鞍上,像一堆肉。

我的后来小说中的许多哈萨克格言,就是听阿依同拜依讲述的,例如:"马背上摔下来的是胆小的!""不要和骑走马的人打交道。""如果有两个聪明人的话,我就是其中的一个;如果只有一个聪明人的话,那就只好是我了!"

在这个西安城细雨绵绵的早晨,我写下以上的文字,为这位新疆朋友的一本书,也为我自己的一段新疆感情。我已经六十出头了,怅然西望,老眼昏花的我,有一种"心在天山,身老沧州"的感觉。

我曾经说过,有一天当我老了,成了一堆灰,请将我的骨灰一分为三,一份撒入渭河、一份撒入延河、一份撒入我从军年代的额尔齐斯河!我生命中最重要的一段是在那里度过的。那里葬埋着我的青春、我的激情、我的一点儿可怜的崇高感。

2016年4月16日于西安

辑四　大漠孤烟落日圆

向辽阔的草原致敬

亚洲大陆，广袤数万千米，是人类社会的发祥地之一。整个亚洲高原就像一面招展的旗帜，向西北，它雄视着西方；向东南，它雄视着东方。在漫长的历史岁月中，东西方文化，靠一条被称之为"丝绸之路"的伟大道路沟通着。

在世界东方的古都古长安和世界西方的古都古罗马之间，是一片广袤无边的沙漠戈壁草原地貌，史学家称这块地带为欧亚大平原。在这躁动不安的地面上，生活着许多的今日东海明日南山的游牧民族。按照法国历史学家勒内·格鲁塞的说法，这些生活在恶劣的自然环境下的游牧人，以七八十年为一个周期，向定居文明地区移动，或向东，涌向古长安，涌向昔日的元大都（北京），或向西，涌向君士坦丁堡，涌向古罗马。

史书告诉我们，生活在中、北亚辽阔草原上的游牧民族，历史上有过这么几次向西的大移动。这就是公元一世纪开始，公元五世纪结束（时匈人帝国皇帝阿提拉在沙隆之战中停止西进）的北匈奴的迁徙，后来突厥的迁徙，再后来一代天骄成吉思汗对欧亚大陆的征服。

史书上曾经记载了阿提拉的征服。他曾率军两次入侵巴尔干半岛,包围君士坦丁堡,远征至高卢(今法国),被欧洲人称之为"上帝之鞭"。之后,阿提拉以与霍诺利亚公主的婚约为借口,越过阿尔卑斯山,将罗马城团团围定,在对方接受议和条款,并要求罗马帝国履行与霍诺利亚公主的婚约后,方才撤出了罗马。当我们嘴里咀嚼着历史的况味,回溯那一幕幕历史大剧时,

我们只能说所有发生的都是应该发生的。这是生存法则在起作用。或正如勒内·格鲁塞所说:"人类从来不曾是大地的儿子以外的东西,大地说明了他们,环境决定了他们。"

因了战争,因了宗教的传播,更因了驼铃叮当、商贾奔走,丝绸之路这条道路,成为人类历史上伟大的一条道路,东西方文明借此得以沟通,得以交融。

这种沟通和交融,给汉朝和唐朝带来了巨大的财富,而文化的交流,思想的交流更多。据说,唐王朝鼎盛时期,长安城中胡汉杂居,仅外国使节和丝绸之路上过来的二十年以上的定居人口就达四千多。

"太阳也许将从西部升起。"

写下这个标题以后,我先申明两点。

第一点是这句话并不是我故作惊人之语,而是深思熟虑的产物。第二点是这句话并不是由我第一次说出,第一个说出这话的,是一位资深的电影理论家钟惦棐。

二十年前,钟先生平平淡淡地说出一句惊人之语:"我劝同志们注意,太阳也许将从西部升起!"钟先生这句话是说电影的,他的这句话引发了中国西部电影的十年辉煌。

我在这里是说文学,或者再将文学外延一点,说文化,或者再将文化扩大一点,说大文化。

西域地面历史上是东方文化与西方文化交汇的一个地方,是曾

经在人类进程中闪现过匆匆身影的许多游牧民族最后消失的地方，是人类的"人种博物馆"（英国历史学家汤因比语），是世界上各类文明板块曾经大碰撞的地方，是世界三大宗教（佛教、基督教、伊斯兰教）交汇的地方。

因了伟大的丝绸之路，东方和西方才有了来往。丝绸之路给东方的中国曾经带来极度的经济繁荣和文化繁荣。

东方文化与西方文化的交汇，历来都是通过西域地面在进行着的。只是宋以后，陆上丝绸之路堵塞，海上丝绸之路得到较大发展，西域地面随之寂寥。

我在这里说的是交汇。在谈"交汇"这个词的时候，得先强调一个前提。

这个前提就是东西方之间的两个大不同。

第一个大不同是东方文明和西方文明，基本上都是在各自封闭的空间里孕育和发展起来的。

按照通常的说法，人类的历史以三百万年计。那么，在这三百万年的绝大多数的时间流程中，东方和西方，其实一直处于隔绝状态中。这位于地球东西两翼的两拨人类群体，都各自在自己封闭的空间里，在黑暗和混沌中，孕育和发展着自己的文明。那情形，就像两只鸡蛋分别在自己的壳里孵化成鸡一样。

东方和西方开始来往，是因为有了马。人类第一次跃上马背，大约是三千八百年前时候的事情。一种说法说第一个跃上马背的是东方的匈奴人（中国蒙古族学者孟驰北持此说），一种说法是人类是最先在爱琴海地区跃上马背的（英国人类学家汤因比持此说）。然而不管怎么说，接触史自此才姗姗开始，靠马作为脚力，东方和西方才开始零星地来往起来。张骞"凿空"西域，丝绸之路开始热闹之后，东方和西方才开始频繁来往。而后来随着海上丝绸之路的开通，靠了舟船之便，东方和西方才逐渐地融为一个世界大家庭的。

三百万年是如此之久，而三千八百年是如此之短。较之几乎三百万年的隔绝，人类的沟通史可以简短到忽略不计。

这就是东方和西方的第一个不同。因为这文明本身就是在各自的土壤中生长起来的，还因为三百万年时间形成的东西、沉淀的东西，也许注定了双方都永远无法改变自己，能够改变的只是皮毛。

下面再说第二个大不同。

在世界历史中，曾经存在过三大游牧民族。它们是闪米特游牧民族、印欧系游牧民族（雅利安游牧民族）、蒙古系游牧民族（阿尔泰系游牧民族）。其中后两个游牧民族，都在漫长的历史岁月中，像潜流河一样消失，茫茫然而不知其所终。其中印欧系牧民族中的一部分，形成现在的欧美人种。

尽管在漫长的历史岁月中，中华文明是以农耕文化与游牧文化相互冲突、相互交融从而推动文明向前发展的，但是它的根基和主体是农耕文化。因此东方文明和西方文明，它从来就是两种东西，是两种文化背景下的产物。

明白了上面的两个大不同，我们就明白了，为什么自1840年中国近代史开始以来，中国人在政治制度、经济体制、文化方面，老是学书学剑两不成，老是学出来一些非驴非马的东西。虽然不成功，但是理智告诉我们：必须学习！因为任何地域所产生的文明成果，都是人类共有的财富。我们需要时时告诫和提醒自己的是，在学习中，不要迷失自己，不要失去自己的东方主体。因为对于一个民族来说，它的文化消失了，它存在于世界民族之林的理由也就消失了。

那么如何学习呢？

其实西域地面，从人类跃上马背那一刻起，几千年了，一直都在进行着这种东方文明与西方文明的交汇，农耕文化与游牧文化的交汇。它们提供了实践经验。我们现在要做的是让这块地面重新热起来。

这就是为什么我说出"太阳将从西部升起"的理由。

西域文明与中国文化
——凤凰卫视《世纪大讲堂》讲稿

向坟墓致敬

很高兴见到各位。我是一个写作者,我对自己的要求用尼采的一句话来表达:即,我有一个野心——用一句话来表达出别人一本书所表达出的内容,和一本书所没有表达出的内容。能不能达到是一回事,但是我必须这样苛求自己。我今天和各位交流的题目是《中华文明基因中的胡羯之血》。

我本来是一个小说家。可是,我不能明白,这几十年来,我为什么突然痴迷于这一种人类学领域的题材和思考。我常常觉得自己像一个女巫或者法师一样,从远处的旷野上捡来许多的历史残片,然后在我的斗室里像拼魔方一样将它们拼出许多式样。我每有心得便大声疾呼,激动不已。那一刻我感到历史在深处笑我。

我把我的这种痴迷悟觉为两个原因。一个是随着这些年我在西部地面上风一样的行走中,我取得了历史的信任,它要我肩负起一个使命,即把历史的每一个断章中那些惊世骇俗的一面展现给现代人看。另一个原因,则是随着渐入老境,我变成了一个世界主义者,我有一种大人类情绪。在途经的道路上,我把遇到的每一个人都当作我最亲的兄弟,我把道路上遇到每一座坟墓,无论是回族人的拱北，蒙古族人的敖包，维吾尔族人、哈萨克族人的玛扎，藏族人的玛尼堆，都当作我的祖先的坟墓。当然这些还包括汉族兵团人的十三连，还包括突厥人留在大地上的草原石人，还包括无名游牧民族留在阿尔泰山的古老岩画，还包括楼兰人那著名的千棺之山，等等。路经每一座坟墓时，我都向他们脱帽致敬。在那一刻我感到他们就是遥远的祖先，而我，是他们打发到二十一世纪阳光下的一个代表。

中国在世界上的地理位置

在数千年的历史进程中，世界的西方首都是罗马，世界的东方首都是长安。这中间，隔着辽阔的欧亚大平原。在这块平原上，有高山峻岭，有湖泊湿地，有草原和干草原，有戈壁滩，有原始森林，有一条条河流。单以河流而论，俄罗斯草原有四条主要河流，它们依次是鄂比河、伏尔加河、涅瓦河，第聂伯河。然后向西，在欧亚大平原的西头，是多瑙河、莱茵河。而在欧亚大平原的东头，是中国古书上记载的乌浒河、药杀水，是中国的母亲河，塔里木河、黄河和长江。

然后在这块大平原上，生活着许多游牧民族，按照法国人类学家勒尼·格鲁塞的说法，他们以八十年为一个周期，或向世界的西方首都罗马涌去，或向世界的东方首都长安涌去，向定居文明索要生存空间。

这块大平原将东方和西方隔开了。

人类第一次跃上马背，是距现在三千五百年时候的事，按照蒙古族学者孟驰北老先生的考证，第一个跃上马背的是东方的匈奴人。

我在这里说这话是什么意思呢？

我是想说，如果人类的历史以三百万年计，那么，它的隔绝史是二百九十九万六千五百年，它的沟通史是三千五百年。因为当人类跃上马背，用马或骆驼作为代步工具时，人类才有可能做跨越洲际的旅行。

在人类漫长的黑暗的隔绝史面前，人类的沟通史简短到甚至可以忽略不计。

所以，东方文明和西方文明是两个完全不同的文明，是两种在各自的蛋壳里孕育和发展而成的文明。这两个文明板块从一开始就不是一回事。

上面我说的是中国在世界上的地理位置。

下面我再谈谈中国本土地理中的农耕线和游牧线。

中国的农耕线和游牧线

伟大的北京，建城八百零二年。它是女真人建的，或者换言之是满族人建的。女真金国建城后，称它金中都，后来成吉思汗占领后，称它元大都。成吉思汗登上元大都的城墙，俯瞰辽阔的华北大平原，慨然说，这么好的地方，让它长草，做蒙古人的草场。于是庄稼被割倒，牧草繁盛地生长起来。

这些年来，我在中国地面风一样地行走。后来发现，我其实是沿农耕线和游放线的交汇地带行走着的。我在走一个圆。

北京，再过来是大同。大同是北拓跋氏建都的地方——代州、代国、代来城。再往下走是太原、一古、并州，安置匈奴的地方，有着胡羯之血的李唐王朝的老家。再往下走是包头、古九原郡。再往下走是延安、榆林。可怜无定河边骨，犹是春闺梦里人。再往下走是天水、平凉、古凉州，再往下走是固原，再往下走是西夏王李继迁、李德明、李元昊建立的银川城。然后，内蒙古高原，白山黑水。

这一个个城市像一个个的地理坐标和历史坐标。它们构成了农耕线与游牧线的交汇坐标。一部中国史书，许多的历史事件在其间发生。用台湾诗人席慕蓉在《长城谣》中的话说：城上城下争战了一部历史，夺了焉支又失了焉支。

农耕文明与游牧文明冲突交融的文明史

站在长城线外，向中原大地瞭望，你会发觉，史学家们为我们所津津乐道的二十四史观点，在这里轰然倒地。从这个角度看，中华五千年文明史，是以另外的一种形态存在着的。这就是，每当那以农耕文化为主体的中华文明，走到十字路口，难以为继时，游牧民族的踏踏马蹄便越过长城线，呼啸而来，从而给停滞的文明以新的胡羯之血。

传统的解释中，两千多年的主流话语中，是这样来判断事状，设置地理坐标，框定历史流程的。即，首先框定农耕文明、定居文明的地理中心，这个中心就是皇城。它大部分时间是在长安，然后或者在洛阳，在汴梁，在南京，在杭州，在北京。皇城在中间，皇城之外，便是广大的农耕文明定居文明地面。这些地面之外，是长城线，长城线外，是南蛮、北狄、东夷、西狄，是"非我族类，其心必异"。

这对游牧民族是不公允的，它是不符合大中华概念的。按照司马迁的说法，按照于右任的说法，这些游牧民族同样是华夏民族。黄帝有四个老婆，四个老婆生了许多儿子，接着又有了许多的孙子，于是黄帝驾龙升天前，册封天下，将世界分成了七十多个国家，然后每个儿孙一个，让他们去管理。这些国家或在罡风凛冽的大漠荒原，或在温柔富贵的江南水乡。天长日久，他们的习性、相貌、服饰，便每每各异，形成我们眼下所看到的情况。

有一种奇怪的现象。匈奴末代大单于,伟大的世界征服者阿提拉,将他的建在匈牙利布达佩斯的大帝国,取名叫"大汉国"。亦是与此同时,开始五胡十六国之乱的,居住在中国腹地山西离石的匈奴将军刘渊,将他的政权叫作"汉国"。北魏拓跋氏政权取名"魏",大夏赫连勃勃政权取名"大夏",西夏李继迁、李德明、李元昊政权取名"西夏"。他们认为自己是轩辕黄帝的后裔,在他们的心灵深处冥冥之中,有一种强烈的认祖归宗情绪。

多么好,靠两条腿走路,中华文明古国一步三踉跄,摇摇晃晃地从远古走到今天。这大约就是世界其余三个文明古国都消失在了路途,而中华文明古国一直延续到今天的全部奥秘所在。

一言以蔽之,一部中华五千年的文明史,是农耕文明与游牧文明相与冲突相互交融从而形成的文明史。

有学者认为,秦是一个从西域过来的游牧民族。它先在甘肃礼县地面定居,建立国家,然后向东发展,进入关中平原,先建都在临潼栎阳镇,再建都咸阳,最后定都长安。蒙古族学者孟驰北老先生甚至认为,楚文化中亦有强烈的游牧文化色彩,罡烈的楚风的内在奥秘是,一支游牧民族顺汉江而下,直达楚地。中华传统文明的基础的完成和成熟,即儒、释、道三教合流的国家宗教,是在魏晋南北朝时期,由定都在山西大同的一个游牧民族拓跋氏北魏政权主要完成的。现今中国地面的三大石窟,云冈石窟、龙门石窟、敦煌莫高窟,就是在北魏时期奠定了它的主体工程的。

而李唐王朝身上本自就有"胡羯之血"。"胡羯之血"是陈寅恪老先生的话。在中国,"胡"是对一切游牧民族的泛称,当然,有时又是专指,比如"东胡"。学者们认为李渊、李世民的身上有鲜卑的血液,我完全同意这个话。不过我想提醒各位的是,从汉光武帝开始,中央政权实行了一个"内附"政策。李世民的家乡并州

（太原），刘渊起事的离石，还有旷野中的城市大同，当时正是为匈奴人设的郡府。至元，世界的伟大征服者，一代天骄成吉思汗；至清，雄才大略的努尔哈赤，这两者所创立的帝国，则是纯粹的游牧民族政权了。

游牧民族在中华文明史上刻上了深深的足迹，这是确凿的事实，中华文明史中有一半的胡羯之血，这亦是确凿的事实。我们是现代人，我们是文明人。当我们站在历史之巅，瞻望来路时，不管愿意不愿意，你只有承认，是农耕文明和游放文明双重力量，支撑起了中华文明的大厦。

混血

按照人种学家向我们提供的说法。中国长江以南的人是马来人种，中国长江以北的人种是蒙古人种。当然一个种族的链条，从三百万年前走到今天，它早已混血。更何况许多的古游牧民族消失在历史的路途上了，我们有理由相信，他们的血液如今在现代人，在你我他身上奔流着。马克思说，民族交融是历史进步的一种动力。

冒顿大帝和独耳黑狼传说

匈奴人早在公元前九世纪时，即见诸中国的史书。而在公元前三世纪时，赵武灵王北出雁门关，开始了定居文明与游牧文明第一次战争。赵取胜。他的战利品是占领了今天的大同，并且从匈奴人那里学会了胡服骑射。后来在匈奴民族的历史上，出现过一位强悍的大单于，他叫冒顿，据说他的母亲梦见一只黑狼闯入牙帐，然后怀孕，于是他以独耳黑狼做他的令旗。女萨满跪在大地上说，赐一位英雄给匈奴草原吧，上苍！于是冒顿诞生了。我们能想见他骑着马,挥舞着猎猎狼旗,马背上挂一个用大月氏王的骷髅头做成的酒具,在西域地面风一样地奔走的形象。他曾给汉高祖下过一个文书,这就是著名的"冒顿文书"。他在文书中说,西域一十六国已尽归匈奴,提出要与大汉分疆而治的要求。他还曾经领兵将汉高祖包围在今天山西大同的白登山。汉军已经大败,剩下几百人龟缩在白登山,束手待毙,这时幸亏有宰相陈平,买通了冒顿的夫人,刘邦才得以逃脱。就是这个冒顿,还曾领兵,进逼到长安城附近,当部下问他,匈奴人的疆界到那里为止时,冒顿说,凡是匈奴人的牛羊吃草的地方,那里就是匈奴人的领地。

从冒顿文书中,汉王室首次知道了西域尚有如此广阔的地面和众多的小国,于是派一个叫张骞的陕西汉中人去探个究竟。这就是中国历史上的张骞凿空西域,或者说伟大丝绸之路的开始。

昭君出塞与南北匈奴的分裂

公元前45年左右的时候,匈奴人分裂为两个大的部落。一个部落以今天的包头(当时叫九原郡)为中心,史称南匈奴,匈奴王是呼韩邪。另一个部落当在今天蒙古国的鄂尔浑河流域一带,史称北匈奴或西匈奴,匈奴王是郅支。两个单于都想统一匈奴草原,这样便每有战争发生。呼韩邪大约是一个有心计的人,他曾两次前往长安城求亲。这样,他便迎得了后宫美人王昭君出塞。

昭君美人这一天正在后宫闷坐,听得未央宫外马蹄嘚嘚、胡笳声声,于是惨然一笑说:迎接我的人来了。于是起身走出门外,主动请缨,要求嫁给匈奴。昭君是一位绝色的湖北女子。倾国倾城,入宫已经很久了,却还没有得到汉元帝的宠幸,是个处女。其中有一个原因,是后宫中的美人实在是太多,汉元帝让宫廷画师毛延寿,将她们画成画像,供他每晚选择歇息处。王昭君自恃美貌,不愿贿赂画师，因此毛延寿将她画成了一个丑女。听说这个叫王嫱的丑女愿意嫁给匈奴，也算资源利用，汉元帝也就乐得送呼韩邪单于一个人情，于是他给昭君封了一个名分，让她远去。待面见了昭君，汉元帝见竟是这样一个绝色美人，有些悔意。但是话既然已经出口，也就不好更改了。待迎亲的车马一走，元帝问清缘由，便将画师毛延寿杀了。

昭君从子午岭山脊的秦直道，横穿陕北高原，渡黄河，抵九原郡。先嫁呼韩邪单于，呼韩邪死后，再嫁他的继位者；后来，又嫁他的继位者的继位者。这就是昭君三嫁的故事。

昭君出塞，这样，南匈奴从理论上讲便成为汉王朝的附属国。汉王朝将郡治设在了九原。失势的北匈奴则割袂断义，日渐远离定居文明地区，开始他们悲壮的迁徙。

天之骄子阿提拉大帝及他的大汉国

从郅支之死到阿提拉出世。这中间的几百年时间，对我们来说是为黑暗遮掩和混沌不清的。谁也不知道这支匈奴人是怎样穿越险峻的高山和湍急的河流，完成这一场跨越洲际的大迁徙的。仅就河流而论，他们穿越了乌浒河、药杀水，穿越了伏尔加河、涅瓦河、第聂伯河，穿越了多瑙河、莱茵河。他们穿越的路程较之《圣经·出埃及记》中的以色列人，要漫长上许多倍。他们是如何穿越的？多少人死在了路途？又有多少人在路途上出生？这一股洪水裹挟了多少人一起走？他们有多少人留在了路经的地方？这些都是谜。土耳其的史书、俄罗斯的史书、阿拉伯的史书、西方人的史书，曾经零星地记载过这些伟大迁徙者的蛛丝马迹。换言之，这些史书只是在记载他们民族的故事时，由于这些草原来客的出现，楔入了他们的文明板块边缘，于是才偶尔地给一些零星的笔墨。

北匈奴人当在黑海和里海，勾留过相当一段时间，后来由于这里的盐碱、干旱和极为恶劣的气候，才不得不拔起营帐，向更湿润的西方继续走。匈牙利民族诗人裴多菲在他的民族史诗中吟唱道：我的光荣的祖先啊，你们如何在那遥远的年代里，从东方，从黑海和里海，迁徙到水草丰美的多瑙河边，建立起我们的公国。

每天每天那像橘红色大车轮子一样停驻在西地平线上的落日，一定给过这些草原子民许多的想象。当疲惫的马蹄和吱呀的车轮向前行驶时，他们并没有目的地。目的地只是远处的水草。逐水草而居是这些草原子民的生存法则。他们就这样一段一段地撵，一直走了这遥远的路。是夜，迁徙者围成一个圆，圆心生起篝火，妇孺们留在核心，强壮的士兵则枕戈待旦，一直到天明。

公元374年的时候，匈奴人这一支洪流，缠裹着欧亚大平原几乎所有的游牧民族，突然出现在多瑙河畔。

独眼的女萨满站在喀尔巴阡山上，向上苍祷告。她说："赐一位英雄给匈奴草原吧！我们将服从他和敬畏他，并尊称他为'天之骄子'！"在女萨满的祷告声中，世界的伟大征服者阿提拉诞生了。

大单于阿提拉出现在多瑙河左右岸。他中等身材，粗鲁扁平的头，强壮的身体，短腿带一些内罗圈，鼻子有些塌，眼珠深陷。看见过他的人说，当他站在地面上的时候，他是凡人，而当他跨上那匹鞍上挂着骷髅头酒具的马，挥舞着独耳黑狼令旗时，他显得高大和令人恐惧。他们还说，当他的目光越过多瑙河蓝色的波浪，专注地注视着丰饶的欧罗巴大陆时，从山洞一样深陷的眼眶里射出尖锐的目光，能把最远的东西收入到视线中。

他们还说，阿提拉在征服欧洲，并把欧罗巴变成一片废墟的时候，采取的是群狼战术。你见过一群饥渴难忍的草原狼扑向一头狮子时的情景吗？阿提拉率领他的草原上的兄弟们，扑向欧罗巴一座一座城郭时，采取的正是这种战术。

阿提拉是怎样死的，这成为一个永远的秘密，在东欧平原上，有一种鸟叫鸩鸟，鸟的羽毛有剧毒。据说阿提拉就死于这种羽毛浸泡过的毒酒。阿提拉被葬在多瑙河畔。士兵们从喀尔巴阡山上搬来许多的石块，为它筑起一个山一样高大的敖包。一个石块表示他生前杀死的一个敌人的头颅。这是对一个骑士最高的赞誉。

消失在历史迷宫中的最为悲惨的背影

一个喧嚣于历史进程中的伟大游牧民族，一个曾深深撼动东方文明板块根基和西方文明板块根基的民族，就这样消失在历史迷宫中、进程的路途上。由于匈奴人没有文字，所以，他们的消失是彻底的消失，一点痕迹都没有留下来。

中国的史书只记载到北匈奴郅支大单于公元前36年，在中亚地面的巴尔喀什湖为汉王朝北庭都护府副校尉陈汤所杀的事情，然后就此封笔。

他们后来的经历，你得在土耳其的史书、伊朗的史书、俄罗斯的史书、匈牙利的史书、英国的史书、法国的史书中去寻找。但这些史书并不是专为这些亚洲过客而记，他们只是在描绘自己这个文明板块时，只言片语，谈到一个亚洲高原过来的牧羊人部落，擦肩而过的情景。

赫连勃勃为南匈奴画上了句号

当北匈奴在遥远的多瑙河畔，像历史的潜流河一样从地面上消失时，留在原居住地的南匈奴，也几乎在同一时刻消失。

前面我们说，中国历史上一个最为混乱、最为黑暗的时期，五胡十六国时代，就是从被中央政权以"内附"政策安置在山西离石的匈奴左部帅刘渊开始的。刘渊亦把他的政权叫"汉"，正如阿提拉把他的政权叫"汉"一样。

汤因比在《人类与地球母亲》一书中，曾经这样说：那些被安抚和安置的，留在原居住地的匈奴人，沉寂了没有多久，便又开始了叛乱，以实现他们世世代代对定居文明的占领梦想。

而匈奴人在中国地面的最后退出历史舞台，是以一个叫赫连勃勃的人为标志的。他是匈奴贵族，照他自己的说法，还是出塞美人王昭君的直系后裔，史学家们为他查家谱，说他是匈奴铁弗部。

他从九原郡，或者换言之，从包头方向而来，然后在陕北的靖边，鄂尔多斯高原与陕北高原接壤处，建立了最后一个匈奴政权——大夏国。他历经六年，在这旷野上修筑起一座豪华都城"统万城"，取"君临万方，一统天下"之意。他先后占领了延安、长安，遂把这些地方作为他的陪都小统万城。

赫连勃勃大夏国后来为北魏拓跋焘所灭。

大夏国建国的时间是公元407年，灭亡的时间是公元431年。这里我们想起，远在地球另一翼的匈奴大汉国如果是以阿提拉之死为终结标志的话，时间是公元453年。

你看，南匈奴是431年，北匈奴是453年，几乎是同一刻终止了他们悲壮的身影，退出人类进程的舞台，然后便茫茫然不知其所终。

至此，人类历史上一个强悍的、震动了东西方世界基础的马背民族，退出了历史的舞台。他们那驰骋的身影，那猎猎狼旗，那女萨满的祷告声，也只作为人们的记忆留存。自然，他们那沸腾的血液，还在今天的一些人类族群中流淌着，但这与"匈奴"这个称谓已经没有丝毫关系了统万城，唐代的诗人叫它"赫连城"，当地的老百姓则叫它"白城子"。作为匈奴人留在大地上唯一的都城，唯一的历史遗存，目前，中国国家文物局正委托靖边县政府，向联合国教科文组织申报其为世界人类文化遗产。

不羁的心

我们目光如炬，展望来路，完成了一次对匈奴民族的追溯，或曰猜测。这一切是在掌握现有资料的状况下做出的，因此它具有一定的真实性。但是它的真实性到底有多大呢？《金枝》的作者，美国作家弗雷泽说："以今天人类的思维方式，来推测那些遥远年代的事情，也许距离真实很近，也许是谬之万里！"他的话是有道理的。但是，我们真是太想知道了，如果我们不去推测，又能怎么办呢？

当一个马背民族，从马上走下去，开始农耕劳作，开始与平庸的地形地貌为伍时，他的不羁的血并没有安静，一旦那"双桅贼船的桅杆在那遥远的海平线上出现的时候，他便狂喜地不顾一切向它奔去，什么也不能使它回头"（莱蒙托夫语）。将这话用给那些匍匐在地面上的昨日的骑士，不可谓不恰当。

这就是为什么我如此醉心、如此钟情于这个泯灭了的游牧民族原因。

结束语

这个以农耕文明为主，其间掺杂着另一半，即胡羯之血的东方文明板块，正在迈着左右腿，走着它的稳健的步伐。我们为中华民族祝福，我们为生生不息的所有的华夏臣民们祝福。中华文明的核心是大包容大和谐。英国人类学家汤因比说：这个经过数千年时间流程考验，至今仍郁郁葱葱的中华文明，他们所从事的事业，不仅对于他们自己的国家，而且对处于深浅莫测的人类历史长河关键阶段的全人类来说，都是一项伟业。

2007年11月27日于西安

多瑙河畔的最后一个匈奴

那个早晨,在多瑙河畔,阿提拉大单于正在扇动牛皮风箱,升起炉火打铁。他要给他的马换上新的蹄铁。马儿走了太远的路程,从遥远的中国北方,穿过额尔齐斯河,穿过著名的乌浒河-药杀水流域,穿过伏尔加河,穿过顿河,终于在一个早晨,走到匈牙利草原,走到这蓝色的多瑙河边。

这场跨越洲际的穿越用了三百年时间。所以,阿提拉胯下的这匹马,已经不是他三百年前的祖先郅支单于离开中国时骑的那匹马了。同样地,阿提拉本人对中国的记忆也已经无从谈起,他大约是出生在里海或黑海的一个匈奴部落的勒勒车上的。

北匈奴的迁徙在中国历史上是一件大事。这件事我们取中国史书的观点,伊朗史书的观点,和西方史书的观点,这样记述——

公元前35年的时候,匈奴部落分裂为南匈奴和北匈奴。南匈奴的首领是呼韩邪单于,北匈奴的首领是郅支单于。呼韩邪两次来到汉长安城求婚,终于取得汉元帝的信任,娶得了昭君美人为妻,于是失势的郅支单于率领北匈奴开始迁徙。郅支在迁徙的途中,在巴尔喀什湖一带,被追赶来的一支中国军队杀死了。中国史书对这支匈奴迁徙者的记载,到此为止。随后我们在伊朗人的史书中,看到了这支匈奴人在黑海、里海地区艰难生存的情景。再后来，他们又消失了，直到公元四世纪时，西方的史书中，才惊愕地记载起这支草原来客突然出现的恐怖景象。

伟大的阿提拉这时候是掌握这支穿越欧亚大平原，进入欧洲腹地的野蛮人的最高首领。"赐一位英雄给草原吧！"在匈奴人萨满的祈祷声中，伟大的阿提拉，这个天之骄子诞生了。

阿提拉骑在装有新的蹄铁的马上，站在波涛汹涌的多瑙河畔，准备开始他新的伟大征服。彼岸的西方基督教世界，是他征服的目标。"凡是有匈奴人牛羊吃草的地方，就是我们的疆土！"他说。说这话时，他正式地将他的国定名为匈奴汉国，或者叫大汉国。这是公元441年的事情。当时，西方的一位传教士，曾经就近地见过阿提拉，并且用文字为我们留下了一个惊人的阿提拉的形象。这位传教士这样说阿提拉："身材矮小，胸部宽阔，头大，眼睛小而深陷。鼻塌，面色暗淡，几乎是黑色的，胡须寥寥无几。"他说，当阿提拉站在地面上的时候，他只是一个普通人，但是当他骑在马背上，与马组成一个单位的时候，他立即显得高大、雄壮、威严。他深陷的眼睛像一架望远镜一样注视着远方，马脖子上那只用敌人的骷髅头做成的酒具，发着瘆人的白光。

阿提拉的征服开始了。他渡过多瑙河，正式向东罗马帝国宣战。尔后，占领今天的东欧。接着，占领今天的德国、英国和法国的大部分地区，在这些战斗中，互有胜负。接着，阿提拉率领他的庞大军队，强渡莱茵河，向西方世界的首都罗马进军。

从亚洲高原赶过来的游牧民族齐聚在他的麾下，而欧洲草原上那些被他征服了的日耳曼人、哥特人，则充当他进军罗马的先头部队。

强渡莱茵河的战争大约是人类到那个时候为止最惨烈的一场

战争。士兵们驱赶着马,跳进河里。马向对岸游去,有的士兵是骑在马背上的,而更多的是拽着马尾巴游过去的。马和人将莱茵河填满,河水被鲜血染成了红色。

最后,在夺取了米兰和巴威亚以后,阿提拉的庞大的军队,将罗马城包围。罗马皇帝已经吓得逃走了。(西方)世界在那一刻乱得一团糟,眼看着,西方基督世界就要毁于一旦了。

这时,东方的那个昭君出塞的故事,在西方重演了一遍,从而令罗马世界得以拯救。

那个西方的"昭君"叫敬诺利亚公主,一说是罗马皇帝的妹妹,一说是罗马皇帝的女儿。而促成这桩婚姻的是当时的罗马大主教圣莱奥。

眼见得西方基督教世界将毁于一旦,这个精神领袖坐不住了。夜来,他偷偷地化装出城,来到阿提拉的营帐中充当说客。说不定,他还让美貌的敬诺利亚公主也乔装随他前往。我们不知道是大主教的巧舌如簧说服了阿提拉,还是敬诺利亚公主的美貌诱惑了阿提拉,总之,阿提拉答应了这桩婚事。

这桩奇异的婚礼于公元452年7月6日在罗马城外举行。

婚礼的场面我们已经无从知道,大约应当有庆贺婚礼的那种陕北大红剪纸装饰帐篷,有那种响遏行云的陕北唢呐以助喜庆气息——这个联想是一位今天在匈牙利做生意的陕北人告诉我的。他在参观了匈牙利国家博物馆以后,很惊讶那里也有这些陕北风格的东西。

嗣后,阿提拉便率领他的庞大军队撤退了,重新缩回匈牙利草原去。

第二年,也就是公元453年,世界的伟大征服者阿提拉,未老先死。

在西方世界的反攻中，这支匈奴部落便永远地消失在匈牙利草原上了。阿提拉的那些别的游牧民族的追随者则如鸟兽散，他那试图反扑的儿子们也一个一个战败被杀。而其中的一个叫腾吉奇克的儿子，曾试图重拾父业，重渡多瑙河，进军西方社会，但是，他也没有逃脱兵败被杀的命运。他的首级，曾被陈列在君士坦丁堡的马戏场里，任人指点嘲笑。

所有的西方史书，都没有说到那位敬诺利亚公主后来的命运。大约西方人认为这是一件失面子的事，而不像我们中国人，视和亲的昭君美人为团结和睦的象征。

史书上只记载了阿提拉所设立的大汉国的宰相，后来生出一个叫恺撒的儿子，这恺撒后来重建西罗马帝国，并且率领他的国家，长期与东罗马抗衡的故事。那么，丧夫的敬诺利亚公主是不是后来跟着这位宰相走了（宰相是欧洲本土人），这很难说。"恺撒"是希腊语"剖宫产出生的人"的意思，这个生出恺撒女人是敬诺利亚吗？不得而知。

而在阿提拉和他的匈奴部落消失的地方，如今的国家叫匈牙利。匈牙利官方机构认为，如今其境内的匈族人正是阿提拉的后裔。"有当年骁勇无比，横扫欧亚大陆的匈奴人做我们的祖先，是一件光荣的事情呀！"他们说。

而在中国的史书中，记载了"凿空"西域的张骞，记载了投笔从戎的班超，记载了在北海边（即北匈奴郅支单于被追杀的地方）放牧一群公羊的苏武，却忽视了这走得最远的最后一个匈奴阿提拉，这是不公平的。阿提拉是世界上走得最远的西部人，是另一位草原之子成吉思汗的伟大先驱。

《六道轮回图》与成吉思汗秘葬之地

有一个大秘密，我想趁活着的时候把它告诉给世人，从而给成吉思汗研究提供一些参考。我想这个秘密，肯定许多人是知道的，起码，那些每年成吉思汗忌日之时，迢迢千里去到贺兰山塔寺口祭祀的人们，他们是知道的，但是，大约是出于一种约定或规定，他们秘而不宣。从这个角度来说，我不知道我写这篇文章合不合适。犹豫了两年，我才决定写它。

这项研究成果也不是我的，它出自两个人，一个是在宁夏银川居住的王先生，一个是在内蒙古伊克昭盟（今鄂尔多斯市）居住的巴图吉日嘎拉先生。这是他们用毕生的时间研究、求证，实地勘察得出的一项成果。他们同意并且怂恿我将他们的研究公之于世。

世界的伟大征服者，一代天骄成吉思汗，死后葬身何处，这一直是一个大谜。现今的位于内蒙古鄂尔多斯市伊金霍洛旗的成吉思汗陵，仅是一个衣冠冢，这是得到大家公认的事情。

2004年的时候，我曾经出过一本书，名字叫《胡马北风大漠传》，后来又据这本书的主要内容和主要观点，在凤凰卫视《世纪大讲堂》做过演讲。我在演讲中说："站在长城线外，向中原大地瞭望，你会发觉，史学家们在向我们津津乐道的二十四史观点，在这里轰然倒地。从这个角度看，你会发觉，中华文明是以这样的状态行进着的：每当那以农耕文明为主体的中华文明，难以为继时，铁骑胡尘起于北方，游牧民族的踏踏马蹄便会越过长城线，呼啸而来，从而给停滞的文明以新的胡羯之血（'胡羯之血'为陈寅恪先生语）。"

"成吉思汗的上帝之鞭"是这本书中的一节，它被单独挑出来在许多报刊发表，并获得2004年度的中国散文十佳，后来又获得郭沫若散文奖。

在该文中，我写了成吉思汗在率兵攻打西夏王城时，不幸中箭，半月之后不治而亡的事情，写了围绕如今的成陵而产生的许多美丽动人的民间传说，写了乌兰夫二十世纪五十年代初去拜谒成陵的情景。

乌兰夫问守陵人："我可以进到那安寝的穹帐中，打开棺木看上一眼吗？"守陵人对我说，他当时这样回答的："乌兰夫同志，你就是当代的蒙古人的汗，你当然可以看！"这样，屏退左右，乌兰夫独自一人，进了那穹庐般的帐篷里。"他看到了什么呢？"我问。守陵人对我说，乌兰夫出来后，神情肃穆，一言不发。于是他也就不敢再问。

记得那时（1989年7月）我问这位年迈的守陵人，那么棺木里到底放着什么圣物呢，守陵人告诉我，里面放着成吉思汗东征西讨时的两只马镫，大约还有一些王妃们的衣物。而这次（2008年9月）在银川，王先生和巴图先生则告诉我，灵柩中放的是骆驼毛，大约是大汗行军歇息时御寒用的。

关于这具空的灵柩，当年日本人侵略中国时，为保护它，灵柩曾被从成陵启出，先运往延安，再运往黄陵，再运往西安的广仁寺（广仁寺是西藏活佛的行宫，慈禧太后西行的避难处）。灵柩原先的计划,是运往青海的塔尔寺秘藏,后来由于西安一直没有失守,所以灵柩一直在这里,直到抗战结束,重新搬回成陵。

既然成陵里安停的是一具空棺,那么,这位伟大人物,他的安寝之处到底在哪里呢?这件事成为这几年史学界、考古界以及民族史研究者们热议的一个话题。按说,普天之下莫非王土,大汗无论葬身何处,都是地义天经的事情,但是,人们总希望多了解一些历史,多了解一些这位一代天骄。即使是出于普通人的好奇心,人们也想知道。

下面我先谈谈巴图吉日嘎拉和阿尔寨石窟,以及《成吉思汗六道轮回图》,再谈谈王先生、贺兰山,以及贺兰山口的塔寺口和卧佛山——这推理出的成吉思汗秘葬之所。

现今的成吉思汗陵地面,属伊金霍洛旗。而阿尔寨石窟,属鄂托克旗,它们都属于当年的伊克昭盟,现今的鄂尔多斯市管辖,两地相距应该在一百多公里范围,都属于鄂尔多斯台地的腹心地带。

"鄂尔多斯部"按照蒙古人的说法,是"祭祀者集团"的意思。而"鄂尔多斯"这个地名,是不是得之于此,我不太知道。鄂尔多斯台地,是一个幅员辽阔的地理概念。小学地理课本上说,我国的地理,西高东低,共分三级,西边最高,是青藏高原;第二级则包含鄂尔多斯台地;第三级最低,叫东南丘陵。

"鄂尔多斯"这个地理概念,其实还可以有另外一个叫法,叫黄河大河套地区。自青海、而甘肃、而宁夏、而内蒙古、而陕西、而山西,黄河流经的这一片丰饶的冲积区平原。有个杀气腾腾的名字,叫"大河套"。

巴图先生写了一本书,叫《阿尔寨石窟》,为了叙述的省力和准确,我在下面引用他对石窟的描述。

"阿尔寨石窟位于中华人民共和国内蒙古自治区鄂尔多斯市

鄂托克旗西北部的阿尔巴斯山中。石窟又称百眼窟,处于北纬39.7度,东经107.3度之点上。当地人称为'阿尔寨乌兰乌苏''阿尔寨乌里雅苏''阿尔寨阿贵'等。'阿尔寨'一词,蒙语中意为'隆起的''平地突起的'。整个阿尔寨是一座红色砂岩小山岗,高约40米,东西长约300米,南北宽约50到80米。山顶海拔高度1460米。

"被称阿尔寨的山岗共有三座,即'苏美图阿尔寨''伊克阿尔寨'和'巴嘎阿尔寨'。三座山岗相接,以前者为最大,'苏美图'是蒙语'有庙的','伊克'是大,'巴嘎'为小。

"石窟群分布在'苏美图阿尔寨'山岗上。洞窟多分布在崖顶以下高约30米的范围内。目前得到确认的有67个石窟,集中分布在山岗的南壁上,可分为上、中、下三层。山岗岩壁上还存有20座浮雕石塔,其中一座为密檐式塔,其余为覆钵式塔。此外,山岗的平顶部有6座建筑遗址。

"'伊尔阿尔寨'即'大阿尔寨'山顶上有一座察哈尔蒙古部的'鄂博圣地'。每年阴历五月十三日举行盛大祭奠,由居住于鄂尔多斯地区和阿拉善地区的蒙古人参加,当地鄂尔多斯蒙古人不能参与其独特的祭祀活动。此外,在'巴嘎阿尔寨'即'小阿尔寨'的南壁上凿有两个石窟,雕有四座佛塔。在'苏美图阿尔寨'的南坡上有两个蒙古包的地基,直径为355公分,均由灰色砖铺成,每个砖的尺寸长为38公分,宽为18.2公分,厚为6.5公分。另外,在'苏美图阿尔寨'西两公里处有一座塔基,出土大量泥塑小佛塔等。

"一条叫察哈尔的季节河在阿尔寨石窟的西南处。平时是一条干沟,雨季时会出现滔滔洪流。从察哈尔河向北,居住有大约二十几户察哈尔蒙古人,据说,他们是十七世纪三十年代左右,蒙古最后大汗林丹汗经过鄂尔多斯西进青海时,留居鄂尔多斯者的后裔。也有人认为,他们是林丹汗在青海地区长逝之后,由其统帅的察哈尔部不得不东归的遗民组成。有着如此背景的察哈尔人在鄂尔多斯七旗皆有分布。

"阿尔寨石窟位于一处通往东西南北的交通要冲。北渡黄河可以直达十三世纪蒙古帝国之首都哈剌和林与库伦（即今乌兰巴托），南越长城可以过榆林府及延安府而奔西京长安，往东则可以抵呼和浩特而控大同和宣化，赴西即可据宁夏而望青海。"

感谢我们的朋友巴图，他是如此详实地为我们描绘了阿尔寨的情景。在我的印象中，他大约是这一带的人，所以话语中充满乡情色彩。这位文化学者好像还是个文化官员，在旗文化局或文物局供职。

阿尔寨石窟像中国地面上的大部分石窟一样，它的最初的启动工程是在魏晋南北朝，后来历朝历代都在修缮和扩展，而在成吉思汗大行之后，这座石窟被扩建和改造成成吉思汗纪念堂，以作祭祀和礼佛之用。其主旨是：

成吉思汗在世时，镇守蒙元汗室，是政教合一的最高统治者。成吉思汗大行之后，经过六道轮回，升天化作佛教四大天王之一多闻天王的形象，继续镇守世界的北方，成为社稷守护神。

阿尔寨石窟是佛教传入中国，从克孜尔千佛洞而敦煌莫高窟、而云冈石窟、而龙门石窟，其中间的一个跳板。阿尔寨虽然是在旷野上，但是有一条重要的道路从它旁边穿过，这就是自长安城而九原郡（今包头）的秦直道。在那个年间，秦直道两旁建有许多的石窟，它们当为北魏拓跋焘时期所建。

阿尔寨这块大河套的腹心地带，这块成吉思汗当年曾鞍马劳顿，多次历经的地方，这块他曾在此摔伤和养伤的地方（据《蒙古秘史》记载）。在他长逝后，人们将这座石窟，扩建和改造成寄托哀思之所。

阿尔寨28号窟内画有《成吉思汗御容图》。图中，成吉思汗以阿尔寨石窟为背景端坐中央，环绕在他周围的三女子则是右手依次为孛儿帖哈顿与忽兰夫人，左手为耶速干夫人。成吉思汗左方的四男子当为皇子术赤、察合台、窝阔台和拖雷。

阿尔寨石窟第32号窟，描绘了众多的度母形象，并用回鹘蒙古文刻写了许多经书。诸如《忏悔三十五佛之赞歌》《圣救度佛母二十一礼赞经》《十六罗汉颂》《男居士达摩达拉赞歌》《四天王赞歌》等。

阿尔寨石窟第31号，是一个内容更为丰富的窟，里面有成吉思汗镇守蒙元汗室壁画，有宰相八思巴为蒙元汗室成员举行灌顶仪式壁画，有八思巴讲经图，有诸多的绿度母故事，有供养菩萨像，有轮回图。而其中最应该引起我们注意的，或者说启动了王先生和巴图先生智慧大脑，展开推测和想象的，当是这31号石窟中的《成吉思汗六道轮回图》。

该图自下而上共有七层，仿佛有七重天一样。第一层，斑驳的画面上，隐约可见居于画面中央的山门，以及山门旁边的佛塔，佛塔之侧，似有小山岗一样的敖包。

第二层，斑驳中，可以看见许多的房子，它们大约是寺院，还有人们礼佛的情景。

第三层，一座隆起的绿色的山，正中央是一个端坐的千手观音形象，左边是一座高高的三层建筑，像威严的城堡，右边也是一座城堡，房屋错落。那千手观音极具妖媚之状，似乎有犍陀罗风格。

第四层宛若仙境，出现有五座山头，每一座山头上都有佛在静修，生灵万物沐浴在仙乐中。

第五层有许多的建筑，石砌的山门，山门左侧是两个硕大的蒙古人帐篷。画面左侧有着高大的建筑，仿佛辉煌楼阁。画面右侧，是蒙元丧葬场面，三个蒙古大汉抬着棺木，两个大汉的头发垂下来，一个大汉则戴着蒙古式的宽檐礼帽。那棺木与我们在成陵中看到的棺木十分相似，长条形的，棺盖与棺身连接处，打三个扣。棺木的后方，是倒毙在地的战马，前面则是一位绿度母在引魂，下方端坐的正在诵经的大约是女萨满。

第六层正中端坐的，是一位通体乌黑的大佛。画面下方，是依山而筑三溜或四溜占满画面的房子。画面上方，则是为成吉思汗歌功颂德的战争场面。佛的左右两侧，各有两匹马，驮着辎重，嘶鸣而来。佛的下方亦有马在奔驰。

第七层，《成吉思汗六道轮回图》的顶端一层，是高高的山顶，山的顶端，那端坐的应当是已经经过六道轮回，升天成为北方之神多闻天王的成吉思汗本人。山顶祥云朵朵，楼阁辉煌巍峨，宛如幻境。

这就是阿尔寨石窟第31窟那幅著名的《成吉思汗六道轮回图》的实景描写。

我的学识有限，所以在这件圣物面前，我唯一能做到的，是亦步亦趋的描写，把我看到的告诉大家。

我想当年的王先生和当年的巴图先生，一定也像我今天这样细致地观看过，但是他们比我高明，他们是专家，他们是有备而来，所以他们能从这《六道轮回图》中，看出创作者当初那隐秘的暗示和昭示。

这暗示和昭示是说，这《六道轮回图》并不是虚构的东西，也不是想象的产物，它是对真实发生的一件重要事情的记载。这件事情就是一代天骄成吉思汗的秘葬场面。

也许，那描绘这幅图画的人是在等待有一天有人来看出这图画中的秘密，结果他的良苦用心得到了回报。他等到了这个人，而且一次等来了两个。

天开一眼,王先生和巴图先生面对《成吉思汗六道轮回图》,激动不已,他们认定,这幅图画并不是虚构的六道轮回图景,而是真实的成吉思汗秘葬场面。继而,他们便开始了在大河套地区,寻找与图案中相近似的山岗地貌的漫长过程。

他们后来找到了,这地方就是银川城附近的贺兰山塔寺口。

2008年的9月初,银川城铺满了阳光,处于巴丹吉林沙漠与黄河挟持下的贺兰山,逶迤地伸向地平线的远方。在银川城,我见到了王先生。

我那次银川之行有两件事。一件是央视四频道《走遍中国》栏目,要拍一部专题片《贺兰山》,邀我做文学顾问。该片的创作意图是,说小,就是以贺兰山崖画为依据,反映整个大河套地区的历史文化,说大,则是以贺兰山崖画为依据,反映人类的祖先从非洲开始,而环大西洋沿岸,而环太平洋沿岸的远古迁徙史——人类在这充满想象力的迁徙历程中,雁过留声,给路途上的崖石上刻下了许多神秘崖画。

第二件事情则是参加自治区政府举办的贺兰山崖画节。

这样我见到了居住在银川城的王先生。

我曾经说过,我此生注定将会遇到一些重要人物,那么这次银川遇到的王先生,就是其中一个。他是东北人,大约是锡伯族,高大,爽朗,有着野外工作者那样的体质和面孔。他大约已经退休,赋闲在家。

他的家中有许多的收藏。他像小孩子玩积木一样,将这些收藏从里屋拿出,让我们观赏后又搬进去。他在茶几上摆满了蓝田玉,然后告诉我们说,这是新玉,这是老玉,他用光谱仪测试过,这新玉并不是当年那种意义上的蓝田玉,当年的蓝田玉,当采自骊山。

他说，骊山是一座宝山，那地下因采玉而掏空，当年他曾经扛着仪器，在山腰间女娲庙附近，探测到这坑道的入口。《山海经》中说，共工头触不周山，天倾西北，地陷东南，这句话不是传说，真正的事实的确是这样的。从昆仑山（南山），再到喀喇昆仑山（美丽的南山），再到南山到此终结的终南山，山在结束的时候向东北伸出了一条腿，这条腿就是骊山，宝物就藏在这山中。

他说，他的推测，秦始皇并没有埋在现在公认的秦始皇陵，而是埋在，这因开采蓝田玉而掏空了的骊山中，然后封闭了坑道。他说现在被认为是秦始皇陵的地方，那个大土包应当是阿房宫东门的巨大楼阙的土基，古诗中说，西北有高楼，这"高楼"就是指的这地方。或者这巨大土包是阿房宫与秦陵合二为一的东西，但是，秦始皇并没有埋在这里。

看来，这位地质工程师出身的人，是一个帝陵方面的研究专家。关于西夏王陵，他也提出了自己的看法。他认为现在公认的那六七个大土包，并不是西夏王陵，而是王陵区门迎前面的楼阁，真正的王陵要靠后，往贺兰山方向再走二十多公里，那条公路转弯处的峰峦之下。为了加强他的说法，王先生还带领我们摄制组，来到那个地方。"唐承汉制，宋承唐制，以山为陵，"王先生说。他领我们来到一条低洼的从山脚通下来的地沟前，告诉我们，他曾经扛着可以探测到地下六米的地质探测仪，细心地探测过，证明他的推断是正确的。

如果说王先生关于秦陵的推断，笔者尚有一些疑问的话，那么他关于西夏王陵的推断，我则是完全同意的。因为我每次去看西夏王陵，也都有这样的疑惑：西夏诸王是不会这样坦然地把自己的陵墓裸露地建立在这一马平川上的！我在《胡马北风大漠传》中说，西夏王朝是一个为战争而生的国家，从李元昊称帝后，战争一直伴随着这个可怜的国家,此其一;其二,西夏的文字、礼仪等等,都是在亦步亦趋地效仿宋朝,以山为陵这件事,也是应在效仿之列的。

闲言少叙。记得那天在王先生家中,当我们从蓝田玉谈到和田玉时,先生颤巍巍地,从里屋抱出了个牛头大的两块,告诉我们说,这种籽玉,现在已经采不到了。他的夫人,还抱出一块好像里面装有水胆的宝石,蓝汪汪的,她说,中国地质博物馆也有一块,比我家这块小一些。记得,王先生还拿出两副用玉做成的眼镜,让我们戴。那眼镜对着太阳直视过去,一副发出一圈一圈的菩提光,一副则发出一束束的莲花光。记得,当听说我们剧组在拍《贺兰山》时,他用脚踢了踢床下。他说,这是一块翡翠,前天一个广东人来,两千万我没有卖,你们剧组拿去做经费吧。

不过王先生最好的私藏,却还不是这些,而是六世达赖喇嘛仓央嘉措的护身符。那是一件用纯金做出的手掌大小的圆形物件,中央部位镶有一枚大拇指大小的祖母绿宝石,环绕宝石,镌刻着藏传佛教"唵嘛呢叭咪吽"六字真言。当年,这位天才的诗人,命运多舛的传奇人物,大约就是佩着这护身符流浪四方,最后倒毙在额济纳的一棵胡杨树下的路旁的。

王先生是在剧组的一再请求下,有些不情愿拿出来让我们看的。不过好东西总要示人的,所以他后来也高兴了。这件圣物是如何到他手中的呢?他说,仓央嘉措过世之后,他的遗体被涂以泥巴,塑成真身,供奉在额济纳地面的一座庙里,前些年地震,真身垮塌了,牧民捡了这护身符,然后几经倒手,到了他手里。

我想由于有了上面的描述,你们对这位王先生大约也就有了一些了解,从而也明白了,由这样的一个人物来发现和揭示成吉思汗秘葬之地的秘密,就是可以理解的了。

不过王先生说，还有一个人，比他更具智慧，这个人叫巴图吉日嘎拉，他这次也来参加贺兰山崖画节，我们已经相约，明天去塔寺口，实地勘察。

第二天上午，秋阳灿烂，在贺兰山口那个新建的贺兰山银川世界画馆门前，参加完崖画节开幕仪式后，王先生，巴图先生，我，专题片导演、策划、编辑、摄像，我们一同驱车去贺兰山塔寺口，实地勘察这阿尔寨石窟《成吉思汗六道轮回图》所向我们揭示的成吉思汗秘葬之地。

山很高。这大约是贺兰山行驶到这一段后，最高的几座山峰了。远远望去，山峰隐现在蓝天白云中，那最高的一座山峰，仿佛《六道轮回图》中那座睡佛一样，横卧在山巅之处：鼻梁、眼睛、嘴唇、下巴，隆起的双乳、肥厚的臀部、长舒的裙裾，活灵活现。

往下一层一层，站在山脚下，用我们的肉眼判断，果然像《六道轮回图》中所描绘的那样，从山顶到山根，有那么六阶到七级的样子。

不过这山阶之上，《六道轮回图》中所描绘的那琳琅满目，拥拥挤挤的建筑物，已经像被一场风刮去了一样，荡然无存了。王先生手捧着巴图的这本书，打开《六道轮回图》这一页，对着图，指着这眼前的大山，与巴图先生指指点点。我们的摄影机作为资料，录下了这些画面。

那寺院，楼阁，一道一道的山门，都已经经过八百年沧桑，而荡然无存，只有这山坡的轮廓，这山峦的走势，对照地图，能看出这卧佛山与《六道轮回图》的酷似。山脚下，还有两座白色的塔，兀立在那里。据说，这地方原来有一百零八座白塔，从山脚一直排列而上，直到山腰。如今，不知道是因为风雨剥蚀，还是人为破坏，只剩下这孤零零的两座了。这地方叫塔寺口，大约就是因此而来。

唯一没有发生变化的，就是这倚着白塔的左侧，顺贺兰山山脚堆起的那九座敖包。它们像九座小山一样，顺着川道排开。据说，当年这九座敖包的堆砌，是三万蒙元大兵，一人从戈壁滩上拣一块大石头，堆砌而成的。我们注意到了，别处的戈壁滩上，有着许多的鹅卵石，独这一处川面，平展展的，大一点的石头一颗也没有。

王先生和巴图先生在交谈，对证那每一层上当年建筑物的位置。王先生说，在他的记忆中，白塔之侧那座山门，"文革"期间还在，而那寺庙群的坍塌，好像也应当是不算太久远的事情。

王先生说，卧佛山塔寺口这一块地面，十分奇怪。蒙元帝国结束后，从明，到清，到民国年间，这块地面好像得到了某种默许，或达成了某种默契，它一直没有被占领过，或者换言之，一直由已经消失的蒙元帝国统治着。

他还说，自成吉思汗大行之后，每年的某个季节，都会有一支从东北方向过来的蒙古骑兵，杀开一条血路，来到这塔寺口山门前，举行祭祀活动，祭祀者所烧的纸灰竟有一尺多厚。他在小的时候，见到过这祭祀的场面，还看到祭祀活动结束后，当地人挥舞着铁锨，收拾纸灰的情景。

王先生说，这样一支已经消失的帝国的骑兵，他们迢迢千里，长途奔袭，为一场祭祀而来，这说明这卧佛山下，一定有一位重要人物的安葬。而他们年年如此，如期而赴，说明他们在遵从着一种古训。

王先生说，这样一支祭祀的队伍，也许知道这卧佛山上所祭祀的是谁，也许不知道。不过，他的推测，他们中起码有些老人是知道的，但是遵照古训，守口如瓶，向世界保守着这个巨大的秘密。

所以从这个角度讲来。知道一代天骄成吉思汗葬在这贺兰山塔寺口卧佛山下的人们，不止是我们几个，那些年年前来祭祀的人中，一定也有人知道，只是他们秘而不宣而已。

透过层层为岁月所遮掩的历史尘埃，我们在试图走近和试图揭开一个巨大的历史秘密。我们做到了吗？也许做到了，也许没有做到。

站在山脚下，望着那睡佛安详地躺在山峰之巅，它身上那蓝色的岩石（贺兰石）、白色的岩石（贺兰玉）、金黄色的岩石（贺兰麻黄石）闪闪发光，而母亲河黄河，在我们的身后，发出千年不改的叹息。我在那一刻这样想——

《金枝》的作者，英国人弗雷泽说，以现代人的思维方式，来推测那些遥远年代的事情，你的推测也许距离真实很近，也许是谬之万里。

我同意弗雷泽的话，但在同意的同时我明白我们还是要继续推测。出于一个普通人的好奇心也罢，出于一个文化人试图揭开一桩历史大奥秘也罢，或者，出于为中华文明的建树，增加一些资料和史料也罢，都应该这样做。

我在凤凰《世纪大讲堂》讲演时说，世界上几个文明古国都消失了，我中华文明能一直郁郁葱葱地直到今天，它的原因之一就是中华文明靠两条腿走路，一左一右倒着步子前行。这两条腿一条是农耕文化，一条是游牧文化。

我还说，我是一个世界主义者。当某一年的夏天，我沿着中亚地面的额尔齐斯河前行的时候，流域两侧有着许多的各民族的坟墓。我脱帽向每一座坟墓致敬，那一刻，我觉得他们是我的共同祖先，而我，是他们打发到二十一世纪阳光下的一个代表。

这篇文章有些冗长了，那么就此打住吧！我把我所知道的，诚实地报告给了这世界。我是真诚的，如果这篇文章，能给我们认知的领域,哪怕增加一点点新的东西,那就是对我的报偿了。当然最后,允许我和亲爱的读者一起,在这里感谢王先生,感谢巴图先生,没有他俩,就没有这一篇文章了。

2010年8月15日—8月20日于西安

辑五　我的文字有我的血在流淌

我很中国，我很陕西

年轻的时候到过很多地方，那时候觉得世界很大，外边的东西很好。那时候眼睛应接不暇地去体会新事物，真想一口气把这个世界吞了。到了五十岁以后，万丈雄心消退，龟缩在西安的一处高楼里赋闲。清晨起来照镜子，发现自己日益中国化，日益陕西化，日益成为老家祖坟里那种农民式人物。

标志之一是我喜欢听秦腔。小时候听农村人唱过，那时候仅觉得有几分豪迈而已。现在听了，则视为天籁，视为一切发声艺术中登峰造极之作。秦腔的慷慨悲凉、高昂激越是别的歌唱艺术所无法类比的。一腔《下河东》，英雄荒蛮之气溢于言表。我对秦腔的喜欢是真喜欢。有一年除夕，一边是中央电视台的春节晚会，一边是陕西台的秦腔大叫板，我将两台晚会轮流着看，最后锁定秦腔大叫板。较之秦腔的惊天地、泣鬼神，那些所谓的美声唱法，所谓的通俗唱法，所谓的小品打诨之类，总给我以小儿科、幼稚园之感。

标志之二是我喜欢吃辣子，吃韭菜，吃面条。我对老婆说了，你去买菜，要买秦椒。啥叫秦椒？就是那种又细又长，红得发紫，通常串成一个长串儿的线线辣椒。

中国的农耕文化，始于武功，始于彬州，始于岐山，这些地方的辣椒是最早的。吃它你会越吃越有文化。辣椒如此，韭菜亦如此。"秦韭秦韭，越割越有"，这是我从一位南方作家的书中知道的话，从此才知道我们的秦韭如此有名。至于面条，我在遍尝了天下美味之后，发现最好的吃食，原来是我年迈的老母亲做的一碗汤面条。我时常有饭局应酬，每逢出门前，往往让母亲做一碗面条，我先吃了再出门。

标志之三是我喜欢穿中式衣服。

从年轻时候起，我就一直有一个梦想，等我老了以后，我要穿着一套中式衣服，脚蹬圆口布鞋，手执一根拐杖。若走到谁家门口，先用拐杖将门捅一捅，算是搭声。若走山林里，找一块石头，盘腿而坐，然后学魏晋六朝遗老，仰天一声长啸。这梦想在心里存在了很多年。五十岁以后，我在一家小裁缝铺门口徘徊了很多天，后来终于鼓起勇气说："小师傅，你看我这体型，八斗瓮一般，能穿中式衣服么？"这样，我便做了一套中式衣服，开始在西安街头出没。

我这大半生，穿过各种式样的衣服，浪费的布帛，不在少数，到了老了才知道，中国人的体型，穿中式衣服，最舒服，也最好看。这情形，正如中国人的脾胃，吃家常饭，最舒服；中国人的性格，听激越豪迈之音，最舒服一样。

这衣服的事我还想谈一谈。前些天，我让老家人将母亲当年亲手纺线、亲手织布、亲手染色的一卷老布捎来，我预备用它来做一件青布长衫。我想这衫子穿在身上，既是对母亲的敬意和谢意，也是对中国传统文化的一种景仰。五四时期的文化人的青布长衫形象，最令人神往。柳亚子说于右任是"落落乾坤大布衣"。而再往上追溯，倔脾气的郑板桥去官归隐之后说，"早知道茅庐高卧，省多少六出祁山",又说,原来文化人最该做的事情,是"穿一件青布长衫,教几个小小蒙童"。

你从哪里来?我从土里来!你到哪里去?我回土里去!中国人变得很中国,陕西人变得很陕西,我为自己而骄傲。其实,这个骄傲说不上,因为我仅仅只是回到了自己而已。而已而已。

感谢生活，它慷慨地给予了我这么多

我在死亡之海罗布泊待了十三天，即从1998年9月19日进去，到10月1日出来。我待的地方，是罗布泊最深处，地质学上叫它罗布泊古湖盆。这地方当是罗布泊最后干涸之地。

较之我之前去的那两位或曰先行者，或曰先踪者，或曰死亡者，我都进入得更深。

先行的地质科学家彭加木，他失踪的位置还没有到古湖盆，只是即达古湖盆地缘的沙丘，红柳、芦苇、芨芨草地貌，罗布泊号称有六十泉，他是去寻找泉水而失踪的。他的团队的考察是从马兰原子弹基地方向进入。

另一位先行者探险家余纯顺，则是从南疆的若羌方向，沿孔雀河古河道进入，他只走到了古湖盆边缘然后迷路，然后心脏病突发而死。

其实在余纯顺出发之前，身体已经不适，大约也有一种不祥的预感，只是，当时六十几家中外媒体云集若羌，宣传态势已经造成，你走也得走，不走也得走，余先生只好硬着头皮，背着行囊出发了。——我把角色演到谢幕。

我的这本书出来以后，不少杂志报章从里面摘文章发。有一家刊物（好像是《深圳画报》），用了个耸人听闻的标题，叫《是谁害死了余纯顺》。我是在飞机上看到这杂志的，黑体大字标题吸引了我，我心里想，是谁害死了余纯顺呢？看完文章，结论是：媒体害死了余纯顺，而那文章作者的名字竟然是我。这叫我哭笑不得。

那次罗布泊之行，我跟着的是央视的一个摄制组，摄制组则跟着前往罗布泊探取钾盐矿的新疆地质三大队。这就是我的腿长，能走那么远，那么深的原因。

我们在一个雅丹下面，支起帐篷，开起炉灶，一同来的一辆拉水车停在那里，就这样开始了十三天的停驻。

罗布泊古湖盆其实是由一层十三米到十八米厚的盐池板结而成的硬壳，硬壳下面是几百米深的卤水。那盐壳就像坟堆一样，拥拥挤挤直铺天际。

我们的正南面，雾气腾腾处，当是那有名的楼兰古城遗址。正东面，则是鬼气森森，千变万化的白龙堆雅丹，正西面，则是另一个同样有名的龙城雅丹。

这地方没有生物，像月球表面一样。在十三天中，我们唯一见到的一个生物，是一种花翅膀的小苍蝇，它是靠汲取盐壳上的露水而活的。我们称它是伟大的苍蝇。

那次罗布泊之行，距今已经十六年了。十六年来我再也没有回去过。只是从电视上不断地看到消息，说那里的大型钾盐矿开采已初具规模，说罗布镇已经建立（我想它应当建在我当年居住过的雅丹位置），说一条正式公路，已经从哈密穿越罗南洼地，通到罗布泊。

这期间，罗布泊钾盐公司曾经给我来过几次电话，要我回去讲一讲当年的事情。因为我那次见证了罗布泊钾盐矿第一口井的开掘，我还把作为样井标记的那个小木橛和三角旗作为纪念，带回我家中，它们现在正在我的书架上静静地放着。我得把它们带回去，交到矿业集团的展览馆去。可是说归说，我身子懒，重返罗布泊的事情，至今没有成行。

我的罗布泊的十三天，是终生难忘的十三天。它叫我远离尘嚣，用这个独特的罗布泊角度来重新看待和重新解释世界上的许多事情。

罗布泊的十三天中，我做得最多的事情，是登上高高的雅丹，盘腿坐在那里，像一个得道高僧一样，看红日每天早晨从敦煌地面升起，在马兰地面落下。

我常常想，如果我的一生能分成两个阶段的话，那么，罗布泊之行是一个界分点。即我的罗布泊之行之前的阶段，与罗布泊之行之后的阶段。

编辑有心，希望这本关于罗布泊的书再版，谢谢他们。如果这本书能给读者一些补益，一些知识量，一个认识世界的独特视角，那么我的这案头劳作也许是值得的吧！

前年的秋天，我曾重回过一次新疆。我在给一个景点题词时说，中亚细亚高原，它不但是中国的地理高度，也是中国的精神高度，每一个忙忙碌碌的现代人，他都有必要渐时地从琐碎和庸常中拔身而出，来这里进行一次远行，洗涤灵魂，追求崇高！

就说这些吧！感谢生活，它慷慨地给予了我这么多——这么多的阅历，这么丰富的人生，这么多的思想，这么多高贵的读者朋友。

2014年3月14日

一个艺术家要有担当

我常常想，如果侵略者进攻我居住的这座城市，全城的人都跑了，那么还有一个人没有跑，那个人就是我。因为我是个小说家。我打开门，承担这一切。记得四十多年前，那时我是边境线上的一名士兵。当敌人的坦克成散兵线向边防线逼近时，我给我的碉堡里准备了二十二颗火箭弹。我是火箭筒射手，教科书上说，当一个火箭筒射手发射到第二十二颗火箭弹的时候，他的心脏就会因为这二十二次剧烈震动而破裂。但是我还是毫不犹豫地为自己准备了二十二颗。

一个艺术家要有所担当。我们这个东方文明板块已经走了五千年的历史路程，经着风，经着雨，百年积弱。多少仁人志士为中华崛起而奔走呼号，慷慨赴义。今天这个历史时刻，也许就是我们这个民族复兴和振兴的重要时刻。每一个中国人都要负责任，承担属于他的使命。我想，艺术家在这个堪称伟大的时代，他的最重要的任务，就是用他的笔，像巴尔扎克、托尔斯泰那样记录他的时代，做时代的代言人，在他的身上体现人类的良知和良心。不允许他们躲在象牙塔里，修他的指甲，抹她的口红，对着镜子自怨自艾，发些小情小调。

二十多年前，在黄陵县挂职的时候，我写出长篇小说《最后一个匈奴》，我在书的后记中说，对于刚刚经历过用鲜血和生命写出人类历史上这最悲壮一页的这一代人，必须给予更崇高的东西。我把这本书献给陕北高原。

十年前，在前往西安高新区挂职时，我在欢送大会上发言的题目是《艺术家，请向伟大的生活本身求救吧！》，该文被新华社发为通稿。我在发言中说，世界每一天都在变化，人类一日长于百年。有出息的艺术家，应当到生活本身中去，向创造者学习，描写当代英雄，看一看中国人目前都在想什么，做什么。两年零七个月的挂职结束时，中午开完欢送会，下午我回到家里，开始在家门口公园的长凳上写作《大平原》。我在这本书中，写了一个家族、一个村庄、一群草根百姓的生活。写了在世界工业化、都市化进程中，村庄将不可避免地被取代，成为城市的一部分。评论家说，这是唱给中华农耕文明的一支赞歌和挽歌。

诚实地讲来，我们的艺术还很弱，各个艺术门类都弱，我们的艺术，尤其是我们的文学，和我们目前这个世界第二大经济体十分地不对称。整个文艺界沉渣泛起，人心不古，崇高被消解，瓦釜雷鸣，这是不正常的。如是者长此以往，我们会得到历史的惩罚和报复的，所以我很赞成北京座谈会上的那一声棒喝。

我的表态是，从我做起，从现在做起。永远做一个平民艺术家，把自己的一生奉献给艺术，奉献给这片脚下的土地。而我，是这片土地上成长的一棵平凡的庄稼。

余生只做三件事

春节是休息大脑,休息身体的时节。这几天,我坐在那里,抽着烟,喝着茶,身子蜷曲在一个小凳子上,默默想着自己的事情。今天是羊年大年初四,我终于想清楚自己了。我对自己说:余生只做三件事。

这第一件事是创作,第二件事是锻炼,第三件事是张着大嘴,去吃遍天下美食。

这创作,主要的还是写小说,写散文,穿插着,画一些画,写一些字。文学是我的本行,我的安身立命之所在,年轻时候聊发少年狂,幻想着这一生,舍弃了一切,一跃而上最高峰,现在这想法已经没有了,只想完成自己,对得起曾经的自己吧,毕竟这个年龄段,还不是告别的时刻。而关于书画,我也多年摸索,有一些自己的心得,想在笔墨中把它们实施出来。

这些东西,除了理想主义的因素以外,亦能带给我一些报酬,来贴补家用。劳伦斯说,一个男人,自从攒得第一笔钱以后,他这一生,就不停地寻找着攒钱了。劳伦斯的这话,还是有一定道理的。大约十六年前,我母亲住院,我花光了所有的积蓄。后来住院费花光了,医院要给停针。我那一刻坐在医院大门口的石头上,热泪盈眶,我发誓要攒钱,要让我的所有的家人体面地、有尊严地活着。

第二件事是锻炼。我计划，每天不管多忙，都要到公园里去走上一圈。我的身体臃肿，全身气血不通，最好的办法就是多走一走。这也并不是为了什么长寿，而是想让自己在活着的时候，活得健康一点、轻快一点，给别人添麻烦少一些。人活到什么时候是个够啊！鲁迅先生只活了五十六岁，鸠摩罗什法师、玄奘法师、弘一法师，也都是在我这个年龄走的（我父亲也是在我这个年龄上走的，当然他对社会来说是小人物），每当想到大智者如他们，都潇洒地撒手长去了，而愚钝者如我，还苟活在人间，浪费着五谷，糟蹋着布帛，在下我就十分地惭愧了。

第三件事好浪漫，叫"吃遍天下美食"。今天早上看电视，央视十频道《过年》节目中，正播放陕北靖边的风干羊肉。看着电视机里的风干羊肉，我口水直流。那羊肉我吃过，于我来说，那是天下第一等美食。几年前，我写《统万城》的时候，在靖边住过半年，该县刘波县长就领我到这一家吃过。记得，我一连吃了三面盆，直吃得周围人目瞪口呆。

天底下好吃的东西实在太多。印象派大师雷诺阿说，当我终于买得起上等的牛排的时候，我口中的牙齿已经所剩无几了。画家这句话，叫人听了，不觉伤感。不过，不管牙齿好不好，我还是要去吃的。我计划今年夏天，去一趟新疆，参加完我的电视剧的开机仪式后，然后一路吃着，从北疆吃到南疆，像个蝗虫一样地张开大口，一路掠过。

夏花绚丽，秋叶壮美，一个年龄段有一个年龄段的风景。它是为懂得享受的人而准备着的。我最后对自己说，余生只做三件事，也可以说，是余生享受三件事。这是福啊！不要着急，有福慢慢享！

2015年2月21日（乙未年大年初四）于西安

我的六百二十三颗结石

一个外科医生从我的胆囊里取出六百二十三颗结石。他将这些结石装进一个药瓶里,交给我。

我问,这结石有什么用吗?医生说,什么用处也没有,只是装起来给你看看。医生还说,如果这结石是牛的,那叫牛黄;如果是狗的,那叫狗宝;如果是蚌的,那叫珍珠。至于人的嘛,那什么也不是,那只是病。

我捧着这六百二十三颗结石,感慨地想:它昨天还曾经是我身体里的一部分,随我一起走动和思考,一起迎接宠幸和屈辱。因为医生这温柔一刀,它现在已经舍我而去,成为一个独立的物质了。我不忍心将它丢到垃圾堆里去,而是将它带回家里,放在书架上,与那些线装的书和平装的书为伍。

我每天只要有所闲暇,就要端起瓶儿来看。久而久之,我终于发现这些结石还是有些用处的,他们是我过去的一部分,是生活的赐予,是情感的郁结。那每一颗结石里,都藏着一个旧年的故事。

卖驴人和草标

小时候在街道上看农民们卖驴。市场上有许多驴，这些驴和别的驴没有什么两样，都是四条长腿和两只耳朵。唯一不同的是，别处的驴额头光光的，这里的驴额头上都插着一根谷草做的草标。人们说插草标的驴是要出卖的，那草标就是出卖的标志。

萧条异代不同时，现在见那些作家学者，明星商贾在推销自己，见电视台在吹嘘他们刚刚播出的热剧，见各种作秀人物走马灯一样粉墨登场，于是乎，想起当年卖驴的情景。

如今的街头上有多少人的额头上插着草标呀！不过今天的风尚与旧日有所不同。过去是卖驴人在声嘶力竭地吆喝，今天则是驴自己在吆喝着卖自己。

罗布泊法则

在西安水是两块钱一吨,在大连水是八块钱一吨,那么在罗布泊水是多少钱一吨呢?回答说水在这里是无价的。当我们往进走的时候,车穿行在沙漠中,老地质队员对我说,对一个有沙漠生存经验的人来说,他永远会跟在拉水车后面行进,这样心里才踏实。当我们在罗布泊湖心一座雅丹下居住下来的时候,帐篷则围着从汽车上卸下来的那个拉水罐而筑。但十三天以后,拉水罐里还是没水了,于是雅丹下面一片惊慌,好像世界末日来临一样。我们现在唯一能做的事情是赶快逃离。

罗布泊的经历给我以影响,当回到城市以后,洗脸洗澡时,我都尽量节约用水。而当水龙头滴滴答答地滴水时,我的心里会一阵阵发紧发痛,然后神经质一般去赶快将水龙头拧紧。

水在我的思想中不是两块钱一吨也不是八块钱一吨这个概念了。

罗布泊之行给我提供了一个视角,叫我重新估价一切。从而,我发现人类所煞费苦心建立起来的秩序大厦,有许多伪善的成分在内。包括钱的使用,包括汽车靠右行,包括吃饭时用筷子或刀叉,包括四季应时更换的服饰掩盖我们丑陋的身体,包括道德大厦里那种种清规戒律，包括人际关系里那种种约定俗成，包括聪明人之间那种种游戏规则，这些在惯常思维下都是对的，但是换成罗布泊法则，它们则什么都不是。

空果壳

人生非常像一群猴子在抢一个空果壳。力气大的猴子抢着了,砸开一看,发现里面是空的。

中国的老庄哲学讲究一个"空"字,大约就是这个道理。

我们大多数人都是没有抢着空果壳的猴子,我们是失败者。不过最大的失败者却是那个抢着了空果壳的猴子。他已经知道了果壳是空的了,但是脸上还得强装出得胜者和实惠者的笑容。他更累。

夜总会和台球

中国的文化真是伟大，它能消融一切自认为是贵族的东西，并且立即将它平民化、世俗化、痞子化。在关中平原上的一个县，一片刚割过的麦田里，不知道什么人在地里搭起了一座帐篷。帐篷里吊几个电灯，放一台可以唱卡拉OK的电视机，然后帐篷外面，赫然挂上一个"农民夜总会"的横幅。生意很好，来农民夜总会的人往往是那些离家日久的麦客子，而充当舞女的人则是从四乡招募来的那些面色黑红的农家姑娘。台费则是麦客子腋着的一捆麦子。舞女伴舞的次数和热情往往视麦客子腋下这麦捆的大小而定，如果偶尔出一次格，也属正常的情况。

台球在西方据说原先也是一项贵族的运动，它的传入中国，并立即世俗化，也用了很快的速度。1998年秋天，我在大西北转了一个圈，路旁看到的最多的情景，就是在荒僻的公路旁边，在一片树荫下有一个台球案，几个懒洋洋的人，衣衫不整，正在挥动着台杆。这种情景在通往青海湖的路上见过，在进入罗布泊之前的最后一个镇——鲁克沁镇亦见过。那些懒洋洋的人和他们挥舞球杆的姿势，一直在我的脑子里待到今天，恍恍然挥之不去。

帽子，帽子

阿拉伯世界的智者纪伯伦说，我们年年都要换帽子，但是就是不换帽子下面的思想。纪伯伦这句话，相信是给整个人类社会说的，因为阿拉伯世界的男人女人们，通常只戴头巾。我个人则认为，这句话主要是针对法国人而言的，因为法国的时髦女人们，大约每遇春夏秋冬季节更替，她们都会换一顶新帽子出来。注意是新帽子，而不是去年戴过的帽子，因为巴黎沙龙的时尚是如此变换之迅捷。记得有一个电视专题片，专门谈的就是帽子，它从高顶尖帽，夸张的宽边遮阳帽，高耸着孔雀翎毛的塔帽，以及各种由奢华装饰的珠宝缀成的帽子一路谈来，将帽子的流行史历历数遍。

但是当我将这一阅读心得告诉给一个法国女人并且等待着她的反驳时，这位法国女人淡淡地说，纪伯伦真是多事，我们法国人要思想干什么，我们只要帽子。说的时候，这位可爱的法国人还炫耀一般地把帽子重新戴了戴。

"那么应当有思想呀！我思故我在！这好像是法国人说的。"我问。

女郎则这样回答："让我们的邻居德国人去思想吧！"

是的，喜欢留短发的德国人不太戴帽子，他们只是思考。

一个人一生需要多少钱

我有许多有钱的朋友。不过他们整天为钱苦恼着,不是嫌钱多,而是嫌钱少。《查泰莱夫人的情人》的作者劳伦斯说过,一个男人,自从掘得一生中的第一桶金以后,他就懂得攒钱了,而攒钱也就成为他一生追逐的目标了,这样一直到死!我十分同意劳伦斯的这句话。我有一位作家朋友,他的口袋里大约已经有几百万了吧,但是还是贪婪的,眼睛红勾勾地盯着别人的钱袋,和他打交道,什么事情都要用钱来说。我还有一位炒股的朋友,他的口袋里也有几千万了吧,但是他是如此吝啬。举个小例子来说吧,当朋友的凯迪拉克停在某一幢楼下,或某一处路边时,往往会从不知道什么地方蹿出来个戴红箍子的老太太。"停车费两块钱!"老太太伸出两个指头,一边说一边准备撕票。——"我不要票,一块钱行不行!"朋友在搞价。你想我站在旁边,多么尴尬呀!于是我尽量地站得远一点,听他们用两分钟或五分钟在搞价。这样的事情有时候会是朋友取得胜利,于是他会有一阵好心情,有时会是那戴红箍的老太太取得胜利,于是朋友的心情会坏上老半天。我还有一位朋友,他的资产大约已经有数亿或数十亿甚至上百亿了吧,我问,我说你们夫妻又没有孩子,要那么多钱干什么。他说,挣钱对他来说已经形成一种惯性，在香港，和他们处在同一基准线上的还有好些人，他要比过他们。

我没有钱，不过我有思想。托尔斯泰有一篇短篇，叫《一个人一生需要多少土地》。托翁说，在俄罗斯的外省有一个贪婪的地主，他用一生的时间来掠夺土地。等他死的时候，他侵占的土地已经需要骑上马来丈量了。他要死了，佃农们在原野上已经为他挖好了墓穴。"让我最后一眼看看自己的安息之处吧！"这位伟大的地主说。于是，人们把他抬到了墓穴边。面对墓穴，地主突然一瞬间明白了一个伟大的道理，这道理就是：一个人的一生，其实只需要三沙绳（俄制，1沙绳约等于2.13米）的土地——即可以把自己舒服地放进去的那么一丁点土地，他就足够了！

托尔斯泰的这个故事，就是我的庇护所，是我与世界保持距离、并且维持心灵平静的庇护所。不过，有时候，思想并不管用，它并不是金钱。譬如说吧，我现在接到作家张敏的电话，要去打麻将，于是我得翻翻自己的口袋，看口袋里有没有钱。又譬如，我要到你所在的城市去旅行，我得用钱换成机票，再执机票从安检口通过。如果我说，我有思想，请放我过去吧，他们会把我当作精神病的。

高建群小传

高建群，男，汉族，1953年12月出生，祖籍陕西省西安市临潼区。国家一级作家，著名小说家、散文家、画家、文化学者，"陕军东征"现象代表人物，被誉为当代文坛难得的具有崇高感和理想主义的写作者，浪漫派文学"最后的骑士"。历任陕西省文联第四届、第五届副主席，陕西省作家协会第四届、第五届、第六届副主席，陕西文化交流协会名誉会长，西安交通大学、西北大学客座教授，西安航空学院人文学院院长，大秦印社名誉社长等。享受国务院政府特殊津贴。被《中国作家》杂志社授予当代最具影响力的作家，陕西省委省政府授予终身艺术成就奖等。

其代表作有《最后一个匈奴》《大平原》《统万城》《遥远的白房子》《伊犁马》《我的菩提树》《大刈镰》等。长篇小说《最后一个匈奴》在北京研讨会上引发中国文坛"陕军东征"现象。据此改编的35集电视连续剧《盘龙卧虎高山顶》在央视播出。《大平原》获中宣部"五个一工程奖"，名列长篇小说榜首；《统万城》获新闻出版广电总署优秀图书奖，名列长篇小说榜首，其英文版获加拿大"大雅风"文学奖。高建群也是第一个在凤凰卫视"世纪大讲堂"演讲的内地作家。

高建群履历

1976年,以组诗《边防线上》踏入文坛。

1987年,以中篇小说《遥远的白房子》引起文坛强烈轰动。

1989年,担任延安地区文联(代)主席兼《延安文学》主编。

1993年,当选为陕西省作家协会副主席。

1993年,长篇小说《最后一个匈奴》出版,被誉为中国式的《百年孤独》,陕北高原史诗。

1993年至1995年,挂职黄陵县委副书记,专职创作,其代表作《最后一个匈奴》即为挂职期间所作。

1997年,参与央视十频道开播策划,并与周涛、毕淑敏共同担纲央视纪录片《中国大西北》总撰稿。该片荣获中宣部"五个一工程奖"。

2002年,当选为陕西省文联副主席。

2005年至2007年,挂职西安高新区党工委委员、管委会副主任。长篇小说《大平原》即在此期间酝酿成型。

2013年7月,被聘为西安航空学院文学院首任院长。

2017年9月,被聘为西北大学丝绸之路研究院研究员。

2020年5月,被聘为大秦印社名誉社长。

2020年7月,西安高新区文联成立,当选为第一届主席。

高建群创作年表

《边防线上》（组诗）：发表于《解放军文艺》1976年8月号，责任编辑：李瑛、纪鹏、韩瑞亭、雷抒雁。

《0.01——血液与红泥》（诗歌）：发表于《延河》1979年2月号，责任编辑：汪炎。

《将军山》（诗歌）：发表于《延河》1979年8月号，责任编辑：闻频。

《杜梨花》（短篇小说）：发表于《延河》1980年2月号，责任编辑：杨明春。

《很久以前的一堆篝火》（散文）：发表于《延安日报》1984秋，责任编辑：杨葆铭。

《人生百味》（诗歌）：发表于《星星》诗刊1985年，责任编辑：叶延滨。

《五月的哀歌》（叙事诗）：发表于《叙事诗丛刊》1985年，责任编辑：潘万提。

《现代生活启示录》（系列散文）：发表于《文学家》1985年，责任编辑：陈泽顺。

《新千字散文》（散文集）：1987年，陕西人民教育出版社出版，约稿编辑：陈续万，责任编辑：赵常安。

《遥远的白房子》（中篇小说）：发表于《中国作家》1987年第5期，约稿编辑：朱小羊，责任编辑：陈卡。《中篇小说选刊》《小说选刊》《小说月报》《新华文摘》《解放军文艺》等进行了转载。2013年，台湾风云时代公司出版繁体单行本。2014年，陕西师范大学出版总社出版简体单行本。

《给妈妈》（诗歌）：发表于日本《福井新闻》1988年3月17日，责任编辑：前川幸雄。

《骑驴婆姨赶驴汉》（中篇小说）：发表于《中国作家》1988年第6期，责任编辑：杨志广。

《伊犁马》（中篇小说）：发表于《开拓文学》1989年第3、4期合刊，责任编辑：叶梅珂。2007年，四川文艺出版社出版单行本。

《老兵的母亲》（中篇小说）：发表于《中国作家》1989年第5期，责任编辑：杨志广。

《雕像》（中篇小说）：发表于《中国作家》1991年第4期，责任编辑：杨志广。

《为了第一个猴子开始的事业》（创作谈）：发表于《解放军文艺》1991年第8期，约稿编辑：周政保，责任编辑：丁临一。

《东方金蔷薇》（散文集）：1991年，陕西人民教育出版社出版，责任编辑：田和平。

《陕北论》（散文）：发表于《人民文学》1991年，责任编辑：韩作荣，《散文选刊》转载。

《你们与延安杨家岭同在》（散文）：发表于《人民文学》1992年第6期，约稿编辑：崔道怡。

《史诗与二十世纪》（创作谈）：发表于《文学报》1992年5月，责任编辑：李俊玉。

《达摩克利斯之剑》（短篇小说）：发表于《青年文学》1992年第10期，责任编辑：康洪伟。

《最后一个匈奴》（长篇小说）：1992年，作家出版社出版，责任编辑：朱珩青。

1994年，香港天地图书公司、台湾汉湘文化发展公司分别于香港、台湾出版繁体版。2001年，中国青年出版社出版。2006年，北京十月文艺出版社出版，2016年再版。2012年，长江文艺出版社出版，2014年再版。2012年，台湾风云时代公司再版繁体版。2013年，太白文艺出版社出版。2014年，陕西师范大学出版总社出版《最后一个匈奴》（手稿版）。2014年，陕西人民出版社出版《高建群图画最后一个匈奴》。

《我从白房子走来》（文学自传）：发表于《陕西日报》1993年6月，责任编辑：刘春生。

《出国的诱惑》（中篇小说）：发表于《延安文学》1993年第2期。

《我如何个死法》（散文）：发表于《美文》1993年第7期，责任编辑：刘亚丽。

《一个梦的三种诠释形式》（中篇小说）：发表于《飞天》1993年第5期，约稿编辑：孟丁山，责任编辑：刘岸。

《家族故事》（中篇小说）：发表于《漓江》1993年，约稿编辑：王蓬。

《祭奠美丽瞬间》（散文）：发表于《文友》1993年，责任编辑：王琪玖。

《茶摊》（中篇小说）：发表于《延河》1993年第7期，约稿编辑：陈忠实，责任编辑：张艳茜。

《白房子人物》（系列散文）：发表于《西北军事文学》1994年第2期，约稿编辑：王久辛，责任编辑：张春燕。

《匈奴与匈奴以外》（创作谈）：1994年，陕西人民教育出版社出版，策划编辑：张继华，责任编辑：刘孟泽。

《张家山幽默》（短篇小说系列）：发表于《延河》1994年第4期、第9期，责任编辑：张艳茜。

《陕北剪纸女》（散文）：发表于《美文》1994年第9期，责任编辑：刘亚丽。

《女人是巫》（散文）：发表于《女友》1994年第8期，责任编辑：孙珙。

《大顺店》（中篇小说）：1994年，陕西人民出版社出版。1995年，发表于《小说家》第1期，约稿编辑：闻树国。1995年，改编为同名电影，北京电影制片厂出品。

《六六镇》（长篇小说）：1994年，陕西人民出版社出版。2007年重新修订，易名《最后的民间》由文汇出版社出版。

《丹华的故事》（系列散文）：发表于《深圳风采》1994年第10、11期，约稿编辑：吴重龙。

《马镫革》（中篇小说）：发表于《小说家》1995年第2期，约稿编辑：闻树国。

《女人的要塞》（散文）：发表于《女友》1995年第2期，责任编辑：孙珙。

《古道天机》（长篇小说）：1998年，中国文联出版社出版，责任编辑：叶梅珂。2007年重新修订，易名《最后的远行》由华龄出版社出版。2011年，陕西人民出版社再版。

《愁容骑士》（长篇小说）：1998年，中国文联出版公司出版。2000年，广州出版社再版。2000年，台湾逗点公司出版繁体版。

《我在北方收割思想》（散文集）：2000年，四川文艺出版社出版，责任编辑：林文询。

《穿越绝地——罗布泊腹地神秘探险之旅》（散文集）：2000年，湖南文艺出版社出版，责任编辑：龚湘海。2014年，修订后易名《罗布泊档案：罗布泊腹地探险之旅揭秘》由陕西师范大学出版总社再版。

《白房子》（小说集）：2002年，陕西师范大学出版社出版。

《西地平线》（散文集）：2002年，上海人民出版社出版。

《惊鸿一瞥》（散文集）：2002年，群众出版社出版。

《胡马北风大漠传》（散文集）：2003年，上海东方出版社出版。2008年，在台湾地区发行繁体版。

《刺客行》（小说集）：2004年，太白文艺出版社出版，责任编辑：韩霁虹。

《狼之独步：高建群散文选粹》（散文集）：2008年，东方出版中心出版。

《大平原》（长篇小说）：2009年，北京十月文艺出版社出版。2016年该出版社再版。2012年，台湾风云时代公司出版《大平原》（繁体版）。2014年，陕西师范大学出版总社出版《大平原》（手稿版）。

《统万城》（长篇小说）：2013年，太白文艺出版社出版，责任编辑：韩霁虹，2016年该社再版。2013年，台湾风云时代公司出版《统万城》（繁体版），责任编辑：陈晓琳。2014年，陕西师范大学出版总社出版《统万城》（手稿版）。

《独步天下》（书画集）：2013年，陕西人民出版社出版。

《生我之门》（散文集）：2016年，未来出版社出版。

《我的菩提树》（长篇小说）：2016年，北京十月文艺出版社出版。

《相忘于江湖》（散文集）：2017年，北京时代华文书局出版。

《大刈镰》（长篇小说）：2018年，三秦出版社出版。

《我的黑走马——游牧者简史》（长篇小说）：2019年，陕西师范大学出版总社出版。

《来自东方的船》（散文集）：2020年，陕西旅游出版社出版。

《丝绸之路千问千答》（文化读本）：2021年，西北大学出版社出版。

《最后一个匈奴（30周年纪念版）》：2022年，陕西师范大学出版总社出版。

社会评价

我劝大家注意,高建群是一个很大的谜,一个很大的未知数。

——著名作家　路遥

我一直想找机会请教一下高先生,匈奴这个强悍的骁勇的游牧民族,怎么说消失就从人类历史进程中消失得无影无踪了。

——著名作家　金庸

大家说高建群骄傲、自负、目空天下。我这里想说的是,中国这么大,有这么多人口,如果没有几个像高建群这样自信心极强的作家,那才是不正常的。

——中国社会科学院文学研究所研究员　蔡葵

春秋多佳日,西北有高楼。

——著名作家　张贤亮

高建群是一位从陕北高原向我们走来的略带忧郁色彩的行吟诗人,一位周旋于历史与现实两大空间且从容自如的舞者,一个善于讲庄严"谎话"的人。

——中国作家协会副主席　高洪波

　　高建群的创作,具有古典精神和史诗风格,是中国文坛罕见的一位具有崇高感和理想主义色彩的写作者。《大平原》把家族史兜个底掉,看后让我很感动,也很心痛,唤起我对故乡、对农村的情感,唤起我强烈的根的意识。我没想到高建群在"潜伏"多年之后突然拿出如此有分量的作品。

——中国作家协会副主席　高洪波

　　《大平原》有内在的惊心动魄,写家族的尊严、生存的繁衍史,实际上是写我们民族强韧的生命力。这部长篇淋漓尽致地发挥了书写"命运"的优势,不是写一个人的命运,而是写了三代人的命运,厚重感非常强。

——著名评论家　胡平

　　高建群对《大平原》中的女性人物都满怀敬意和温情。为了家族立足,高安氏骂街骂了半年,成为一道风景。用这种方式起到的威慑作用,来捍卫高家人生存的权利。顾兰子是书中的灵魂式人物,也是这部书苍凉的体现。

——著名评论家　雷达

　　《大平原》基于高安氏、顾兰子等乡村女人的坚韧形象,这部新"乡土女性小说"中女人比男人强,乡土文明决定了女性在乡土生活里面所具有的支配性。

——著名评论家　孟繁华

《最后一个匈奴》进京的盛况如在目前。27年了，它远远跳过速朽期！27年了，它的风采依旧！27年了，人们——特别是陕西读者没有忘记它，了不起啊！

——著名文艺评论家　阎纲

作为延安的一位文艺战线上的老战士，听到介绍，《最后一个匈奴》这部长篇小说写了大革命时期以来的三代人的命运，直到现在的改革开放时期，这还是过去没有人写过的重要题材，我很高兴！我祝贺这部作品出版，并获得成功！

——原文化部副部长、中国文联党组副书记　陈荒煤

27年前，《最后一个匈奴》在北京引发轰动一时的"陕军东征"，至今在文学界仍是一个历史性的重要话题，一段难忘的记忆。

——《人民文学》杂志原常务副主编　周明

高建群的《遥远的白房子》，给我们许多启示，它也许预兆了小说艺术未来发展的某些趋势——难道，小说艺术在经过了几百年的艰难探索，它又回到讲故事这个始发点上了吗？

——北京师范大学教授、中国当代文学研究会理事　蒋原伦

如果不把《最后一个匈奴》这部中国当代文学的红色经典，变成一部电视剧，那是我们影视人的羞愧。

——央视著名制片人　李功达

《大平原》能拍一部大电影。我把中国的导演,脑子里过了一遍,最合适的这个导演叫吴天明。《大平原》中描写的那些事情,我全经历过。我父亲是解放后第一任三原县委书记,我自小就是在那一片土地上长大的。

——著名导演　吴天明